独·立·文·丛

独立文丛

吴佳骏◎著

飘逝的歌谣

现在，我站在城市的中心，身边刮过的是更加呼啸的飓风，内心经受的是更多深不可测的夜晚。我所置身的周围是更多的泥泞和险滩……但我已经不再恐惧和畏缩，我已学会了挑战和跨越。

北京工业大学出版社

图书在版编目（CIP）数据

　飘逝的歌谣／吴佳骏著 . —北京：北京工业大学
出版社，2012.4（2022.3 重印）

　（独立文丛）

　ISBN 978 - 7 - 5639 - 3054 - 8

　Ⅰ. ①飘… Ⅱ. ①吴… Ⅲ. ①散文集—中国—当代

Ⅳ. ①I267

　中国版本图书馆 CIP 数据核字（2012）第 056659 号

飘逝的歌谣

著　　者：吴佳骏

责任编辑：李　华

封面设计：晴晨工作室

出版发行：北京工业大学出版社

　　　　　　（北京市朝阳区平乐园 100 号　100124）

　　　　　　010 - 67391722（传真）　　bgdcbs@ sina. com

经销单位：全国各地新华书店

承印单位：三河市燕春印务有限公司

开　　本：710 毫米 ×1000 毫米　　1/16

印　　张：13

字　　数：194 千字

版　　次：2012 年 4 月第 1 版

印　　次：2022 年 3 月第 2 次印刷

标准书号：ISBN 978 - 7 - 5639 - 3054 - 8

定　　价：45. 00 元

《独立文丛》总序

　　收到高维生发来的 10 卷《独立文丛》电子版，我躲在峨眉山七里坪连续阅读了三天。三天的白天都是阴雨，三天的夜晚却是星光熠熠。我在山林散步，回想起散文和散文家们的缤纷意象，不是雾，而是山径一般的韵致。

　　高维生宛如一架扛起白山黑水的虎骨，把那些消匿于历史风尘的往事，用一个翻身绽放出来；杨献平多年置身大漠，他的叙述绵密而奇异，犹如流沙泻地，他还具有一种踏沙无痕的功夫；赵宏兴老到而沉稳，他的散文恰是他生活的底牌；诗人马永波不习惯所谓"大散文"语境，他没有绕开事物直上高台红光满面地发表指示的习惯，他也没有让自己的情感像黄河那样越流越高，让那些"疑似泪水"的物质悬空泛滥，他不像那些高深的学者那样术语遍地、撒豆成兵，他的散文让日益隔膜的事物得以归位，让乍乍呼呼的玄论回到了常识，让散文回到了散文；盛文强是一条在齐鲁半岛上漫步的鱼精，他总是苦思着桑田之前的沧海波浪，并秘密地营造着自己的反叛巢穴……

　　一度清晰的概念反而变得晦暗，游弋之间，一些念头却像暗生植物一样举起了手，在一个陡峭的转喻地带扶了我一把。伸手一看，手臂上留下了六根指头的印痕……这样，我就记录下阅读过程中的一些问题。

散文性 \ 诗性

　　伴随着洪水般的无孔不入的现代思潮，一切要求似乎都是合理的，现代世界逐渐地从诗性转变为黑格尔所说的散文性，不再有宏大与辉煌，只有俗人没有英雄，只有艳歌没有诗歌，最终导致生活丧失了意义。

　　一方面，这种"散文时代"的美学氛围具有一种致命的空虚，它遮蔽了诗性、价值向量、独立精神，散文性的肉身在莱卡的加盟下华丽无垢；另外一方面，这种散文性其实具有一种大地气质。吊诡之处在于，大地总是缺乏诗性，缺乏诗性所需要的飘摇、反转、冲刺、异军突起和历险。也可以说，诗性是人们对大地的一种乌托邦设置；而找不到回家之路的大地，就具有最本真的散文性，看似无心的天地造化，仔细留意，却发现是出于某种安排。黑格尔曾断言："中国人没有自己的史诗，因为他们的观察方式基本上是散文性的。"这是特指东方民族没有史诗情结，它道明了实质，让思想、情感随大地的颠簸而震荡，该归于大地的归于大地，该赋予羽翅的赋予羽翅，一面飞起来的大地与翅下的世界平行而居，相对而生。

因为从美学角度而言，散文性就是诗性的反面。所以，我不同意为"散文性"注入大剂量的异质元素而彻底改变词性，尽管这一针对词语的目的是希望使之成为散文的律法。这样做不但矮化了"诗性"本身，把诗性降低到诗歌的地域。问一问命名"诗性"为人类智慧斗拱石的维科先生吧，估计他不会同意这种移花接木。在我看来，这不过是一种散文的外道之言。

诗性是以智慧整合、贯穿人类的文学形态。作为人类文学精神的共同原型，诗性概念属于本体论的范畴。回到诗性即是回到智慧，回到文学精神的本原。作为对感性与理性二元对立的超越努力，诗性是对于文学的本体论思考，"它也是一种超历史、超文化的生命理想境界，任何企图对文学的本性进行终极追问和价值判断的思维路径都不能不在诗性面前接受检验。"（王进《论诗性的本体论意义》，《吉林师范大学学报（人文社会科学版）》2005年4期）在此意义上生发的诗性精神是指出自于原初的、抒发情感的元精神。

我认为，在现存汉语写作谱系下，诗性大于诗意，诗性高于诗格。诗性是诗、思、人的三位一体。这同样也是散文的应有之义。

海德格尔诗性本体论对人的基本看法是：人的本源性大于人的主体性，人向诗性本源的回归，就是从自在的主体性出发，对主体狭隘性的断然否弃，就是向自在之"在"的真理敞开，就是从根本上肯定人的神圣性以及在澄明中恢复人的世界与大地的和解。在这样的诗思向量下，近十年来，中国诗坛对"诗为何"和"诗人为何"的反复考问，已被一些译论者悄悄地置换为"写作为何"的命题，即千方百计把写作的价值向量简化为技术层面的问题。这是游离于诗性之外的伪问题。我想，一个连技术层面问题尚未基本理顺的写作人，就不配来谈论诗性的问题。

伽达默尔说过两段话，前者针对诗性的思维方式，后者讲诗性的生存方式——"诗的语言乃是以彻底清除一切熟悉的语词和说话方式为前提的。""诗并不描述或有意指明一种存在物，而是为我们开辟神性和人类的世界，诗的陈述唯有当其并非描摹一种业已存在的现实性，并非在本质秩序中重现类似的景象，而是在诗意感受的想象中介中表现一个新世界的新景象时，它才是思辨的。"（［德］汉斯－格奥尔格·伽达默尔《真理与方法》，上海译文出版社1999年版，下卷第600页－601页。）那么，真正的散文更应有破"论"之体，对生命言说宛如松枝举雪，最根本的原因就在于真散文不但是以诗性的方式思维，而且是以诗性的方式生存。

互文性

互文性通常被用来指示两个或两个以上文本之间发生的互文关系。散文的互文性指把多个文本材料集用于一个文本，使其互相指涉、互相贡献意义，形成多元共生，使散文的意义在文本的延展过程中不断生成，合力实现一个主旨。

在我看来，互文性暗示了它是一种民主而趋向自由的文体。

互文性概念的提出者法国符号学家朱丽娅·克里斯蒂娃曾提出："任何作品的本文都像许多行文的镶嵌品那样构成的，任何本文都是其他本文的吸收和转化。"即每个文本都是其他文本的镜子，每一文本都是对其他文本的吸收与转化，它们相互参照，彼此牵连，形成一个潜力无限的开放网络，以此构成文本过去、现在、将来的巨大开放体系和文学符号学的演变过程。

还有一种互文，是着眼于学科的"互嵌"。美国历史学家海登·怀特说，历史只"是以叙事散文话语为形式的语言结构"。回溯历史，意义来自哪里？是史料，还是文本自身？还是隐含在史料与文本之中，以及研究者对语言的配置之中？显然，历史学家给出了自己的回答：只能是后者。只有在后者之中，人们才能找寻到历史的真正意义（李宏图：《历史研究的"语言转向"》）。

一方面是文本本身的修辞互文，另外一方面是历史与文本的"对撞生成"，用此观点比对《独立文丛》里的不少篇章，可以发现散文家的"默化"努力是相当高超的。他们没有绕开文学而厉声叫喊，他们的散文根性是匿于事物当中的，不是那种风景主义的随笔，不是那种历史材料的堆砌，散文的根须将这一切纳入到一个生机勃勃的循环气场之中。建筑术语、历史档案、小说细节、思想随笔、戏剧场景，等等，在高密度的隐喻转化中使这些话语获得了空前的"自治"。这种"自治"并不等于作家文笔的失控或纵情，而是统摄散文空间当中的。我们仿佛看见各种文体在围绕王座而舞蹈，它们在一种慢速、诡异、陡转、冷意十足的节奏中，既制造了矜持的谜面，又翻出了血肉的谜底。

正如德里达认为的那样，文字的本质就是"延异"，而互文性的文体正是对终极历史意义达成的"拖延"，是一种在不断运动中发散的歧义文体。于是，在杨献平的一些篇章里，意义已经完全由文体差异构成的程度，文本变化中的每个精心设计的语言场景，都可以由另一语言场景的蛛丝马迹来予以标志，内在性受到外在性的影响，谜面受到另一个谜底的影响，建筑格局受到权力者的指令和杀戮的影响，它们既彼此说明，又互设陷阱。因此，包括我对自己的《流沙叙事》《梼杌叙事》的重读，其实是在寻找历史，为未来打开的一条通往无限变化的、不稳定的历险之路。

细　节

我注意到这批散文家的近作，他们没有绕道意识形态的讲台朗声发布结论的习惯。有鉴于此种"结论"多为空话、谀语，可以名之为"大词写作"，然而这却是目前流行的散文模式。

已经成为写作领域律令的说法是：回到事物本身，通过语言的细节还原生活。问题在于，事物不是阳光下的花可以任意采摘；更在于摧花辣手太多，事物往往暧昧而使自己的特性匿于披光的轮廓之下；重要的还在于，文字对生活的还原就是最高美学吗？

如果说高维生的一组散文更倾向于对情感细节的呈现，那么赵宏兴的不露声色则更近于对自然的描摹，80后的盛文强似乎兼而有之，吴佳骏显示出对细节刻画的某种痴迷。表面上看，他们不过是对隐秘事物的描写，把自己的情感注入事物的天头和地脚，这一"灌注术"其实已经悄然改变了自然之物的自然构造，朝向文学的旷场而渐次敞开。就是说，文字对生活施展的不仅仅是还原，而是创造和命名。

说出即是照亮。用细节说话，用细节来反证和彰显事物的特性，使之成为散文获取给养的不二法门——这同样涉及一个细节化合、层垒而上的问题。

我想，国画里的线条和皴法，一如写作者对散文细节的金钩铁划。正因为蕴峭拔于丰满之中，冯其庸在论及陈子庄画作时不禁感慨万千："我敢说没有一个人可以说得出来石壶山水皴法的名堂，是披麻皴、斧劈皴、荷叶皴还是卷云皴？都不是。因为石壶的山水根本不是从书本上来的，你要想寻行数墨地寻找他的出处，可以说是枉抛心力，因为他的出处不在于此而在于彼，不在书本而在大自然。"不因袭别人的细节，而且不再蹈袭自己曾使用过的细节；不是照搬自然的一景，而是以自然之景化合出别样的情致！事情发展至此，细节的威力就是散文的斗拱。

没有搭建好斗拱而匆忙发布"存在"、"在场"奥义的人，不过是危楼上的演说者。更何况他们的高音喇叭五音不全，只在嘶哑地暴叫。陈子庄所谓的"骨意飘举，惝恍迷离，丰神内涵，此不易之境也"的骨力之说，与之俨然是胶柱鼓瑟也。

高维生、杨献平、朝潮、盛文强等作家显然是被自然之物劝化的作者。明白细节之于散文之力，大致也会明白康德自撰的墓志铭："位我上者灿烂星空，道德律令在我心中！"

非虚构

在《独立文丛》系列作品中，我注意到有不少篇章涉及"非虚构"向量。比如散文家赵钧海《黑油山旧片》《一九五九年的一些绚丽》以及朱朝敏《清江版图》等文。

在此，尤其需要注意几个概念的挪移与嵌合。我以为"报告文学"是那种带有强烈意识形态色彩的对现实予以二元对立取舍的写作。"纪实文学"是指去掉部分意识形态色彩之后，对非重大历史或事件的文学叙述。"私人写作"则是在消费主义时代背景下，强调个人情欲观的写作——这与是否虚构无关。"非虚构写作"不同于以上这些，它已经逐渐脱离了西语中小说之外文体的泛指，在当下汉语写作中，它暗示了一个向量：具有明确的个人独立价值向量前提下，通过对一段历史、事件的追踪检索考察而实现的个人化散文追求。

如果说"非虚构"变成了焦点，那一定是因为我们感觉到了对切入当下生活的迫切性。

以田野考察为主，以案头历史资料考据为辅的这样一种散文写作，正在受到越来越多读者的关注。

在"非虚构写作"中，"新历史写作"已经显出端倪。这个概念很重要，这或许涉及历史写作的转型问题：重视历史逻辑而又不拘于史料细节；忠实于文学想象而又不为历史细部所掣肘。在历史地基上修筑的文学空间，它不能扭过身来适应地表的起伏而成为危房。所以想象力不再是拿来浇筑历史模子的填料。

我坚持认为，"人迹"却是其中的关键词。人迹于山，山势葱茏；人迹于水，烟波浩渺；人迹为那些清冷的历史建筑带来"回阳"的血色，爱恨情仇充溢在山河岁月，成就了散文家心目中最靠近真实的历史。

在此，我能够理解海德格尔的用心："每个人都是大地的一部分。大地之上绝无尺规。"这恰与"道法自然"异曲同工。浮荡在大地上的真实，如同清新的夜露擦亮黎明，世界就像一个开了光的器皿，而散文就要在山河与"人迹"中取暖。

异端不属先锋或主流

我读到散文家朝潮《在别人的下午里》中的不少篇章很是感念，比如马永波的《箴言集》，让我回忆起多年前自己住在城郊结合部陷入苦思的那段岁月。

在收获了太多"不相信"之后，我终于相信：我们置身在一个加时赛的过程中，我们必定抵达！我要说的是：你作为具有个人思想的言说者，你开掘的言路就决定了你与主流话语的分离。从表面上看，你仅是一个写作的异端。其实，异端不在先锋与主流之间，而是"异"在以你的人性之尺，度量世界的水深；"异"在以你的思想之刃，击穿这世界的铁幕；"异"在以你的苦难之泪，来使暴力失去信心；"异"在以你的焚膏之光，来烛照自由之神的裙裾！

同时，为夜行者掌灯，然后，熄灭。

这样的人与言，还"异"否？

从对思想史的梳理中我们发现，经典的异端思想一定是背离了时代或超越了时代。正如葛兆光先生所描述的，思想家们的思想可能是天才的超前奇想，不遵守时间的顺序，也不按照思想的轨迹，虽然他们在一般思想与普遍知识中获得常识和启示，但常常溢出思想史的理路之外，他们象征着与常规轨道的脱节，与平均水准的背离，有时甚至是时间轴上无法测定来源与去向的突发现象。因此常常可以看到思想史上的突变和"哲学的突破"。而正是高踞于时代之上而非融于时代之中的异端思想激起了变革和时代精神的转换，异端之思已经成为推动社会前进的第一力。

光，注定不能被火熔化。着火的思想就像火刑后变形的铁柱，上面镌刻出的图案和花纹，展开异端惊心动魄的美，正是异端的思想切进现实的刀痕。海德格尔引述过 17 世纪虔信派的著名口头禅："去思想即是去供奉。"思想的"林中路"不是抵达烟火尽退的"林中净土"，而是在铁桶合围的现实中，以异端之思打开精神的天幕。

高举"独立"的写作者，更应该是思想者，应永远牢记——异端不是思想的异数，而是思想的常态；异端是一个动词，自由精神才是异端的主语。

我曾在一篇文章里这样预言：我们相信蚁阵的挺阔终将决堤。我们相信纸花无从生发生命的韵律。我们相信马丁·尼莫拉的预言。我们相信散文的声音。真正的散文家还相信，善良如水，那就是最韧性的品质。马拉美曾说："骰子一掷，永远取消不了偶然。"信仰足以让偶然和必然俏丽枝头。花开过，凋谢，还会盛放。

蒋　蓝
2011 年 10 月 4 日于峨眉山

目　录

飘逝的歌谣

第一辑
歌谣

飘逝的歌谣

飘逝的歌谣

一

我上班的地方，是一个小县城，离我出生的村庄仅10公里路。这个特定的工作环境，让我找到了一种置身在精神或血脉的故土上的优越感。我不知道父母对我选择的前途持何种态度，欣慰还是忧虑。与我的同龄人相比，我的选择与他们背道而驰，他们选择了向外走，而我却选择了向内走。我坚定地认为，我的生命是属于故乡的。

每天清晨或黄昏，我骑着自行车上班或下班的路上，都能嗅到那一缕缕来自故土的泥土气息，听到那一声声传自故乡的方言俚语。有时，在喧闹的人堆里，偶尔辨认出一个熟悉的背影，他是你的亲人，儿时的玩伴，老家的叔伯，心中就多了一种涌动的激情和温暖。家的概念便长久扎根在你的灵魂深处。于是，童年的记忆，在你脑海中复活了，你找到了体内血液流动的方向，以及生命的根源。

每逢传统佳节莅临，诸如端午、中秋、重阳、春节，我都会兴奋得及早买上两瓶烧酒，携上一袋粽子、两盒月饼，几包糖果，急匆匆赶回乡村家中，与父母团聚，共享温馨家庭的天伦之乐。每次回家，只要看到母亲因长久劳累而显疲惫的脸上，露出了久违的笑容，看到父亲浑浊的眼眶里，依然流露出对子女永不褪色的关切目光，我心中就会升腾起一股感动的热流。想到在如今这个充满快节奏和诱惑力的时代，若能抛开生活的重负与繁琐，静下心来单独陪陪自己的父母，与他们快乐地吃完一餐饭，共度一个周末，竟然需要鼓足强大的勇气和魄力，不免让人心酸。

因为过节，我回到家园。母亲取下房梁上平日里舍不得吃的腊肉，翻出柜子里珍藏了一个冬季的花生，亲手为我做了一桌香喷喷的饭菜。然后，我便与父亲拿来瓷碗，斟满烧酒，从正午饮到日落。父子团聚，酒中恩情，一醉方休。醉眼蒙眬中，我和父亲一起掉进了记忆的迷宫。醉酒后的父亲更加坦率和话丰，他用长满老茧的手紧紧拉着我嫩白的手，像牵着我儿时的手，在田野的风中散步一样。开始讲述过去的故事，他讲古井旁的那棵老黄桷树，讲村边那条亘古不息地流淌的河流，讲跟了他很多年现在也像他一样老的黄狗……最后，他谈到了村庄近来的情况：玉米的收成，肥猪市场价格的跌涨，农业税的增减，根子爷的死，我一个小学同窗的婚事……父亲谈话内容的滔滔不绝，使我对自己的身份有了更加明晰的确认：我是一个乡巴里的孩子。就像那盏山坡上随风摇曳的金盏菊，永远在故乡的胸脯上成长或绽放。

在父亲那醉态模糊的表情里，我看到了自己多年后的样子。

二

小县城的天空是低矮的，它所表现出来的生活的从容散淡，使我迷恋上了它的黄昏。我喜欢在下班之后，一个人推着自行车静静地在幽寂狭长的小道上漫步，沐浴晚风，心旌荡漾。此情此景犹如行走在自己身体的纹理间，轻嗅着从自己生命深处散发出的清香气息。较之大都市的繁华与喧嚣，小县城更多的是一种冷清与孤寂。在我的潜意识里，县城的每个角落都充满着梦幻色彩和忧郁气质，这使我对它明亮内部生活的每一个场景充满猎奇。县城的生活更接近生活的真实。白天，除了上班，我敏锐的思维更多时候却像蜗牛的触须，深入县城的中心，去体察那些来自生活底层的影像。我习惯性地驻足街边，观看两个老人棋盘上的谋略厮杀，坐在路边的夜摊上，看喝着啤酒的男人或女人洒脱与豪爽的性格，我还会有意识地去窥视一个三轮车夫表情中的复杂含义，揣测一个擦皮鞋的妇女和她身旁那个小孩之间的关系。我坚信，这些展现在我故乡的人和事，一定与我本人有着某些必然的联系，无论生存观念或是情感意义上。从那时起，我开始了写诗和散文。

在我蜗居的小城，我或许是唯一写诗的年轻人。为此，我以诗歌来对抗黑夜的孤寂，诗成了我内心表述生活的一种方式。当我的同龄人在县城的滑冰场、音乐茶座里享受青春的欢乐，宣泄青春的激情时，我却伴着一豆清灯，执起手中的笔，记录着我的故乡人的生存状态。我在写诗的过程中，再一次看到了自己成长的过程。写作将我内心的浮躁转化成了安静，我怀着一种圣洁的心情，侍弄着根植在我故土大地上的文字。诗让我聆听到了来自心灵深处的声音。

县城的生活，激发了我极大的创作热情，曾经，为能静心书写那些纯洁而高尚的文字，我竟然向单位撒谎，请病假。唯有如此，我才有避开俗事纠缠的充足理由。然后，退回到出生我的村庄，体验失眠的痛苦和欢悦。万籁俱寂的山村，裸呈出幸福般的宁谧与祥和，独坐在童年写过日记的房间，隔壁传出的是父母睡梦中的鼾声，我找到了写诗的最佳状态。我的大部分诗文，都是在山村的家中诞生的。只有心在与自己的父母、自己的故土靠得非常近的时候，我才真正有了生存的大自在与大欢乐。

三

那是一个阳光很好的上午，我坐在办公室里起草一份文件。突然，一个清秀的女孩如翩跹的蝴蝶飞落我的案前，一股爱的潮水正在向我敞开的心扉涌进，来不及防范。"你是佳骏吗？"声音甜润。羞红的脸庞衬托着她碧蓝的眼波，清纯而灵异。"我费了很大的周折才找到你工作的地方，我喜欢你写的诗。"随即，她背诵出了我的一些诗句，我被这个女孩的诚挚与美丽所折服。那天上午，我的办公室一直流动着阳光般暖人的诗意。

女孩说："我喜欢你诗中生命意识的觉醒，忧郁气质的张扬和人文焦虑的复苏。"我觉得这个女孩就是我的缪斯，她真正理解我诗歌的本质和写作的状态。从那天起，我心灵土壤里爱的种子萌芽了——我爱上了这个女孩。一个有着冷峻智慧与伤感心绪的女子，是很难不被人爱上的。

自然，我的诗歌创作更加勤奋，女孩极大地激发了我的创作灵感。我常常在信中与她交流写作心得，她每次都能对我的诗作提出全新的理解和独特的剖析。慢慢的，我意识到我的诗歌不仅仅是为故乡而写，也为我理想中伟大的爱情而歌唱。

县城的风景是单调而枯燥的，你甚至分不清它的夏天与秋天明显的区别在哪里，一切都被淡化了，以致在它的天空下发生的故事往往还未出现高潮就已接近了尾声。

无事可做的日子，我牵着女孩的手，邀她去文化宫看歌舞演出，领她去河滨公园欣赏夜景，为她朗诵我新写的诗作，带她去县城最具浪漫情调的餐厅吃夜宵。我试图以诗歌的思考方式去穿越县城平庸的生活，寻求更大的生活激情，保持住爱的纯洁度和绵密性。我与女孩的交往更多是精神层面上的，我想，这便是我今生追求的爱了。我和女孩的爱情在县城柔美的黑色中花儿一样芬芳。我相信，这是诗歌的力量。

风从县城的上空刮过。从春到冬，我都在用诗歌编织我的爱情前程，抒写我故土生活中的人物风情。我坚信，诗歌的力量一定能战胜生活的落寞——直到我发现它的脆弱。

同样是个阳光很好的日子，我照常在办公室写着那些永远也写不完的文件。一封信依然像蝴蝶一样飞落我的桌上，不过它与蝴蝶的轻盈相比，多了几分沉重和笨拙，信是女孩写来的。

佳骏：

诗是美的，但它与现实之间永远存在着差距，你的诗使我对生活有了更深入的思考，现在，我要从非现实的虚幻中抽身出来，我们分手吧。

我要离开县城了，幸福在远方。

走后，我还会喜欢你写的诗。谢谢你！

保重。

×　×　×

我的爱从诗开始，以诗结束。

那天下班后，我没有像往常那样急忙赶回住处，我在一个街边小酒店里坐到很晚。记得当时我喝了很多酒，我忘记了自己身在何处，甚至连自己是谁都不知道了。直到酒店打烊，老板将我赶了出来。时间已经很晚了，街上几乎没了行人，夜的寒气像一把钢刀割着我的肉体。黑暗中，我像一尾游走在县城边沿的鱼，摸不着回家的路线。我第一次感受到县城的空虚，故乡的疲软，诗歌的无意义，我忽然觉得自己是一个经历了太多事故的人。那晚，我充当了一个夜游者，历经了心灵的重创和蜕变。第二天回到住处，感觉像是重新投了一次胎。后来，我在一篇文章里读到这样一句话：

写作是一种甜蜜的绝望。

四

我一个同事去了省城打工，好长时间，我心里都有种隐隐的失落。同事是位性情豁达，具有浓厚思乡情结，既传统又现代的年轻人。在单位人缘很好，工作能力强，常因工作业绩突出而受到领导表扬和其他同事首肯。在工作上，我俩是配合默契的搭档，在生活中，我俩是感情甚密的朋友。我们同是从故乡的泥土里生长而出的"麦穗"，因此，我俩都自认为是行走在故乡大地上的歌者。我们以留守生活的方式深爱着故乡的草木、河流、街道、麦地、田园，我固执地觉得，只有我俩才是故乡最真诚的儿子。直到同事远走，我才有机会静下心来，重新对故乡作了一次审视。我发现，故乡并非是一个人最温暖的怀抱，它其实与我们的生命之间存在着相当大的隔阂感。

故乡永远是一个人内心的伤和痛。

同事走的前夜，邀我在一家小酒店见面，我俩默默地对视着，长时间的沉默不语使原本就比较冷清的酒店显得更加空落。同事一支接一支地抽烟，呛人的烟味弥漫在酒店内的各个角落，散发出一种过去年代的陈旧气息。他的眉宇间流露出凝重的愁绪和无奈。良久，同事终于开腔说话了，"佳骏，其实我是不想离开故乡的，知道吗？""那就留下吧，这是你扎根的地方。"我说。"我如果继续选择留在这块土地，有一天我父母真的就老了，而我却没有赡养他们的能力，县城里是滋生不出爱情和财富的，我不想做井底之蛙，我害怕有一天我会像他们一样终老。"同事的话让我语塞，我俩陷入了沉思。那晚的时间漫长而难熬，最后，我们在酒杯碰撞的祝福声中结束了见面。

第二天，同事走时，我没为他送行，我偷偷地躲在候车室的角落里，隔着玻璃窗目送着他的背影渐渐远去，像一朵飘逝的云，从故乡的天空飞走了。

远行或许真的可以改变一个人的命运。转眼前，同事离别家乡已有两年。

他在省城里有了自己的家。上个月，我因去省城办事，顺便去了同事在省城的家中，他的家宽敞明亮，富丽豪华，室内装修典雅新潮，具有现代小资家庭的典型特征。同事已经结婚，他的太太美丽大方，聪慧伶俐，是省城某局局长的千金，这套房子就是用他太太的钱购买的，而且，他的太太已在两个月前有了身孕。同事的脸上已由过去的阴郁变得有了神韵，周身透射出一种大城市人特有的气质，令人好生羡慕。同事说："我原本是想到外面闯闯，挣点钱，然后再回家乡开个店，当个老板，孝顺父母，不想，一出来就安了家。现在要是再叫我回县城，恐怕不习惯也不可能了。"同事生活的骤变给我心灵带来了强烈的震撼，也对我坚守故乡的信念产生了动摇。同事说："你干脆也别回县城了，留在省城我替你联系一个工作，比你在县里强多了，月薪是你在县城的几倍。"面对同事的鼓动劝说，生活的巨大诱惑，我的内心开始了痛苦的挣扎。一番艰难的思想斗争之后，我决定利用仅十天的办事时间，让朋友尽快为我联系一份工作。我梦想的火种开始在城市点燃。

同事调动他的所有关系为我的工作操劳着，我焦渴的心在新的憧憬中跳跃着，激动让我聆听到了生命拔节的脆响。然而，美梦总是短暂的，四天后的一个电话，让我的大城市梦成了泡影。电话是远在家乡的叔伯打来的，说是我父亲在出山干活时摔折了腿，伤势严重，要我速回。情急之下，来不及向同事打声招呼，慌忙买了车票返家。事后，同事给我来了一封信，说是已在省城给我找了一份差事，只因人走，便已作罢。他还说，其实生活在故乡也是挺好的，他时常在梦中看见故乡的山水、房舍、炊烟，父母的白发，衰老的牛羊，静美的月亮……每次醒来，都泪流满面。

五

在县城，我去得最多的地方是书店。隔三差五，我就会往书店跑，这几乎成了我的一种生活习惯。书店也许是县城唯一具有文化底蕴的地方，虽只有几百平方米的狭促场所，藏书量与品种也不尽繁多丰富，但就是这窄小之地，却为我洞启了一扇启迪心智的天窗。在书店里，我完全可以把自己忘却，当心灵飞翔在那些书籍构织的智慧宇宙中，生命就觉着有了力量，精神上便获取了某种宁静与自在。由于县城文化的薄弱，人们对书籍的需求量偏低，书店里十天半月都很难有新书上市，摆在架上的书籍大部分成了摆设，就像高挂在书店墙上那幅纸质泛黄的高尔基画像，神情一派肃穆安详，却没有人能辨识出他的面孔，这多少充满了生活的幽默感和戏剧性。

因为我的经常性光顾，我熟识了书店里两位售书的姑娘，姑娘清纯质朴，热情大方，她们知道我是一个喜欢买书的人，还因此关注到我写的诗歌和散文，在她们眼里，我成了一种文化符号或象征。渐渐，我们之间有了对话交流——关于文学，人生际遇，命运哲思，生活意义，价值取向……文化的渗透力使几颗年轻的心碰撞出了思想的火花。这也许是我逛书店所得到的最大慰藉。

我尤其喜爱书店特有的文化氛围，坐拥书城，思接千里，古今圣哲，尽享其中。我相信环境对一个人的熏陶是巨大的，每逢周末，不少学生进入书店，店中变得空前热闹，文化的因子被莘莘学子激活，让人看到中华文化后继有人的传承曙光。每次，我都会为这些青年人执著的求知精神生出敬佩，为自己的精神探索之途上增添了同路人而欣慰。孤寂的心情骤然阳光满怀。

一个爱上书并打算与之结伴终生的人，对生活的其他方面是会作出让步的。我常常为购买一本自己喜爱的书而省吃俭用，忍饥受寒。这是毅力与体力的较量，执著会使一个人对任何事情都变得无所畏惧，内在的坚守足以抗拒来自外在的强劲压力，这是人性的力量。

在我的乡村家中，藏有我收集的大量书籍，这些书是我人生路上积淀的一笔宝贵财富，它们真实地见证了我所走过的生命历程。在一般有文化的人看来，对我这个乡村孩子的藏书行为是匪夷所思的。而对于我那些终日脸朝黄土背朝天的父老乡亲来说，我的行为更是不可思议，他们永远不明白，我掏那么多钱买回一摞一摞"废纸"究竟价值与意义何在。唯一理解并给予我精神支撑的，是我的父母。俗话说：知子莫若父。看见我枕边案桌堆积如山的书籍，父亲始终都以一种宽容和关怀的态度对待我，面对他人的鄙夷和冷嘲，父亲硬是在劳动之余抽时间找来木料，亲手替我制作了一个书架，将我散乱的书籍工整地放在架上，精心呵护与保管，就像当年照料自己的儿子一样细心。他知道，这些书籍是他儿子生命的一部分。多少次，我被父亲的博爱感动得泪流满面。除此之外，还有我的母亲，一个年过不惑的农村妇女，我不在家的日子，她时常会用毛巾去拂去我书籍上的尘灰，就像替她远行归家的儿子擦拭额头上滚动的汗珠，疼爱而慈祥。每次我从县城回到山村家中，看到我那些被父母伺弄得整齐、光洁的书籍，就像看见了父母那清澈如水的心灵。

在乡村家中阅读、写作的美好夜晚，母亲总会轻轻地为我送来一支蜡烛，然后又轻轻地走回房间睡觉，她担心自己过重的脚步声会影响我的阅读和思考。就像金秋的五月，母亲弯腰在金灿灿的麦地里劳作，我会轻轻地为她送去一盅凉水。我们同在进行一种收获。他们懂得，我的生命即是他们生命的延续，我所选择的道路即是他们希望的寄托。

父母永远是我们心中的天堂。

鞋子的诉说

草 鞋

冬天，忙完了农活，爷爷就会坐在屋檐下，偎着一个火炉，编织草鞋。草鞋都是用上等的稻草编织的，那些稻草，经过一个夏天，再经过一个秋天，又经过一个冬天，质地就特别柔软。用这样的稻草编织出的草鞋，耐穿，贴脚，透汗。挑到集镇上，一般都能卖个好价钱。

我喜欢蹲在爷爷身旁，看他编织草鞋的样子。一根根稻草，在他的双手间，蛇一样缠来绕去。随着他双手的不停揉搓，那些细长的小蛇，开始扭结在一起，不多一会儿，就盘出一个鞋底图案来。整个过程，充满浪漫，又暗含创痛。

逢到赶集的日子，爷爷就挑上草鞋，去集市上出售。若行情好，一个集日，能够卖出十来双鞋子。若行情差，顶多卖出三两双。爷爷每次从集镇上回来，我都站在村头，远远地迎接他。他一看见我，高举手臂一挥，我就急不可耐朝他跑去。这时，他准会从衣兜里掏出一个饼子或是一把糖果递给我。不用说，那他一定是卖了个好价钱。倘若他只是用手摸摸我的头，就说明他那天的运气霉，草鞋没卖掉，而我只好垂头丧气地跟在他屁股后头，失望至极。

爷爷一辈子，除了穿草鞋，很少穿过别的鞋子。反正，草鞋是自己打的，不要钱。穿烂了，也不要紧，再编织一双便是。若遇天下雨，他就打着赤脚，上坡干活。即使到了冬天，他的脚上，依然套一双草鞋，从村东走到村西，从山下走到山上，不改他的"草鞋"本色。

那时，我对爷爷佩服得五体投地，认为他是条硬汉。不怕冷，不怕冻。直到后来我长大些，才明白他是舍不得穿其他的鞋子。奶奶给他纳的布鞋，他要么给了父亲，要么就背着奶奶，偷偷地拿去集镇上卖了。把卖鞋子的钱，放在他睡的枕头下，藏起来。

有一年，我上学差学费。父母把家里能换成钱的东西，都拿去集镇上卖了，仍然无法缴清我的学杂费。全班三十多个人，除了我和另外四人无法缴清学费外，其他人都东拼西凑地缴清了。老师天天在课堂上点名批评我们思想落后，觉悟不高。全班人的目光，都聚焦在我们站着的五个人身上，刺得我们羞愧难当，深受其辱。回到家，便只好将内心的羞辱，统统发泄在父母身上，又是哭，又是闹，急得父母焦头烂额，走投无路。爷爷见我们实在没办法，就把他藏在枕头底下的钱拿出来，交到父亲手上，说："拿去吧，我只有这么点，娃念书要紧。"第二天，我兴高采烈地跑去学校，把用帆布包裹了几层的钱递给老师时，心里涌起说不出的自豪。老师接过钱，将那些压得皱巴巴的五角、两角的零钱数了又数，不说好，也不说坏。

其实，爷爷存的那些钱，是要用来给奶奶治病的。奶奶得病很多年了，一直无钱治疗，一天拖一天，病情越拖越严重。白天喘，夜晚也喘，一走动就喊累。爷爷曾去镇上的诊所打听过，奶奶的病叫"支气管炎"，应该尽早治疗，以控制病情恶化。但治病得花钱，家里尚无这个经济实力。故爷爷只能一个子儿一个子儿地攒，他相信通过卖草鞋，是可以凑够给奶奶看病的钱的。

遗憾的是，爷爷始终没有凑足给奶奶治病的钱。由于错过治疗时机，奶奶的病已无法根治，只能靠药物稳定病情。为此，爷爷一直活在深深的内疚和自责中。

就在奶奶的病情逐渐恶化的过程中，爷爷也病倒了，且比奶奶更加严重——风湿性关节炎导致下半身瘫痪。医生说，爷爷的病，都是穿草鞋给穿的。那些可恶的风寒，早在多年前，就像蛇一样沿着鞋子，钻进了爷爷的膝盖，啃噬他的骨肉和精血。

瘫痪后的爷爷，再也不能编织草鞋了。但靠他床铺的墙上，还挂着几双曾经没卖出去的鞋子。爷爷寂寞的时候，总会睁大眼睛，静静地凝视它们，像打量自己漫长的一生。

布　鞋

　　每年，母亲都要给我做一双布鞋，蓝面子，千层底的那种。鞋帮上系一个纽扣，看上去，挺别致，挺古朴。穿在脚上，暖暖的，脚板心像是有热乎乎的毛毛虫在蠕动。那时，对母亲做的新鞋的盼望，成了我心底最大的秘密。

　　在乡村，几乎所有的母亲，都要给孩子做一双过冬的布鞋，那是当母亲的一个心愿，也是一种责任。我的母亲心细，早在入冬以前，她就抽空偷偷地做了两双布鞋。一双让我在入冬后穿，而把另一双放在柜子里，藏起来。一直要藏到大年三十的晚上，才拿出来送给我，作为新年礼物。她说："咱家穷，妈妈没有压岁钱给你，送你双鞋吧，希望你一年走得比一年稳。"我接过母亲送的布鞋，心里有说不出的高兴。

　　初一清早，我从床上爬起来，做的第一件事，就是穿上母亲送的新鞋，满院子跑。我们家的院子里，有一颗柿子树，落光了叶子，树枝上挂满了红彤彤的果实，像一个个小灯笼。我围着柿树转圈，脚踩在雪地上，留下一圈凌乱的鞋印。那种兴奋，那种内在的喜悦，像柿子的脸蛋，着了火，透着燃烧的激情。邻居家的小孩来找我玩，看看自己脚上穿的旧鞋，再看看我脚上穿的新鞋，眼睛里放射出羡慕和嫉妒的目光。

　　记忆中，只有一年，我没有收到母亲做的布鞋。

　　那一年，我们家遭遇了前所未有的变故。先是爷爷去世，爷爷去世不久，我奶奶又生了一场大病。接踵而至的灾难，使我们本就贫穷的家陷入绝境。奶奶整天躺在床上，动弹不得，疼痛使她发出高一声低一声的喊叫，将整个家都喊得凄凉无比。面对奶奶的痛苦，父亲只能蹲在院子里，大口地抽叶子烟，眼睛里充满了血丝。实在逼急了，他就跑到爷爷的坟前，号啕大哭，把心中的内疚和委屈，统统发泄出来。后来，还是母亲做主，把粮仓里仅有的两百斤谷子卖了，请来医生为奶奶治病。

　　就在奶奶的病情略有好转的时候，又遇到我出麻疹，周身长满红斑，高烧不退，卧在床上神志恍惚。这可吓坏了父亲和母亲，他们从坡上找来虎儿草、麦门冬、菖蒲等来熬水给我擦洗身子，仍不见效。那段时间，母亲被折磨得疲惫不堪，两只眼睛都哭肿了。要不是几个好心的邻居，见我们可怜，凑钱送我去医院打针，我真不知道自己还能不能活下来。要是我那时真的有个三长两短，我母亲肯定也活不了。

从医院回来，母亲天天将我揽在怀里，什么事情也不干，就把我守着。守住了我，也就守住了她的命根。渐渐的，眼看我身上的红斑消除了，烧也退了下来，人也变得精神了，母亲悬着的心总算踏实了些。

第二年刚开春，母亲就找来几块旧布料，为我做了一双鞋子。按照母亲的说法，是要为我冲冲喜，庆贺我的大难不死，也祈求我们家在新的一年里，有个好兆头。至少，不要像过去的一年，活得那么累，那么苦。

母亲给我做的最后一双布鞋，是在我十六岁那年秋天。为了生存，我独自去外面闯荡。我要走的前几天，母亲一直闷闷不乐，焦躁不安。她担心我在外边遭人欺负，但又无法阻止我出去闯荡的决心。好几次，她在地里干活，干着干着，急匆匆地跑到我面前，想对我说什么，张了张嘴，结果还是什么都没说，转身又去地里干活了。她转身的一刹那，我发现她在抹眼泪。

晚上，母亲房间里的煤油灯一直亮着。微弱的光线透过墙缝，照在我睡的床上，形成一片暗影，将我覆盖。我知道母亲整夜都没睡，即使她吹熄了灯，我也知道她的眼睛是睁着的，她那睁大的瞳孔里流出的泪水，一定濡湿了枕头和被子。

我是在一个黄昏离开村庄的，我走的时候，母亲没来为我送行，只偷偷地在我的背包里，放了一双崭新的布鞋。

那双鞋，我一直没舍得穿，现在还被我珍藏着。偶尔，我会把它拿出来穿一下，但我的脚已经长大了，只能放进去几个脚指头。不过，这双布鞋，最合我的脚，它原本就是属于我的。

塑 料 凉 鞋

凉鞋是父亲从集镇的地摊上买回来的，三元钱一双，若遇降价，五元钱可以买两双。那时，我已经在镇上的中学读书。每天一早，走十几里路去上学。下午放学后，又走十几里路回家。走的路多了，耗费掉的鞋子也就多。一个夏天，至少要磨烂三双凉鞋。

也许是因为便宜，这种塑料凉鞋在校园里非常流行。不独男生们穿，女生们也穿，只是女生们穿的凉鞋的款式和颜色不同罢了。甚至，连个别老师，也穿着这种凉鞋，站在讲台上给学生们上课。记得有一个物理老师，左脚的小趾上，多长出一个脚趾。而恰好他也喜欢穿塑料凉鞋，每当他一走进教室，学生们的目光就被他的"六指"所吸引，齐刷刷地盯住他的左脚看。老师知道学生们在底下议论他的脚趾，他不但不觉得尴尬，反而故意用左脚尖，在讲台上画出一个圆圈，然后，得意洋洋地提高说话分贝："把书翻到67页，今天我们讲串联电路。"话毕，引得学生们一阵窃笑。

　　每个学生，都以拥有一双塑料凉鞋为荣。哪怕是上体育课，也舍不得脱下。若体育老师非让学生换鞋时，有人就说自己只有这一双鞋，而最终落得被老师赤脚罚跑步的下场。即便如此，被罚的同学一边跑，一边还用双手各提一只鞋子，左摇右晃的，向围观的人群展示、炫耀。那模样，好像不是受罚，而是得到了某种奖赏。

　　只要下课铃声一响，无论是操场上，还是走廊上，到处都是跑动的"塑料凉鞋"，随鞋子翻飞的灰尘四处升腾。若是做课间操，一排排的"凉鞋"站在操场上，步调一致，整齐划一。低头一看，像是穿的校鞋一般，特别带劲。做完操，上课铃响起，大小不同的"凉鞋"又急匆匆跑进教室。甫入座，一股难闻的汗臭味便从脚下升起，弥漫整间教室。老师用书扇扇鼻子，再朝下看看大家的脚。发现所有的脚趾都在蠕动，每根脚趾，都裹满灰尘，像一根根泥鳅的头，被凉鞋的鞋袢扣死。

　　一次，一双凉鞋引发了一场震惊全校的案件。有人趁午休时跑去伙食团，朝猪油罐子里撒了一泡尿。作案者除留下一双凉鞋印，任何线索也未留下，这给查案子的老师增加了难度。办案者先是摸底调查，后又重点侦察，仍未获得有效证据。最后，还是校长亲自出马，专门拿出两节课，把全校学生赶到操坝，又让老师不知从什么地方弄来一口袋沙子，平铺在地上，辨识鞋印。学生们排着长队，从沙子上踩过，做游戏似的，把记录鞋印尺寸的老师忙得大汗淋漓。令人失望的是，记录结果显示，与作案者留下的鞋印吻合的鞋子，多达四百余双。不得已，校长和老师只好摇摇头，叹叹气，让这桩无头案成了一个秘密。

凉鞋由于是塑料做的，不耐磨。一双新凉鞋，顶多穿两三个星期，不是将鞋袢磨掉了，就是把鞋底磨破了。母亲只要看见我的鞋袢掉了，烧火煮饭时，就会把火钳放到灶间烧红，给我烙鞋袢。被火钳烙化的鞋袢，粘在鞋帮上，发出滋滋的响声。伴随青烟冲起的，是刺鼻的焦煳味。我穿的凉鞋，不知被母亲用火钳烙过多少次，直到鞋袢已无法再粘连，母亲才会叫父亲重新到镇上给我买一双新凉鞋。

我后来对凉鞋产生反感，缘于一个政治老师的教育。她说，塑料凉鞋是最普通不过的鞋子，比这种鞋子更高级的，是黄胶鞋，是皮鞋。她还说，如果大家今后想穿黄胶鞋，穿皮鞋，就要认真读书，等将来有出息了，才能如愿以偿。老师的话，极具鼓动性，说得同学们精神亢奋，人人都有为读书而献身的强烈欲望。我那时没见到过皮鞋，脑子里也就没有皮鞋的概念。不过，黄胶鞋我是见到过的——在一张连环画上。画面上站着的是一个士兵，双手紧握钢枪，昂首挺胸的派头，很威武。那个士兵的脚上，穿的就是一双黄胶鞋。我曾对那双黄胶鞋生发过幻想，还为此写过一篇作文。

无疑，老师的激励，刺激了我想拥有一双黄胶鞋的愿望。我把这个愿望告诉了父母，父母没有答应，但也没有拒绝。几天过后，父亲拍着我的肩膀说："你不是想要双黄胶鞋吗？只要你能考上高中，我就给你买一双。"父亲的话，让我兴奋得一夜都没睡着觉。从此，我把主要精力都用在了学习上。在学校，除了看书，还是看书。就连下课那十分钟，也不舍得去玩，而是埋头复习功课。回到家后，还得挑灯夜战，把老师布置的作业完成后，就躺在床上背书。我要用自己的实力，争得一双黄胶鞋。

中考时，考虑到当时的家庭状况，我没有报考高中，而填的志愿是中师。发榜的时候，我的成绩远远超过了中师录取分数线。老师们均对我填报的志愿表示遗憾，政治老师对我说："你完全有实力穿皮鞋的。"我笑笑，未作答。

父亲没有食言，我去中师报到那天，他仍然送给我一双黄胶鞋。虽然，我读的不是他希望的高中。

我接过父亲送的鞋子，眼里差点掉下泪来。

高 跟 鞋

高跟鞋是红色的，在阳光下一照，艳若桃花。我最初见到它，是在村里一个外出回来的女青年那里。

　　女青年是村头王石匠的女儿，因为逃婚，几年前的一个夜里，她突然失踪了。王姑娘失踪的当晚，天降大雨，电闪雷鸣，整个村庄都浸泡在雨水里。第二天早晨，雨刚停，人们就看见王石匠急匆匆地在村里东窜西跑，丢了魂似的。后来才知道是他的女儿跑了。午时刚过，与王家定亲的男方得知未过门的媳妇跑了，便约舅邀姑兴师动众地赶来一拨人，向王石匠要人。又是哭又是闹，还砸桌子摔碗。无奈之下，王石匠只好忍痛退了这门亲事。

　　一晃六年过去，当村里人都忘记了王姑娘的存在时，她居然神不知鬼不觉地又出现在了村子里。那天下午，村里人都聚集在村头的槐树底下开会，会刚开到一半，就远远看见村路上走来一个人——留一头披肩长发，上身穿一件皮衣，下身穿一条牛仔裤，脚上穿一双红色高跟鞋。大家都为这个人的出现感到诧异。村长停止了发言，与会的人都伸长了脖子，把目光朝向同一个方向。渐渐的，那个人影越来越近，直朝槐树底下走来。这时，人们看出她是个女的，耳朵上还挂着两个大圆环。正当人们纳闷时，只见她朝人群里瞥了几眼，冲着王石匠叫了一声爹。王石匠触电般傻愣着，半天才回过神来，眼泪夺眶而出。直到那刻，大家也才认出她就是王石匠失踪的女儿。

　　回村的王姑娘，像一头怪兽，搅乱了人们平静的生活。我每天早晨上学，经过王石匠家门前时，都看见王姑娘左手端一个水盅，右手拿一把小刷子，刷她的牙齿。边刷边有白色的泡沫从她嘴里流出来。那段时间，我就躲在她们家柴房后面，看她刷牙。她刷完牙，还要洗脸。在脸上涂一种什么东西，然后用双手揉搓出她嘴里流出的那种泡沫来。在课堂上，我脑子里浮现的，全是王姑娘嘴里和脸上那白色的泡沫。下午放学后，我偷偷躲进灶房，把一块布片，缠在筷子的顶端，蘸湿水，洗自己的牙齿。我渴望嘴里能冒出像王姑娘嘴里流出的泡沫来。遗憾的是，我的嘴里流出来的不是泡沫，而是鲜血。由于摩擦，伤了牙龈，我的嘴巴痛了几天，不能进食，学也没法上。

　　村里的男人们，开始变得懒惰起来。一上坡，就坐在田坎上，议论王姑娘的长相，议论她那白净的皮肤以及她那高高隆起的胸脯。收工的时候，绕着圈，也要从王石匠的门前走过。他们即使没有看见王姑娘本人，看看她晾在院坝里的五颜六色衣服，也是一种享受。村里的女人们，也慢慢地关注起自己的穿着来。干活时穿的衣服，跟在家时穿的衣服，是不一样的。每天干完农活，都要反复用洗衣粉，把手洗了一遍又一遍。她们幻想自己的手，能像王姑娘的手那样白净、光滑。

最耐不住寂寞的，是村子里那些年轻的姑娘们。没事的时候，她们就朝王石匠家里跑，围着王姑娘试穿那双红色的高跟鞋，还央求她讲外面的事情。王姑娘很乐意跟村子里的姑娘们在一起聊天，那些姑娘们也很信任她。渐渐的，她们变得亲密无间。王姑娘经常从镇上买回鸡鸭鱼肉，叫姊妹们去吃饭。还送给她们穿旧的一些衣服、裙子。姑娘们得到王姑娘送的礼物，分外兴奋，整天穿在身上，在村子里走来走去。那些衣服、裙子，她们从来没有看到过。

几个月过后，王姑娘再一次从村子里失踪了。跟着王姑娘一起失踪的，还有平常围着她聊天的那几个姑娘。王姑娘失踪后，曾跟村长写来一封信，她让村长转告那几个姑娘的父母，不必为她们担心，说姑娘们全都跟她在一起，在一家什么工厂里做纺织女工，每个月能挣两千多元钱。随信她还给几个姑娘的家里各寄了三百元钱，说钱都是姑娘们挣的，专门孝敬父母的。那封信没有落具体的寄信地址，只是信封的右下角，写着两个字：东莞。

自从王姑娘走后，王石匠已经不做石匠了。据说王姑娘给他留下一笔钱，足够他养老。每天，王石匠都守在王姑娘给他买的那个彩色电视机前，收看他永远也看不懂的电视节目。如果天气晴朗，阳光充沛，他就会把王姑娘留下的那双红色高跟鞋，放在院墙上晒一晒。只要有人从王石匠家门前路过，都会擦亮眼睛，望一望那双鲜红的高跟鞋。尤其是那些失踪姑娘的父母，望得最为仔细，仿佛那双鞋子，是自己的闺女留下来的。

黄昏的掌纹

黄昏，像是一种回忆，更像是一种幻觉，静谧中包蕴着刻骨的伤感——我说的是乡村的黄昏。那时，我大约只有十六岁吧，夏日傍晚，我跟随父母劳动后回家。父母走前面，我走最后，晚风摇曳着我们瘦削的身影，夕阳映红我们古铜色般沧桑的脸庞。在我们周围，一切都隐退了。田野上劳动的人们先后一个个走光，大地一时间变得旷阔而空茫。大概是因为累，我们扛着农具只顾低头走路，谁也不说话，像几只疲劳过度的蚂蚁在山道上慵懒地爬行。走着走着，突然间，我就停下不走了，找一个地方坐了下来。父母照旧走他们的路，他们是不会问我停下来的理由的。

我独自坐在土丘上，放下手中的农具，全身累得要散架。我稚嫩的身体承受不了每天那种超负荷的劳动，两只手掌上全是被锄柄磨出的硬趼，脊柱的骨缝间针扎般酸痛。但我不能向我的父母提起我的痛，如果那样，他们会不高兴。因为，他们比我每天的劳动量更大，痛也更深。有时夜里躺在床上，我实在忍受不了肩背上被烈焰炙烤后血渍撕裂的皮肉的锐痛，而叫出声或流出泪来，父亲就会喝得醉醺醺地跑来我跟前吼道："哭什么呢，你娃还嫩，日子长着呢，够你娃熬的！忍着吧，没听那些有文化的人说吗，'钢铁就是这样炼成的'。"说完，就打着酒嗝摇摇晃晃地爬到床上去了。片刻之后，一种疲累的呻吟就会在暗夜里回荡，仿佛夜的喘息。

窗外，月色幽朦，暗影如磐。

我的痛是身躯的，也是心灵的。我躺倒在土堆上，像一个沉默的影子。父母已经回家，整个山地只剩下我一人，独对荒野，和自己战栗的灵魂。我始终感觉自己是一个无家可归的人，尽管我的家就座落在前方的山坳里。暮色聚合，起风了，鼻息里尽是麦子，玉米，高粱，杂草混合的气息，这种气味在我的记忆里弥漫了许多年，像某种潜藏于我流动的血液里的元素，在我生命的田野里涌来荡去，经久不止。那时，我已经开始对这种气息感到厌恶并诅咒，我不想被这气息所窒息。于是，当我每次躺倒的时候，我的耳朵都会聆听到一种声音，在急急地召唤着我，引领我逃离生活着的村庄，穿山越海，翱翔飞奔。这种声音不是来自我的家里，我的父母；更不可能来自我脚下的土地，身后的庄稼……而是来自那许许多多我所看不见的另存的世界。

我不能不说说那些黄昏中的鸟。在我每次劳动回家停下来休息或冥思时，都能看见它们在我的头顶上方盘旋，俯冲，像一群村庄的精灵。这些弱小的生灵曾给过我莫大的精神慰藉。它们永远处在一个高度上生活，而又同时拥有着大地。不像我，在大地上生活，却未能拥有一个属于自己的高地，这是我生而为人的遗憾。每当我目睹它们在天空上自由欢快的影子时，都免不了顿生一种舒翅翩飞的欲望。在当时，这欲望是怎样令一个十六岁的少年心悸不安而又激动异常啊！蓝天是鸟儿的天堂，土地是我父辈的天堂，而我的天堂将在哪里呢？

母亲似乎从我每天的行为和表情里觉察到了什么，只是她没有说。而父亲则对我的古怪举止愤怒至极。他认为，我成天这般胡思乱想，拖沓懒散，丝毫不具备成为一个好庄稼把式所应有的资质。早晚成不了气候，会败了家业。于是，他着意要将我培养成一个他所满意的庄稼把式。每天天不亮，他就迫使我跟他一起出地干活，向他学习耕地，犁田。他教我如何播种施肥，怎样才能使粮食增产，如何从气候的变化中去经营农事。他在教我干这些活的时候，只是将我视作一台用来进行农业实验的机器，而不顾我弱瘦的身体是否承受得了那样长时间的劳作。有好几次，我都在他的调教中因体力透支而晕厥，但他从未因此减少对我的劳动时间和劳动量。只要我每天都按照他的意旨卖命地劳动，他就非常高兴。反之，则会受到他的恶言厉骂，以至于母亲也会经常跟着我受牵连，被他谩骂。他一高兴了，晚上回到家，就会喝许多的酒，直到把自己灌醉为止。然后，睡在梦魇一般的深夜里，幻想又一个土地的儿子即将在他的预想中诞生。多年来，父亲就是这样在对我的幻想中，使自己日趋衰竭的生命重新获得了张力，并延续着自己的寿命。

没想到母亲会与我进行一次彻底的交谈。有一天，劳动收工后，我仍旧一个人坐在土堆上，抬头仰望天空中那些自由飞翔的鸟儿，在寂静中聆听自己心跳的声音，脑中胡乱地想着一些事。突然的，我感觉身后有人在向我靠近，我回转身，发现是母亲。她空着两手，一头蓬乱的白发在晚风中扬起，神态苍老而虚弱。平常，我总觉得与父母之间，存在着某种心灵上的屏蔽，我们是缺乏理解和沟通的两代人，彼此的认识，见解，思想都不在同一个层面上——尽管我的身上流淌着他们的血液。这种情感上的隔膜，使我对母亲突然向我的靠近感到些许不适。母亲或许已经看出了我的紧张，她紧靠我身旁坐下来，并一下子握住了我的手。她的手很粗糙，像锯齿一样锉得我的肌肤生疼。但在这粗糙里又同时具有一种温厚的力量，这力量给我的生命传递过来一种久违的温暖。而在这温暖里面，跃动着的是作为一个母亲的慈悲与善良。我慌乱的心在她手掌的抚摩下逐渐平静下来。"孩子，我不想看到你每天都那么痛苦地活着，这会让我受不了。我知道你一定有许多心事，希望你能将心底的秘密给我讲一讲，那样会好受些。"母亲平和地说。她的话让我不知所措，却又感动万分。曾经，我总认为母亲跟我父亲一样，是不会理解和关心我的，在他们心里，只有土地和粮食。直到母亲对我说出这样的话，我才发现自己在对亲情问题的判断上，犯了一个多大的错误啊！其实，母亲一直都在关心我，爱着我，只是她把这种爱藏了起来，没有表露。那一刻，我才真正感觉到，在生活中，母亲也是活得很苦恼的——承受着肉体上，精神上的双重之苦。只是，她像对我的爱一样，把对来自生活中的压抑，苦痛也隐蔽了起来，而表现出一个顽强者的角色——一个深藏大爱而又兼怀痛楚的母亲，注定是活得最苦也最累的母亲。

我不敢告诉母亲心中的真实想法，我担心她会受不了。我不敢设想，一个生在封闭，落后，贫穷的普通农民的儿子，如果对他的父母说：我不想做农民，我要远走，我要高飞，离开这个连鬼都不下蛋的破村庄，去重新改变和寻找自己的命运。结果会怎样。

但在那天，我也许是被母亲的真诚所打动，终于还是将心里贮藏已久的想法，告诉了她。母亲听完我的倾诉后，并没有表现出过激的反应，而是陷入了长久的沉默。随后，她将自己一直紧握着我的手松开，抬头长时间盯着天空上那些盘旋，俯冲的鸟雀看，像一个守望幸福的岁月之神。"人这一辈子，不同的人有不同的想法。想法不同，选择的路也就不同。走的路不同，活法也就不同。我们选择做一棵树，而你却选择做一只鸟，这都是命定的事情，谁也阻止不了谁，也由不得谁。但最终不论你选择那种方式求活，都是在从泥淖里往外爬，从石头缝里找出口啊！哪一根田坎不是三节烂呢？孩子，你可要当心啊！"母亲语重心长地对我说。我第一次为一个普通农村妇女所感动。没想到，母亲朴实的语言里，竟包含着如此深刻的思想。我为自己拥有这样一个开明的母亲而倍感自豪。

　　我终于在一个黄昏离开了村庄。走的时候，我没有向父母辞行，我不想看到更多的悲戚。母亲是知道我要走的，她早就在那个帆布袋里偷偷地给我装了几个馒头，和一双她亲手为我缝制的新棉鞋。我走的时候，母亲在地里干活，我背着行囊在离家不远的一个土坎上坐了许久，企望最后再看一眼我的母亲。但一直到天快黑尽了，我都没看见母亲收工回来。她似乎是故意要在那一刻不回家的。就这样，我在等待母亲的失望中，沿着自己命运的纹路，离开了家——那块生我养我十多年，破败而又多情的土地，那个承载了我童年无限遐思和梦想，忧伤和彷徨的村庄。踏上了远去的长途，开始了更为艰辛的流浪。

　　从此，那记忆里的乡村的黄昏，以及黄昏里的人与事，也跟随我匆忙的背影坠落了——在我生命的某一个端点上。

　　从此，那记忆里的黄昏的"掌纹"，变成了一道道沧桑的皱纹，爬满了母亲的额头。母亲额头的皱纹越深，我流浪的命运就越坎坷；命运越坎坷，心就越疼痛；心越疼痛，我就越是找不到回家的路。

草料场·旧学校

　　顺着马路从东往西行走，要途经一个废弃的草料场。我每次见到这个场子，都会陷入寂静和回忆，它仿佛是我生命中留下的一个印记，牵动着我的情感——怅惘而断裂。一切还是那么熟悉——曾经那扇因紧掩而让我倍感神秘的柴门还在（虽然被风雨剥蚀得残缺）；堆放草堆的那些长短不一的木桩还在；为保护草堆不被偷而筑的石基还在……这里的任何一样物景，都收藏着我童年的影子。草料场——见证了我童年成长的心灵史——它是我人生最初的家园——精神上一个深邃的世界。

　　曾记得，有一年秋天，不知因为什么事而跟母亲吵了嘴，当时，我和母亲的关系闹得特别僵，伤心的母亲掴了我一记耳光，那是母亲第一次打我，自己觉得很受委屈，便独自一人于愤怒下跑离了家，偷偷躲进草料场中藏匿起来，默默地流泪。直到日头偏西，倦鸟归巢，才听见母亲在四周呼唤我名字的惊慌声，而我却故意装着没听见。后来，当母亲为找不着我而号啕大哭的声音在外面长久地响起时，我的悲伤完全被她的哭声溶解了。也许是缘于心疼或者忏悔，当我终于从草料场中冲出来扶起瘫在地上痛哭的母亲时，一种深刻的忧伤充塞了我的胸腔。令我怎么也没有想到的是，多年来，这种深刻的忧伤竟形成了一种比疼痛本身更深刻的东西，在我的心间驻扎了下来——成了我永久无法治愈的病。

　　同样是这个草料场，夏天，暑气燠热，我曾无数次躲进它的草堆里，想一个女人。热量催生着我的渴望，汗液蒸发着我的幻想。我将草堆上的柴草一根根扯下，结出一个个草结，而每一个结都隐藏着一个情窦初开的少年的心事和秘密。每天，我看见那些草结的颜色慢慢地由青转黄，直至干枯，心里就会升起莫名的伤痛，如河水将我覆盖。后来，那些代表我心结的草绳不幸在一场大火中化为灰烬，我对女人的思念也由此成为一堆残骸。

偶尔，即使任何因由也没有，我也习惯一个人跑去草料场静坐，手里拿本书，其实也不看，只是胡乱地翻，目光却盯在草堆上一只睡觉的猫身上，或者不远处木桩上正发呆的一只鸟身上，不觉间，我的心便在这种宁谧中走向了一条通往永恒的路，而眼中流动的是整个宇宙的秩序。

我是在那次事件发生之后不再去草料场的。

初春，阳光静好，气温和暖，繁茂的野草疯了似的在草料场周遭猛长，密砸砸将整个草料场遮掩。谁也未曾想到，就在这被荒草覆盖的草料场的深处，一个可怕的阴谋正在悄悄滋生——一个妇女被人恶意杀害。一时间，草料场成了人们街谈巷议的焦点，生活的恐慌之地。舆论四起，谣传纷纷，谋杀、劫财、劫色、情杀……猜测中纷纭的结论像阡陌间飞舞的蜜蜂，在人群中嗡嗡鹊起。如果事件的结论正如人们所猜测的那样，倒也不足为奇，可偏偏该事件的蹊跷之处，却又是在人们的猜度之外的。杀死那个妇女的凶手竟是她的丈夫，而导致其丈夫杀死她的直接诱因，却是他们的女儿——一个刚满五岁的小姑娘。

那是异常平静的一天，小姑娘突然跟刚从外面回家的父亲说，自己亲眼看见母亲跟一个陌生男人走进了草料场，许久未曾出来……没等小姑娘的话说完，性急的父亲早已提起家中生锈的斧头，气冲冲地冲进了草料场。阳光依旧明媚，野草依旧繁茂，当男人手握钝斧拨开野草窜入草料场时，的确看见了自己的女人斜躺在草堆上，偷偷地哭。男人没问那么多，高举斧头，朝着女人的头部，一斧子下去，一股艳红的液体在阳光的映照下迸溅飞出，给四围的杂草染上了些许红艳。风徐徐地无声息地吹过。当男人意识清醒后瘫软在地上时，发现自己的妻子已经血肉模糊地横躺在草地上，而整个草料场里却始终没有发现陌生男人的身影。瞬间，号啕的哭声从男人的胸腔内吼出，如狼嘶。此时，天上的太阳越来越明亮。

事后，女人的坟堆就垒在草料场的左侧，像一个荒废许久的丘壑，又像一个魂灵的黑眼珠，突兀，幽冥，使我们从此再不敢向那个草料场靠近。

顺着草料场的方向继续向西慢走，入眼的是一所早已废弃的乡村学校，学校始建于何时，无据可考。我只知道，这所旧学校是这块城乡结合部的一个文化表征。因为它曾负载了不少乡村人的美好憧憬和愿想，而使它焕发出灿烂的光环，这种光环自始至终被作为一种荣耀，受到乡村人的崇仰和敬畏。

可于我而言，这所简朴的学校却别有一番意味，它与我人生中的某一个端点相关联，模糊而明朗。1998—1999 年，我曾被作为一个乡村代课教师，在那里与那些和我有着同样血质的贫困少年，度过了一段难忘且厚实的生活。在那期间，我以自己有限的知识，略比他们宽阔的视野，给他们灌输人生的意义或生活的苦闷。与孩子们一起观窗外的春色，望蓝天上的云朵，访青石巷道上祖先留下的脚印，在黄昏里共同察看跟随农夫归家的耕牛、山羊，绕树而栖的暮鸦……然后，一同坐在学校后坡的山巅上，沉默，静坐，胡乱地想一些事情。那时，孩子们都习惯地称我为老师，而我却不习惯视他们为学生，我更愿意将他们看做是我的弟兄、姊妹，因为——我从他们那一双双充满忧郁的眼神里，看见的是我自己的软弱，孤独，无助，以及那摸不着命运方向的彷徨和忧伤。

在那所学校里，永令我不可忘怀的，是一个姑娘。人长得精瘦，面容黧黑，性格有些矜持，平常少言寡语，显得不那么合群。因此，她在同学中较少有玩伴，其他同学也不大愿意跟她玩。在课堂上，她喜欢抬头望着窗外，看似学习不够用心，但又似略有所思，顿有所悟。她仿佛对生活中的一切人事都深感惊恐。当时，对于同样尚未到弱冠之年的我来说，我不敢妄加揣测这样一个少年的秘密心事——稚嫩中的沧桑，谨慎中的顾虑。而只将她的忧戚视为任何一个农家少年都会有的，那来自人生背景中的创痛而已。只不过她比之其他孩子的创痛更甚罢了。直到后来的某一天，当这个女孩突然就不来上课了，至少是不完整地来学校上课时，我才感觉到在她那忧戚神情的背后，或许还有更深刻的东西存在。刚开始时，在校园里是整天见不着她的人影，再后来，有时是上午看见，而下午不见，像一只兔子在跟它的主人捉迷藏似的，西藏东躲，行踪不定。学校领导曾多次委派我前去女孩的家里调查此事，结果从她家人处得到的答案总是："孩子来学校了呀，每天都很守时！"

女孩在受到学校多次批评后，我也曾私下里询问过她逃学的原委，可她就是缄口不答，任你刨根挖底，怒气相威，她总还是一副相安无事的样子。检讨书写过了，保证书也写过了，可女孩照旧逃学，三天两头地闪现着人影。无奈之下，为查究竟，我索性剥下身为教师的师道，对女孩来了一次彻底的跟踪。

下午的天气略显微寒，记得还下着细雨。我蹑手蹑脚地紧跟在女孩的身后，像一个贼似的忽左忽右。女孩在前面不曾觉察到我，一个人低着头走路，手里拿着一束新采的野花。细雨濛濛中，原本就瘦小的她越显单薄。渐渐的，女孩走到了一片杂草蓬勃的草料场（也就是我在前面提及的那片草料场），转身瞅了瞅，见四下无人，一闪便钻了进去。我还来不及猜测她行为的古怪，便急切地紧跟其后，尾随她也进入了草料场（那刻，童年的往事重又在我脑海中闪现）。那一刻，我被眼前的情景惊呆了。女孩跪在曾经被自己丈夫用斧子劈死的妇人坟前，恭敬地将手中的野花放置在坟头，默默地似在哀悼。而就在她低头虔诚地祭拜的时候，隔着细雨，我看清了在那束鲜活野花的旁边，散乱地堆放着一些早已干枯的花杆。看样子，经常有人来坟前献花。我站在女孩的身后，没有作声。随后，我又看见女孩从地上站起，从书包里掏出一朵小白花，挂在坟旁的树枝上。这时，我才注意到在那些高矮陪衬的树枝上，密密地挂满了洁白的花朵，像一只只晃动的蝴蝶，绕着妇女的坟冢翩翩飞舞。也不知过了多久，女孩转身发现了我，我们相互凝视着，未置一言，四只眼睛却同时盈满了泪花。

接下去的日子，女孩依旧旷课逃学，校方照样逼着我追查此事因果，可我自此再没问过女孩逃学的原因，我甚至还帮着她撒谎蒙骗学校。当时，我没去考虑自己行为的对错，我只知道，那个女孩的行为价值，是包括我在内的任何一个老师，都教授不了也解决不了的难题——它已经超出了教育的意义。

从1999年我离开那所学校到现在，已经八年过去了。光阴荏苒，时间使人忘记了许多的事。现在，当我沿着曾经生活过的地图，重新梳理往事的脉络时，睹物而思情，记忆中触电般使我记起上文中所记述的事，不禁欷歔喟叹！在这喟叹中，更使我感念并珍藏的，是我在前不久收到的一封既无地址也无落款的简短信札，洁白的素笺上只有几行用黑色钢笔写下的纤秀字迹：

××先生：

　　我感谢您，因为您，我心存感激。曾经，是您让我母亲坟头的鲜花永未凋零，一直都鲜活着。而在那永远鲜活着的花束里，却隐藏着一个女孩最为真诚的救赎！

水车转动的年轮

　　无事可做的日子，我喜欢去那条河湾走走。有时兜里揣本书，其实也不看，只随意翻上几页；有时什么也不带，沿河慢行，看水里的鱼虾游动的身姿，灵跃，俏皮，像是玩魔术。也或者，躺在河滩的沙泥上，闭上眼，让内心安宁下来，想一些事情。当然，更多的时候，我会长时间凝视那架破败的水车——怀想它曾有过的辉煌，感念它所经历的沧桑。然后，走向那幢同样破败的茅舍，走入一个温存的世界……

　　茅舍里有些昏暗，油灯微弱的火焰在寒风中闪烁。四周朦胧的树影，像剪出的人形。河水从茅舍前悄无声息地流过，夜，正在沉睡。我独自在河滩上转悠，身上穿得很单薄。冷风从我的脖颈钻进去，蛇一样咬得我的肌肤生疼。

　　母亲不知道我偷跑出来了，生活的重担已经不允许她分出更多的精力去关心我的事情。父亲呢，整天躺在病床上，意识里早已没有了白昼与夜晚的概念。家里几乎天天都有陌生人闯来，不是催还账，就是催要粮。我已经辍学很久了。内心的风雪在骨子里游走。每天，我除了帮母亲拾柴，放牛，料理家务，剩下的便是接受其他正欢快地蹦跳着去上学的孩子的嘲笑和鄙视。因而我特别盼望夜间的来临，黑夜于我是一道屏障，能够隔绝白昼里给我带来的屈辱，并使我享有片刻的自由，安全，温暖，自尊。

　　游走是不具有目的的，连方向也没有。黑夜省略了我认识世界的过程，人与自然是一体的。幻觉征服了恐惧。这使我不知道正在河滩走着的，究竟是我，还是我的影子。所以，当我后来在那些寂寥的夜晚，从那幢茅舍前经过时，如果不是它里面亮着的油灯吸引了我，我很可能会把它当作意识里的一个幻影，而将之忽略掉。

我没想要走进那幢茅舍里去，我不知道里面住着什么人。谁会在深夜里燃着灯睡觉呢？况且，一个孤独的人有什么资格去搅扰他人的安静？但我终究没能控制住自己内心的欲望——我的心被一盏油灯散发出的光俘虏了，尽管那盏油灯的光是那样微弱。

是的，那盏微弱的油灯让我感到温暖。我轻轻地靠近茅舍，推开木栅栏，从那扇落满尘埃的门的缝隙里朝里瞅了瞅。屋里很简陋，一张桌子，墙上挂满了农具。靠左边的墙下是一张石头垒砌而成的床，蚊帐是用麻袋缝制的。床上没有人。而那盏亮着的油灯就挂在屋中间的一根木柱上，照耀着屋内和屋外的世界。

我想，这间茅舍怎么可能没有人呢？那么，那盏亮着的油灯是谁点燃的呢？是油灯自己吗，不可能，天下哪有自燃的灯啊！

我回转身，正欲离去。这时，我的耳朵突然听到一阵声音。声音来自茅舍里，苍老却又清晰："孩子，既然来了，为何不进来坐坐呢？我等你很久了，我知道你迟早会来的。"

记忆是如此混沌。我总是忘了自己当时的年龄，十二岁还是十三岁，也许更早。早晨或黄昏或深夜，我从家里跑出来，望河祈祷，内心的落寞沙滩般荒凉。我的命运晃荡在绝望和希望的两极，进退维谷。父亲的病情日益严重，母亲整日以泪洗面。贫穷和债务已使我们家徒四壁。我不知道自己未来的路该怎么走。人在无助的时候，逃避也是一种伤害。

那时，河边的那架水车每天都在转动，像人的年轮。我最喜欢看水车转动时的样子，轻快，水花四溅。充满活力。我一直认为，水车是懂得生命价值的。凡是蓬勃的生命都应该是转动的。否则，它就会腐朽。我想，要是人的命运也能像水车一样，能够自由把握和转动，该多么好啊！但后来，我就发现了水车转动背后的虚假。它虽然每时每刻都在转动，却并未走远，只在原地转圈。活着的生命怎么能这样呆板呢，生命的意义应该在于行进吧，实在行进不了，或许只有解脱是对的！

当我看穿了一架转动着的水车的悖论，并滋生出厌烦后，我开始为自己的命运寻求解脱的路子。我依稀看到河流的上面飘荡着一叶小舟，在浪尖上颠簸。它或许就是我苦苦为之寻找的命运之舟了，我相信，它完全可以将我带入另一个世界里去的。尽管，这叶小舟自己也未必能平安抵达河流的彼岸。

我伸出腿，准备向那叶小舟跨去。猛然间，我发现身后有一双眼睛正锐利地盯着我，闪电般明亮。我转身瞥了一眼，看见的却是一个背影，在离我不远的地方移动。我重又转过身，再次伸出腿，向小舟跨去。却又发现那双目光箭一样刺向我，使我不寒而栗。我回过头来，看见的仍是一个背影。总之，那双目光在我内心最彷徨的那些日子，它就像魂灵一样紧随着我，使我的解脱之梦终未完成。

后来的很长一段时间里，我一直在拼命回忆，试图从记忆里打捞出那个紧随我的人的模样，看看他到底是谁。但打捞是徒劳的，我忆起的除了一个背影，还是一个背影。甚至根据背影我也猜测不出那个人的大致年龄。反正，从那以后，我再也没有为自己的命运寻求解脱之路了。一个被人的目光识破的计谋是不可能实现的。

而那叶曾被我看见过的河流上的小舟，是否真的存在，我也记不起了。也许存在，也许不存在。

我被老人领进茅舍，他居然叫了一声我的乳名，这使我惊诧。我努力回想在什么地方见过他，没回想起来。老人转身去拿茶杯，这时，我注意到他的左腿，瘸得厉害。而他居然没用任何辅助工具也能行走，这使我相信他一定是个特别的老头。老人将茶杯倒满水，让我喝。我真以为是茶，就猛喝了一口，灌到嘴里才知道是酒。我咳嗽着说：我从不喝酒。老人严肃起来，说：男人怎么能不喝酒呢，不喝酒的男人不精彩！我第一次听到有人把孩子叫做男人，我的脸红了，有些发烫。老人一直盯着我，目光坚定。我顿时觉得这目光是如此熟悉，却又想不起来在那里见过。

老人举杯呷了口酒，说："你母亲姓戴吧？"

我说："你怎么知道？"

片刻沉默后，老人重又举杯呷了口酒说："我还知道你父亲病了，而且病得不轻，是吧？"

我被老人的问话震住了，老人大概也看出了我的诧异。随后，他用手指了指屋中柱子上燃着的那盏灯，说："那盏灯是你母亲叫我点燃的，她知道你经常在深夜偷偷地从家里跑出来，怕你孤独。你母亲还托我帮忙看着你，她担心你出事。她说，你应该尽早学会独立和坚强……"

我突然就想起了那个背影，以及那双锐利的目光。我猜想，在那些寒凉的夜晚，凡我脚步走过的地方，是否也留有母亲的脚印。我一直在寻找自己内心的灯盏。没想到，我本身也是一盏灯，被另一个深爱着我的人藏在心里，即使在最苦难的日子，也用她的生命守护着，不让它被寒风吹灭。

　　"只知道耗灯而不知道点灯的人，是感受不到温暖的。"老人说。我理解老人这句话的意思，并知道了他的故事：三岁丧父，四岁起跟随母亲辗转南北，流浪颠沛。十岁时母亲染肺病逝世。十一岁起寄人篱下，当过挖煤工，开过起重机。十九岁参军，参加抗美援朝，在枪林弹雨的战争中九死一生，废了一条腿。从部队退役后，给工厂看过大门，到机关当过干事。历经人世沉浮，挫折辛酸，最后选择了来这个僻静的河湾盖了一幢茅舍度日……

　　一个没经受过死的人，是不会眺望生的。老人说：人要是耐不住一场大风的考验，就会脆弱如草，被黑暗卷入更深的黑暗。我知道，老人先后在这条河湾里拯救过好几个生命了，在被老人所拯救过的生命中，有男的，也有女的；有年老的，也有年幼的。"活着是多么好啊，就像灯燃着是多么好一样！"老人边喝酒边说。

　　那晚，茅舍内柱子上的油灯，一直燃着，直至天明。老人喝醉了，我也喝醉了。我第一次意识到自己是一个男人。而就在那盏油灯快被黎明吞灭之前，我早已完成了命运的解脱，并获得了超度。

　　现在，我站在城市的中心，身边刮过的是更加呼啸的飓风，内心经受的是更多的深不可测的夜晚。我所置身的周围是更多的泥泞和险滩……但我已经不再恐惧和畏缩，我已学会了挑战和跨越。因为，当我遇到人生的沟坎时，我总会想起那幢茅舍，和茅舍里的灯光；想起那个老人，和紧随我的那个背影；想起那架水车，和它转动的年轮……这一切，总能激发我的内心产生一种无形的力量和勇气——那是生命的力量，更是活着的勇气。

　　如今，那幢茅舍已经坍圮了。老人也已离开了人世。当年守护那盏油灯的我的母亲也已白发苍苍。那架水车呢，也早已停止了转动。岁月悠悠，年轮渺渺。一切都仿佛成了凝固的时间。而我，只有我，则是从那凝固的时间里复活的一个新生。

母亲的世界

　　母亲年轻时，读过几天书，一些简单的字，她现在都还认得。母亲记忆力很好，也有读书的天分。老师上午教的课文，她下午就能背诵。母亲对书本有种天生的迷恋，只要她翻开书，嗅到墨香，就像蜜蜂见到花朵，兴奋立刻写在脸上。每次上坡割柴、割草，母亲的衣袋里都要插上一本书。歇气的时候，她就会掏出来，看上几页。晚上临睡前，也不忘翻上一翻。外婆对母亲的勤奋学习，夸赞有加。看到母亲捧着书本读得忘我痴迷的样子，外婆总要停下手上正纳着的鞋底说："这孩子，继续这么下去，准能变成一只金凤凰。"外公的看法跟外婆截然相反，他只要看到母亲睡觉前还在看书，就非常生气，从床上爬起来，噗地一下吹灭桌上的油灯，愤怒地说："女娃子，看这么多书，思想会抛锚。无用不说，还浪费煤油。况且，家里也没钱再让你读书。从明天起，你就别去上学了，留在家里带你的两个妹妹吧。"

　　母亲的读书梦就这样被外公吹灭了。

　　母亲一直没有放弃读书的渴望。她每天除了带两个妹妹，总不忘偷偷地躲在墙角，将藏在腰间的书拿出来看一看。有一次，母亲因躲在角落看书入迷，忘记了时间，也忘记了她那两个在院子里玩耍的妹妹。黄昏降临，外公、外婆干活回家，发现他们的两个小女儿躺在院子里睡着了。脸上糊得脏兮兮的，黑一团紫一团，身上被蚊子叮满小红疙瘩。外公见此情景，怒火中烧，扔下锄头，破口大骂。母亲被外公的骂声吓破了胆儿。那天，母亲被外公狠狠地扇了一耳光。外公将母亲身上搜出的两本书，丢进灶坑里，烧了。母亲眼看心爱的书本，在熊熊火焰中化为灰烬，心碎了，泪水下雨般流淌。母亲意识到自己这辈子，恐怕再也没有读书的机会了。那天晚上，母亲一个人跑到院子里，用割草刀削尖陪伴她的那只铅笔，深深地刺进了自己的大腿。月色清冷，血水染红了她的裤管。

从那以后，母亲的大腿上便多了一颗"黑痣"。那颗"黑痣"成了她一生都无法忘怀的记忆，镌刻遗憾，充满疼痛。

母亲嫁给父亲时，只有17岁。母亲生性本分、老实，不爱多说话。由于家里添了人口，每顿吃饭，就多了一张嘴巴。那时，父亲两个尚未出嫁的妹妹，经常欺负母亲，嫌她嘴馋，说是母亲每顿都要喝两碗米汤，比她们谁都吃得多。奶奶心疼她的两个女儿，只要饭一起锅，就赶忙用勺子将本就不多的米饭舀出，盛在另一个碗里，给她们留着。饭一舀完，剩下的，就全是汤。一家人坐在桌子上，各自手里端一碗米汤，喝得跟猪吃食一样响。汤喝完了，大家都没吃饱，每个人都瞪着眼睛，你看看我，我瞅瞅你，不说话。爷爷双手捧碗，翻来覆去地舔，恨不得把碗也吞进肚子里去。父亲拿着锅铲，在锅壁上吱吱地刮，将刮下的那点水锅巴，倒进母亲碗里，让母亲吃。我的两个小姑看见父亲将水锅巴给了母亲，目光直愣愣地盯着，充满仇恨，嘴巴翘得能挂稳镰刀。爷爷看见父亲对两个妹妹的态度无动于衷，一巴掌拍在桌子上，把桌上的空碗震落在地，摔得粉碎，恶狠狠地说："才娶婆娘几天，就知道偏心了。连妈也不心疼了，养你有啥用？"父亲见爷爷发怒，从此再也不敢将水锅巴往母亲碗里放。越到后来，吃饭时，母亲连桌子也不上了，舀一碗米汤，站在旁边，稀里哗啦喝下肚，就背着背篓，上坡干活去了。

分家的时候，父亲只从爷爷手中分得一间正房，和一间用竹子夹成墙壁的灶房，外加一百斤谷子，五十斤麦子，一头耕牛。其他的，什么也没有。家里唯一的家具，只有一个红木柜子和一张抽屉，那是母亲的陪嫁物。

分家那天，奶奶指着母亲的鼻子骂："离开了我们，你两口子就只有饿死！"母亲抬起头，拨开奶奶的手说："妈，我即使讨口，从你老人家面前走过，手里的打狗棒也会扛在肩上，而不会在地上拖着走。"那是母亲第一次反抗她的婆婆。

为了争口气，也不让别人看笑话，母亲提前扮演了一个家庭妇女的角色。她每天起早睡晚，开荒种粮，借钱买来小猪、小鸡饲养。父亲看到母亲没命地干活，知道她是铁了心要把这个家搞出个名堂来。于是，父亲几乎放弃了其他事情，全力配合母亲搞好这个家。那时，爷爷分给我们家的那头牛，因劳累过度，死了。一到开春，就无牛平秧田。看到别人家的秧田平整完，已经撒谷下种，父母心急如焚。万般无奈之下，父亲大胆向母亲说："干脆咱俩自己代替牛去平田，我拖你推，我就不相信困难能憋死人。"

　　早春的寒气还未消退。父亲的肩上卡着枷担，母亲双手紧握耙子，一前一后在田里挪动。他们埋着头，父亲的脸快要挨着水面了。母亲在后面深一脚浅一脚紧跟着，泥水溅满她的脸。好几次，她因力气小，把握不住耙子，而摔倒在水田里，周身裹满泥巴，只剩两只眼睛在转动。

　　晚上回到家，父亲和母亲呆坐在凳子上，累得不想动弹。母亲的手掌起了水泡，血水从擦破皮的水泡里流出来，痛得她的一双手，不停地颤抖，像风中摇晃的树枝。父亲的衣服磨穿了，肩膀被牵索勒出很深的一道血印子，血水凝固了，衣服粘在肉上，撕都撕不掉。漫长的黑夜，始终充斥着父母疼痛的呻吟。

　　就在我们家刚有点起色的时候，我的爷爷死了。爷爷死后不久，我的两个小姑也出了嫁，剩下我奶奶一个人，孤零零的。母亲说："就让妈跟我们一起过吧，人老了，总得有个依靠。"奶奶跟着父母后，母亲从来不要她干活，就是烧火，喂鸡这样的轻便活儿，也不让她做。母亲说："人都有老的时候，谁不盼老来享几天福呢？"

　　奶奶的事情安顿好了，父母开始为另一件事愁得焦头烂额。

　　爷爷生前，因为修房子，向别人借了一笔款。别人听到爷爷死讯，三天两头跑到家里来催债。催债的人说："债主虽然死了，他的后人还在，父债子还，天经地义。"这样一来，还债的事，自然就落到父母头上。

　　来催债的人，每次都凶神恶煞，动不动就要牵圈里的猪，揭房上的瓦。有时催急了，父亲就站出来跟他们理论，但无论父亲怎样辩驳，到底是被人骑着的骆驼，直不起腰。人家有理有据，欠债的字条上，黑字白纸写得清清楚楚。父亲佯装镇定，不过是自己给自己壮胆，在催债人眼里，父亲的辩驳无疑是自取其辱。

　　圈里的两头猪还小，不到出槽时间。家里唯一能卖钱的，是那头羊，羊已经怀了崽。母亲担心催债的人把羊牵走，只要看见催债的人来了，就慌忙

飘逝的歌谣

叫我牵上羊，到后坡去躲一躲。我一躲就是大半天，直到催债的人走了，母亲才来喊我回家。

有一次，我牵着羊到后坡躲债。一直到天黑尽，都不见母亲来喊我回家。我不知道家里出了什么事。借着暗下来的夜色，我畏畏缩缩牵着羊回到家时，看见母亲坐在猪圈门口痛哭。一边哭一边说："可惜我的猪哟，才这么小……"当我拴好羊，跑到猪圈门口一看，圈里空空荡荡，两头白生生的乳猪，没了。它们被来催债的人强行牵了去。父亲歪靠在院子里的核桃树下，垂头丧气，被人打得鼻青脸肿。

一天下午，母亲一个人，背着背篼，神情恍惚地朝后山的河滩走去。我发觉母亲的表情有些怪异，顺手拿了把割草刀，装出割草的样子，慢慢地紧跟在她身后。母亲发现我跟着她，就停下来，劝我回去，说她是去河滩搂柴，不会有事的。为不让母亲难过，我假装转身回家了。等母亲走远后，我又偷偷地跟着她。我很害怕母亲出事，她已经心力交瘁。

我躲在一片芭茅草丛中，看见母亲在河边走来走去。河边除了母亲，没有其他人。风安静地吹来，撩起母亲蓬乱的头发，一幅沧桑画面。母亲徘徊很久之后，正一步一步朝河心走去，河水淹没了她的小腿……我从芭茅丛中窜起身，正要奔去拉母亲，却见母亲又返身退了回来。我长长地舒了一口气，紧张的心稍稍得到平静。我重新蹲在芭茅丛中，从芭茅叶的缝隙中观察母亲的动静。母亲坐在河滩上，双手抱头，呜呜呜地哭了起来，哭得很伤心，仿佛那一河的水，都是母亲的泪。目睹母亲伤痛的模样，我心如刀扎，藏在芭茅丛中也哭了起来。母亲在芭茅丛外面哭，我在芭茅丛里面哭。风把芭茅叶子吹得晃来倒去，它锋利的叶锯，把我的手和脸割得血珠直冒。

后来，母亲不止一次对我说："要不是为了你，我早就不在人世了。"

爷爷生前欠下的一屁股债，好不容易还清了。我们家的日子，开始一天天好起来，可母亲却一天天瘦了，皱纹过早地爬上她的额际。比起以前，母亲更不爱说话了。经历过人生的起起落落，磕磕碰碰，她变得没有大悲，亦没有大喜。

只有母亲自己知道，她这一生是怎么熬过来的。

母亲没有文化，她称自己的命为"黄土命"。

麦粒的重量

一

五月，大地神秘而粗犷。空气宛如蝉翼，稀微，透明，没有过多的杂质。我跟随母亲穿行在苍厚的麦田中。母亲在前面割麦，我尾随其后捡拾散落的麦穗。在阳光的照耀下，金黄色的麦浪一层高过一层，像旷野上一束束跳动的火焰，将我和母亲掩藏其中。风不时将麦香的气息，送入我们的鼻息，像一种来自童年的成长味道，熟悉而又陌生。我和母亲谁都没有说话，尽管麦叶子将我和母亲的胳膊，划出道道血痕。我们像是完全沉浸在了收获的醉意里，又像是在履行一种虔敬的生活仪式。我们必须赶在天黑之前把田里的麦子收回家。

没有人可以改变生活的逻辑，就像我们无法摆脱麦粒的重量。麦田是一个迷宫，我和母亲是行进在迷宫中进行游戏的主角。而迷宫中总是充满了太多的诱惑和不可测知的命运。母亲割麦的身姿是谦卑的，埋着头，两脚蹲地，目光聚焦在镰刀与麦秸的切割点上，汗水从她的额头，脊背及每一个毛孔里涌出来。母亲用衣袖粗略地揩了一下，抬头望望天，日头正毒。麦穗散发出的金光反射在母亲松陷的脸上，晃得她睁不开眼。母亲皱了皱眉头，脸上露出被针尖刺痛的表情。然后，一言不语，躬下腰板，继续投入到与麦子的对抗中。

我紧跟母亲身后，像一个被时间遗弃的人。臂弯里挎着竹篮，搜寻着偶尔从母亲的镰刀下跑掉的麦穗。事实上，母亲的割麦是十分谨慎的，动作敏捷而准确，很少有被漏掉的麦穗，这让我的拾穗行为看上去有些徒劳。尽管如此，母亲还是指派我紧跟其后，不许有丝毫马虎，对农人来说，一粒麦子暗含的就是一滴汗水的培育。而任何一颗麦粒，都象征着生活的希望。

在他人眼里，收获也许是愉快的。然而，我却在收获里感到了困惑和恐惧。这种困惑和恐惧来自我的母亲，来自一场对"麦子"的记忆。

记忆随一场漫长的梅雨降临。芒种刚过不久，地里的麦子像受孕后形成的胎儿，以难以预料的速度在催长。早上还泛着浅绿的青汁，傍晚就透出了鹅黄的色泽。麦子在它们自己的世界里秘密地发生的这种变化，是可以让任何一个农人看后都流下泪来的。

那个季候，母亲每天都会抽空去我们家的麦田里瞅一瞅，用感恩的方式期待着麦子能像一盏盏物质的灯盏迅速拨亮。母亲在努力做一个麦田里的守望者。

但遗憾的是生活总是充满了太多的谎言和玩笑，就像命运掺杂了太多的痛苦和失衡。就在母亲终于等到麦子熟透之时，一场突如其来的梅雨灾难般降临。母亲意识到一种摧毁生活的"恶魔"出现了，她惊慌地疯狂抢夺麦田里的麦子。披蓑戴笠，饭顾不上吃，觉睡不好，近乎虐待式地与雨水抗争。但人跟自然界相比，就像玻璃一样脆弱。雨一下就是半个月，我们家的麦子就像在战争中惨败的士卒，无一幸免，遗下一滩滩尸骨的残骸，被泥沙掩埋。母亲望着被毁的麦田，痛哭不止，终日愁眉苦脸，像生了重病似的颓靡。那把被母亲磨得锃亮以预备秋收的镰刀，就挂在我们家的土墙上，泛着惨白的银光，像从失落的梦想中退出来的遗弃物。

我不愿看见母亲那过于痛苦的表情。一天，我轻轻地靠近母亲身边，低声地问："妈妈，咱们不要那些麦子，可以吗?"母亲没有抬头看我，而是用一记重重地掴在我脸上的耳光代替了她对我的回答。即是从那一刻起，我对"麦子"、对"收获"产生了无法抗拒的困惑与恐惧。我开始猜想：麦子到底在母亲的生活中扮演着怎样的角色——竟然比她自己的孩子更重要。

自此，麦子成了我生命中的一道阴影。每当我从那一大片一大片的麦田路过，心底就会窜出按捺不住的战栗。我莫名地认为，那些金灿灿的麦丛里一定隐藏着我们肉眼看不到的东西。究竟是什么? 我也说不清楚。也许是一种血脉的延续，或是一种精神的形态，反正，是一种比生活更为沉重的东西。

我和母亲的割麦劳动持续了很长时间。大地在我们身后隐退，大片的麦子伴随母亲锋利的镰刀咔嚓声悲壮地倒下，给人心灵带来一种战栗的空茫。母亲劳动时的沉默和冷静，以及对劳动表现出的过分臣服和投入，使她的整个劳动过程掺杂了更多寓言的成分。劳作在母亲的眼中不再是她生活的一种方式，而是她的整个人生和世界。

麦子支撑起了母亲的天空。

而我在麦田里的劳动仅仅是母亲天空下一个被遗失的记忆。

那天，我记得跟随母亲在麦田里走得很疲倦。这种身心俱累的沉重感没有使我对劳动充满敬畏，相反却充满了反叛。劳动过早地束缚了一个孩子的天性自由和率真童趣。那么，既然我对母亲的割麦劳动帮助是微小的，为什么母亲却执意要我与她一同参与劳动呢？这种来自内心的抵触情绪和对母亲的质问，使我对我们母子俩的割麦细节没有保留更多记忆。即使偶尔闪现出些微的印象，也是遥远而朦胧的。纵然如此，但有一点却也是难忘的，那就是我跟随母亲留在麦田里的那些稚嫩而歪扭的脚印。它们就像一些成长的印痕，永远烙在我的生命里。这些"脚印"使我后来在成长的岁月里慢慢懂得——我的一生都与麦子有关，我的血脉里始终流淌着一个村庄的基因。这也许是我与母亲的割麦劳动唯一留给我的人生启迪。

母亲在割麦中发现了她天空里的色彩，而我在麦田里发现了更多生存的秘密。在我捡拾麦穗的过程中，我曾亲眼目睹了这样一些情形：黄白各异的彩蝶围绕麦芒翩翩飞舞；纤巧灵异的蚱蜢在麦秸上飞腾逃窜；带细碎杂花的小蛇躲在麦丛里恬然酣睡；老鼠在田垄边沿穿凿出圆而深的洞窟偷运麦子；排着长队的蚂蚁正在合力搬运麦田里遗失的麦粒……这些现实的图景像一些生活的磷火，点燃了我遐思的灵感。我不明白，不独人类，连动物界为何亦如此依恋麦子。难道麦子真是这个世界一种不可或缺的生活资源？麦子与自然界、社会到底是一种什么关系？是使大地趋于宁静和谐的灵物，还是某种精神痛苦的象征？

当母亲终于割完了田里的麦子，已是黄昏。落日像喝醉酒的汉子的脸膛，酡红而微晕。母亲将割倒的麦子打成捆，在麦田中成堆码好，就像把一天的收获及心情盘点打成包。然后，再挑上两捆，踏上回家的路。

　　山道像升起的炊烟，弯曲而飘摇。母亲肩挑沉甸甸的麦捆走前面，我挎着满篮子麦穗走后面。麦粒发出的光亮照射着我们，像天幕上刚探出头来的晶亮的星子，更像灶膛内燃得正旺的火苗。

<h1 style="text-align:center">二</h1>

　　麦子，是极其神圣的，它哺育了人类。

　　有一天，当我在一次偶然的机会看到已故摄影家侯登科先生的遗世名著《麦客》时，我的心被深深地震慑了。那来自生活底层的最原生态影像记录，传达出的是一种具有历史纵深感及思维爆破力的浑厚重量。每一幅镜像透射出的都是对生活的一次表达和对中国农民深刻的理解。而将所有的镜像组合在一起，则无疑是对麦子与农民生存关系的全景式注释。

　　从那刻起，我的心在为一名叫侯登科的人深深地感到敬佩的同时，也更加理解了麦子与农人那种精神上的依附与传承。我突然感到，大地上凡是有麦子生长的地方，必然会有像麦子一样存在着的农人。我甚至觉得，麦田里的任何一束麦子，都可能是一个农人的化身。

　　曾经，为更深入地表达我对麦子的神往，我曾一个人坐上火车跑去遥远的黄土高原见证过现实中的"麦客"。

　　火车穿行在陕西、宁夏、甘肃三地的铁路线上。此时正值麦收季节，毒辣的骄阳炙烤着大地，从车窗内向外眺望，迅速扑入眼帘的即是大片大片金黄的麦田。如浪涛滚滚，层次错落，给人造成的视角冲击力和思维压迫感，足可令人气流喘急，心境激荡。我的大脑屏上始终闪跳出侯登科先生《麦客》里的一组组画面。我预感到有一种意念中带着某种神性的东西正在向我的心灵逼近，就像是一个曾经的梦，由最初的遥远模糊渐趋清晰明澈，以至最终的应验。

　　临近正午，天空深蓝，空气焦躁，麦芒似的太阳射得人眼睛发痛。我徒步徘徊在宁夏固原地区的土地上，两旁齐腰深的麦丛挡住了我所要行走的方向。细瘦的昆虫在麦子上跳荡着，麦子相互碰撞，在干燥的风中发出"嗽嗽"的声响。人置身于旷阔的麦林，仿佛处于宇宙的中央。周围布满了麦子摇晃的碎影，让人误以为是走进了生活的盲区。我将目光试图从密集的麦丛游离出来，抬头向极远处张望，我在用目光搜寻一种生存的隐痛或者麦粒的重量。

果然，就在我的目光于眺望中变得虚幻之时，我窥到远处的一片麦地里有斑驳的小黑点在闪动，像一些飞转于麦丛中的蝴蝶，时隐时现，吸引着我的目光。当我走近了看，才看清是一群正躬腰辛勤割麦的人，大约十五六个，年龄估计在三、四十岁上下。我猜想这一定就是所谓的"麦客"了。

所有人的腰都弓着，一双双粗糙的手紧握镰刀，上下挥舞，麦秆被刀刃割断时发出的噼啪声短促而清亮，在一个正午宁静的上空犹显刺耳。他们弯斜的身板仿佛是受到地心的引力拉动而不断下陷，倔强的头颅和强悍的激情却又透出某种不被生存妥协的意志。"麦客"的劳动忘我而卖力，他们忧戚的目光痴痴地盯住前方，在他们眼里，麦子不再是一种实物，而是幸福生活的暗示。他们的收割也不再是对麦子本身的对抗，而是对生活的一次征服。

"麦客"在劳动时从不说话，他们封闭了自己的心灵对外部世界的任何感受。即使像对我这个城市里来的不伦不类地出现在他们身边的不速之客，也视而不见。他们的心里除了麦子，什么也没有。就像在这个正午的麦地上，除了炎热、干燥、忙碌、苦闷，什么也没有一样。"麦客"这种殉道式的劳动，使他们看上去就像一台台不知疲惫的收割机，直到在收获中将身体的能量耗尽，才有停下来的可能。我曾在一片麦地旁的树荫下目睹过两三个干完活的"麦客"，就地躺在地头，呼呼鼾睡，困乏的表情酷似被太阳吸干了汁液的茄子叶。他们仰面朝天的混乱表象，更像是几只被暑气蒸死后遗留在黄土地上的蚂蚱的尸体。

据说，"麦客"是西北人特有的叫法，即在麦收时节专门帮助乡民收割麦子的另一群乡民。他们形成的历史，无据可考。只知道他们作为关中地区特有的"生态现象"已有很多年了。故那里的人们将麦客喻为黄土高原上迁徙的"候鸟"。在每年的五月下旬至六月中旬，整个陇东南及宁夏固原地区都是麦客的主要集散地，他们从相邻周边蜂拥而来，气势之盛，规模之大，足可覆盖关中平原。陕、甘、宁几地的铁路上，经常会看见整列扒满麦客的火车东往西来，其流徙现象丝毫不亚于时下的民工潮。

我在西安火车站的候车室里亲眼目睹过大群麦客候车的情景。他们脸色黝黑，衣着简陋，神情淡定。手里拿着镰刀、草帽。肩上挎一个蛇皮编织袋，或坐或卧，或靠或躺，或立或蹲，或说或笑……定格的画面使人联想到在外流浪乞讨的饥民形象。他们同是在等待一列火车的启动，他们渴望承载自己希望的那辆火车悠长的汽笛能快些拉响，将他们带入一个飘着麦香的世界，寻找活命的"面包"。

麦客的生活单调而困苦。他们中的任何一个生命，都是被生活遗弃的一颗"麦粒"，散落在大地的边沿角隅，等待一次又一次收获与被收获的命运。

三

有一段时间，我被麦子引发的困惑陷入了深度的迷茫。为什么人世间的许多事都与麦子有关，它为什么会托承起人类如此之多的悲欢际遇和精神信仰？倘若大地上没有了麦子，人类是否会因此失却某些温馨的记忆，以及对生存经验里抗争与挣扎的理解。

多少年了，我的脑子里还那样完整清晰地保存着一个老人和他的麦子的故事。

那时，我每天都要从一片麦田经过。麦田存在于我的家和我读书的学堂之间，冬天和春天的时候，刚刚经受瑞雪培育的麦苗，绿油油的，挺立在田垄间，生机勃发，就像我们当时的年龄，正向着太阳的方向努力生长着。清晨，朝阳投射在麦叶晶莹欲滴的露珠上，极似我在上学路上吟唱的儿歌，纯洁，充满力量。雾霭朦胧中，我看见一个老人的身影，提着锄头，在麦田里静静地锄禾，像一个追赶晨曦的人在迎接旭日的光辉。我幼小的心被这清晨的创造力所激发，在接下来的一天时间里，我始终保持着平静而高兴的心情。

傍晚，太阳在晚风的撩拨中摇摇欲坠。我肩背书包，走在放学的路上。这时，我的视野中又出现了那个锄禾的老人，在他的麦田里左盯右瞧，像在察看什么不为人知的隐秘。有时，他还会伸出自己苍老的手去抚摩麦苗嫩绿的叶子，眼里溢出的慈爱像是面对自己的儿孙。每天早晚，我几乎都会瞧见老人在麦田周围转悠。某些时候，老人在麦田里其实什么也没做，在田边默默地坐着或蹲着，嘴上叼着一卷旱烟，蓝色的烟雾在他的头顶上空氤氲弥漫。看样子，他既像是在思考什么重大事情，又像是在面对麦子诉说心事。甚至有一次，我竟然发现他对着麦子凝视良久，看着看着，就流出了泪来。

时光荏苒，时序交替。在老人的守望中，麦子一天天由青转黄，我也在一天天长大，由小学五年级升入到六年级。老人也在一天天变得更老，背比以前驼了，脸上的皱纹比以前深了，一切都在随时间而变化。但唯一没有变的，是老人对麦子侍弄的感情。

秋收过后的麦田呈现出灰暗的色调。一桩桩麦茬像大地裸露出的骨刺，尖利而锐钝。也就是在那个麦收之后，那个老人不见了，像被收进粮仓的麦子，被泥土收进了永恒的黑暗。

老人死后，他的后人按照其身前的交代，将他安葬在了他曾经日夜守候的麦田里。自此，那片我曾在上学路上每天见惯了的麦田沉寂下来，成了一块荒冢。麦田不在了，老人消失了，留给我的，除了一个老人和一块麦田相互的感恩，其他的一如时光的斑驳，空闲而残缺。

第二年的春天，当我再一次从那片麦田经过时，我惊奇地发现，老人高高隆起的坟堆上又长出了新的麦子，青油的麦苗向四周蔓延。我的心里陡然升起一种说不出的感动。

我隐隐地感觉到那个老人重又复活了，或者他根本就没有死去，他一直就站在那片麦地的中央，坐守成了一具由麦子的精气汇聚凝固而成的雕塑。

四

当我确切地知道麦子与人类的精神情感存在着隐秘的建构关系，或者说精神皈依或象征，是通过美国作家杰罗姆·大卫·塞林格的小说《麦田里的守望者》。在这部以"麦子"为题的小说中，却并未出现实际中的麦田。书中所指的麦田乃是一种精神的象征。它存在于主人公考尔菲德的想象中，一种青春期理想中信念的光辉。于是，"麦田"在杰罗姆·大卫·塞林格的笔下变成了某种精神形态的化身。

人类对麦子周而复始的惦念与依赖，使它注定是与人类生命的延续紧密相连的。我固执地认为：尘世间活着的每一个人都是一颗移动着的麦粒。虽然生长的地域不同，但都是在以如麦子一样的忍耐和自强，体验着自己世界里的痛苦和欢愉。

我不禁又想起与麦子有关的一些记忆场景：母亲在麦田里谦卑的身姿，苍白的面容，面对被梅雨糟蹋后的麦子时痛哭涕零的神情；麦客在麦地里忘我的劳动，与麦子融为一体的信念；老人抚摩麦苗时流出的慈悲泪水……随着年岁和阅历的不断增长和丰富，我到底明白了为什么农人都对麦子抱有一种既爱又恨的感情。其实，那是所有农村人对自己命运的无奈挑战与抗争。他们相信，麦子能使自己的家变得更殷实，使未来的生活充满更多阳光。在他们心里，始终悬浮着一个信念：有朝一日，他们能通过自己辛劳的耕耘和守望，从麦田的迷宫中走出去，把饱满的麦粒播种在更为肥沃的城市的土壤上。为此，他们费了很多力，一代人故去，下一代人接着努力。只要子孙香火绵延，就必定有走出麦田的那一天。因此，无论你在哪一个秋收之后的季节走进乡村，你都会看见收掉麦子后荒凉的麦田里，埋着一个又一个守望的坟堆。这是他们抗争轨迹的明证。

那么，通过奋力挣扎挤进城市后的"麦粒"又是怎样的呢？

我曾读到过散文家筱敏的一篇文章：种子是不该磨粉的。但一粒被榨干了水分的种子又怎能逃脱不被磨成粉的命运呢？挤进城市里的"麦粒"，脱离了扎根的土壤，就像一棵树，失却了阳光的照料，只能在命运的尴尬中存活。

钢筋水泥的坚不可摧，车水马龙的繁复精密，灯红酒绿的奢靡浮华，世态人情的微妙残忍……组构成一个巨大的齿轮，一颗颗来自乡村的"麦粒"被迫碾成齑粉，最终成了摆在食品摊上供城里人充饥的"面包"。

麦子，这哺育人类的食粮，就这样成为一种精神的图腾，占据着社会思想史的中心，艺术永恒的主题。当无数的骚人墨客将麦子放入他们的作品中，成为他们文章的意象或命题的时候，我们活着的人是否都应该对"麦子"保持足够的理解和敬畏？

麦地
别人看见你，觉得你温暖，美丽

我则站在你痛苦质问的中心

被你灼伤

我站在太阳，痛苦的芒上

——海子《答复》

某一天，当你读到这样的诗句的时候，是否会心生战栗，抑或泪流满面？

河流的秘密

一

河流是一条涌动的生活的血脉，从我居住的这座城市中心逶迤穿过。它是秘密的储蓄器，生活的见证体，以记录的方式呈现出发生在这座城市里的生活片段或场景或细节。

很长一段时间，这条河流与我个人的琐屑生活，在内质上存在着一种隐秘的建构关系。这不只是因为我所租住的房屋，临近它岸边的缘故，还因为我每天骑着自行车上下班的路程，必得绕它的全长而过。这一地理位置的特殊性，决定了它每天将以变幻的风景或角度，进入我的视野，发生一些不可避免的遭遇，像邂逅人生中无可错失的爱情。

站在四层楼的窗后俯瞰河流，它裸呈出的视角冲击力，让人感到某种生活的忧郁。河流的表面，漂浮着杂乱零散的腐蚀物：塑料盒、铝合金盆、烂箩筐、学生的课本、幼猪的尸体、避孕套……像一道道生活的暗伤，游走在时间的表面。更像是近日来反复出现在我梦中的，一些奇奇怪怪的噩梦，惊惧，无秩序，充满悬念，支离破碎。但我还是毫无妥协地爱上了这条河流。爱上它，因为它的气质；爱上它，因为挣脱不掉的生活。

突然想起那个女孩，几乎是在每晚的同一时间，她都会出现在河流岸边一条石凳上，静坐，目光凝视着身边的河流。路灯昏暗的光线映照在她的脸上，朦胧而凄凉。给人的感觉极似从蟾宫坠落凡尘的嫦娥，又或是从明代或清代穿越时空隧道出落至今的村野山女。起初，我猜想她应该是在那里默默等待心仪已久的白马王子，直到好些天过去，我仍然只见她一个人轻轻地来，悄悄地去，像一个失魂落魄的独行客，她的行为只为了个体的存在，于是，我否定了自己的臆测。

流放自己的肉身是容易的，难的是与自己的精神谈判，灵魂对接。那段时间，我陷入了一种零度疼痛的泥淖里，工作丧失激情，写作失却灵感，生活失去信心，我是我自己的孤岛，我不在我的体内。一种陷入疾病的空闲，茫茫无际。

白天在单位里，我是一个不真实的存在，领导曾多次对我的工作提出过批评：年轻人，要多干实际工作，要勤奋，不要老是务虚，幻想的东西，渺茫，危险。看人家小李，二十出头，来单位一年，已是科长了。领导器重就是最大的肯定嘛。我承认自己是一个有故事而没有结局的人，就像奔突于旷野的风，虽没有停止吹拂，但也没有方向。多数时候，我是一个沉默的倾听者，任凭同事们怎样设计人生的宏伟蓝图，激扬人生的壮志豪情，诸如五年后要拥有三十万，十年后要拥有一幢别墅，十五年后要游遍南美洲……面对这一切流金的暗示，我却像一尊泥塑的雕像，无动于衷。内心的软弱是我的硬伤。我清楚地知道，我是一个没有实力建构辉煌金字塔的人，除了能在文字的迷宫中编造一些虚幻的生活外，我还能做什么呢？我什么也做不了。在与别人的历程对比中，我看到了自己未来的路途，萧索，空茫，断裂。纵然如此，我丝毫不为此伤感。生命本身就是一种过程。只是，我偶尔也会想到：当那一天我老了，生活是否会在我的年轮上刻下一道忏悔的伤痕？

一位叫于坚的诗人说：阳光只抵达河流的表面。可谁又能真正知晓河流的秘密？写作唤醒了我的整个春天，同时也撕扯着我猩红的血液。我常常会在灵感枯竭，无法把握某个艺术形象，或者某一首诗篇的韵律而备受折磨、疼痛难言之时，拧开酒瓶，一杯一杯地喝酒，一根一根地抽烟，然后摇晃着身子去楼下的河边散步。沿河而行，一切物象在视野里移动着破碎：躺在垃圾堆里觅食的老鼠，树桩下叫春的猫，从游戏室出来向着河流撒尿的少年，拾荒的老者，枕着桥墩酣睡的流浪汉……呈示出生活的原色，刺激着我兴奋的神经。浪游一圈之后，拖着疲乏的身子病恹恹回屋，辗转难眠，在桌子上随手拿起几本书翻了一翻：西蒙·波娃的《第二性》，《达利自传》，卢梭的

《论人类不平等的起源和基础》……恍惚间，我又想起河边每晚准时出现的那个女孩来，我想象着她或许就是另一个达利、凡·高，也或者，根本就是一个神经病患者，在河流的流动声中倾听上帝的声音，抑或在河流的流动中感悟消失的历史？

后来，我在那些疯狂的夜晚，写下了无数蹩脚的诗句，那个在河流边守望的女孩始终是这些诗句中一个残损的意象。

再后来，我又不止一次在邻居家训导小孩的语言中，领受了另一种疯狂的诗句：兔崽子，你得给老子争口气，一定要考个像样的学校，北大！清华！不然，你就会和隔壁那个患神经质的人一样，成个疯子。疯子，知道吗？疯子、疯子、疯子、疯子、疯子……

二

一切都是从早晨开始的，阳光明亮，氤氲在河面上的水雾像着上淡妆的女子的脸庞，朦胧而羞赧。我推着那辆跟随我多年然而陈旧破脏的自行车，一个人懒散地漫步而行，像搀扶着一位有多年哮喘病的老者兜风散心。我几乎每天都会在早晨6：30左右起床，洗漱，吃早点，然后出门，推车慢走。多年来，这形成了一种生活习惯。不知道的人会误以为我是一个对生活保持严谨态度且恪守规律的人。事实上，我并非一个生命的热爱者。失眠造成了我早起的病症。这跟一个少年的忧郁并非来自做作或矫情，而是来自某种成长的自然愁绪道理是一样的。我试图将自己置入行走状态以获得心灵的宁静，就像一条河流在日夜寻找源头的流动中塑造自己的不朽。

而一条河流要塑造自己的不朽将是多么的困难，就像我的失眠，基本上是一种与生俱来的宿命。一条河流到底需要承受怎样的重量才能抚平流程的弯度？也许，只有那些与河流发生过隐秘接触的人才能破解这个旷世的谜团。

每天，最先与我居住的这座城市里的河流发生联系的是一群学生（有文化的人总将他们喻为春天的使者，破晓的晨曦），我每天推车行走着的当儿，总看见他们在几个老师的带领下从河桥上跑步经过。队伍整齐，排列有序，步调铿锵，节拍明朗，在老师的激情指挥下，口中齐刷刷喊着："一、二、三、四"的口令，催人奋进。青春的血液似乎也加快了桥下河流的流速，一切都变得生龙活虎起来，好像这股青春的力量奔向的就是河流的远方。曙光在孩子们嘹亮的口令声中光芒四射。

与这条河流发生联系的，还有一位精神失常者，好多天以来，他一直在桥墩上过夜，这已经成了他的一个留宿地。白天，他将自己的活动范围扩散到这座城市的边沿角隅，以寻求活命的口粮。黄昏降临，他又会准时回到桥墩，像一只外出回穴的蚂蚁。至于他来自哪里，没有人知道（谁会去关注一个疯子的出处）。但他在这里找到了自己的家，有什么是比家更温馨的地方呢？他躺在河流的怀抱里，就等于把自己也睡成了一条河。河流的声响是他梦中的呓语。沉醉谁说不是一种境界，就像遗忘是一种福祉，即使那些孩子们如雷的口令声也没能将他唤醒。当然，对那位在桥上散步的妇女牵着的狗舐食他破碗里残剩饭粒的行为，他就更是无动于衷了。

我的目光因为失眠而显得有些模糊。桥的另一边两个妇女声音粗俗的吵骂，让一个沉静的早晨多了一丝浮躁。是两个从河南农村来的中年大婶，在桥上摆了个擦皮鞋的小摊，为争占一个摊位而争执不休。其中一个高吼：同一个地方出来的，咋这样欺人呢！另一个反骂道：不要脸，昨天你摆的这儿，今天说什么该轮到我了嘛！其实，她们争占的大概就只有一尺左右的距离。一尺，对她们来说，意味着生存权利的获得或失去。河流在她们的对骂中沉默不语。

时间切换着生活的场景。下午，河流在骄阳的炙烤下显得昏昏欲睡，我仍旧一个人推着车孤清地走着，像走在世界的空旷中，垂着头，无语。失眠导致的精神状态的失衡，使我在上午替领导起草的一份材料上出了差错，而受到了严肃的批评。内心的落寞像失恋后还未修复的情感，恍惚而怅惘。

不知为什么，两位河南大婶还没有平息战火，似乎愈演愈烈，从早上到傍晚，她们都在为了一尺的地盘同室操戈。其中一位将另一位的鞋摊扔向了河里。另一位号啕痛哭我……饶不了……你。两位 110 的警察同志用训话的口吻在指责：不知趣，再闹，送回警局。旁边围了一圈看热闹的群众，七嘴八舌议论着。不动声色的依然是那位精神病患者，他正用不知从那里拣来的一根生锈铁棍，在桥柱上刻画着什么，沉着，痴迷，俨然某位艺术大师在创作一幅惊世作品。

我回到家，蒙头便睡，像一艘沉入生活的潜水艇，把自己忘却。当我醒来的时候，窗外早已华灯如昼。打开电视，节目主持人正在播报本城的天气情况：明日气温，35℃，请市民注意防暑。隔壁依稀又传来邻居训导儿子的声音：兔崽子，关掉电视，回房看书。你记住了，跟老子争口气……北大——清华……临窗而视，那个每晚准时出现的女孩，在河边一块草坪上手舞足蹈，嘴里唧唧哇哇地哼唱着一些奇奇怪怪的歌曲。我感到惊诧莫名，退回书房，拿出笔记本，随手写了下面两句话：

　　河流，改变了；
　　生活，开始了。

三

　　事物在看不见的地方悄悄地发生着变化，时光的阴影使一些存在的幻象成了消逝的词语。一条河流在喧嚣中总是听不到自己发出的声音，于是，记忆成了人类最后的遗产。

　　仿佛是一夜之间的事情，河流从我的视野里隐退了，唯一留存在我心底的是一些被生活沉淀下来的恐慌。这条曾与我朝夕相处，见证过我的喜怒哀乐、人情悲欢的河流被现代文明的巨手修整了容颜——人们在河流的上面，加盖了一层钢筋水泥凝固而成的广场。这是市政府的决策：给河流加盖变为广场，既解决了长久整治无效的河流污染问题，又给市民提供了一方开展业余文化生活的场所，还有利于城区的整体建设规划。此乃一举多得，其利于民，其福于民。

　　广场竣工那天，来了一大批本城有头有面的人物，在这里举行隆重的剪彩仪式。市委书记、市长、各大局要职领导、学生、群众、报社记者、电视台工作人员……阵容宏大，锣鼓喧天，彩旗飘扬，像是纪念一个重大的节日庆典，祈祷一种幸福生活莅临人间。领导站在红绸铺垫的主席台上发表了热情洋溢的讲话，市民激情的掌声，如潮水一波一波掩埋了尘世的气息。历史在风的呼啸中走进了时间的殿堂。

　　我站在坍圮的桥墩上，目光幽茫，内心的恍惚像一盏在风中微弱摇摆的

49

第一辑　歌谣

灯盏。刹那间，一股往昔生活的平淡气息迎面扑来，撞击在我脆弱的胸膛。我的意识在模糊中清醒过来：从此，我将成为一个空白的存在，我的记忆已随一条河流而去，此后的日月里，我都将失意和失语，就像我失却的童年，破碎在时光的角落里。

那一天，我下意识地看了一眼被盖上盖子的河流，它变得更加的隐蔽和幽暗，像一些人的内心，更像这个时代的生活，以及那些被现代物质社会异化的诗句。

河流消失了，生活改写了记忆。突然之间，我像失却了一个可供倾诉衷肠的伙伴，混乱的情绪和缅怀的惆怅，使我原本空洞的生活愈加空洞起来。每天，我不再那么早地起床，一个人推着自行车，沐浴晨风，畅放心境，不再因灵感枯竭，内心郁闷而悄悄跑去河边散步，观察事物本身的重量，将自己的心情寄存在河流的流速上，向着远方，默默祷告。如今，我觉得自己就是一只冬眠的青蛙，慵懒地蜷缩在被窝里，怀想一种逝去的春天的梦想。

每晚准时出现在河边的那位女孩，已经很久不见她的身影了，自从河流变成广场后，她再也没有出现过，仿佛曾经照临在河面上的月光，伴随河流的消失隐没于孤寂中。女孩的离去使我的窗景变得更加单调而落寞，头脑里顿觉丧失了某种思考的力量。白天，经常在一起拌嘴的那两位异乡擦皮鞋的大婶也搬走了。那位把桥墩当做自己家的精神失常者也不知了去向，旁边废弃的半截桥柱上，他曾经用铁棍刻下的一些莫名其妙的画作还清晰可见，像一具裸露的人体残骸，又像一些被时光打磨后遗留下来的怀旧的伤痕。

现在，这个以"一切为了市民"为宗旨建筑的广场，真正成了这座城市里的市民茶余饭后娱乐健身的场所。它是这座城市最为活跃的"心脏"，承载着众多人的欢乐和激情。广场上面摆满了茶桌，不少人围桌而坐，聊天，品茶，玩扑克，抽烟……广场的东西两只角分别摆出了两套卡拉 OK，歌曲繁多，任君选唱，一元一首，价格低廉，东西对阵，激情高涨。老人、小孩、学生、民工组成了一群露天赛歌大联欢。广场的石柱栏杆上被人为地贴满了色彩斑斓的广告：办证，13×××××××××；招工，包厢少爷，身高1.7米以上，五官端正……；寻人启事，小丽，左脸有豆大红痣，于昨日上午在城西菜场走丢……；重金悬赏，王，故意杀人在逃，有知情者，请拨市公安局电话……

很长很长的时间，我把自己恪守成一个旁观者，与外部世界保持着遥远的距离，我只行走在自己内心的路途上，把外部的一切付诸脑后，像一只蜗牛，把头缩回子宫。试图以封闭的方式，倾听内心河流流动的声音。直到有一天，我仿佛看到曾与我朝夕相处的河流，重又回到我的生活之中。

那是夏季天地燠热的一天。掩盖河流之后热闹非凡的广场，突然之间变得岑寂了，歌声飘逝，人迹隐遁，空荡荡如一块未曾开垦过的荒地。曾在广场上聚集娱乐的人们，被一种死亡的恐惧吓破了胆儿——个少年在广场上自尽了。他是站在广场的石栏杆上纵身跳下的，有目击者形容死去少年的惨状：头像炸开了的石榴，四肢像剥去皮的蛙腿，两眼圆睁，像两盏放电的灯泡。据说，这个少年生前很喜欢到曾经的河流里游泳，并写出过一些有关那条河流的诗句，但从未发表过，这是他死后，有人从他抽屉里的一个笔记本上找到的。少年自杀事件发生后，广场上娱乐的人逐渐减少了，像一些被季风吹跑的鸟，消隐在感伤中。

后来我知道了，那个死去的少年正是我邻居的儿子，常在午夜被父亲训斥"要争口气"的孩子。他离去的前一天，听说刚参加完高考。广场没有了喧闹，一种宁静沿着我每夜的心跳在加速奔跑，我的睡梦中时常会滋生一种幻觉——个少年面向河流飞翔的姿态。每当如此，耳畔就会依稀传来一个中年男人低沉而沧桑的声音：北大，清华，清华，北大……像一条徐缓的河流，呜咽着从梦中爬过。

四

一个人对一条河流的记忆能持续多久，我不知道。但我相信，河流肯定会记住很多事，默默无语。

当我生活的这座城市里的人们，因一个"死亡"事件而对一条河流避而远之时，我却对它表现出出奇的亲近，尽管它留存下来的只是一个残损的遗迹。

其实，每个人都需要一条河流。

每个人也都生活在一条河流之中。

每隔一段时间，我就要去曾经河流存在的地方，走一走、坐一坐。大多是在夜里，这不是怀旧，而是一种追寻，追寻——生命的源头，命运的答案。

午夜时分，白昼的喧闹沉静下来，城市的繁复人事被晚风安抚得恬淡而疏阔。找一块曾经坐过的地方，坐下来，闭目，凝神，感觉就像是依偎在母亲的怀抱里，或是蹲在故乡某块山石上，一些经时间淘洗过的人生断片，开始浮出水面。河流涌动的声息，如皎洁的月光，覆盖了我的思想。此时的我，更像是回到了生命的原初位置。平时萦绕在脑际间的领导的批评，不存在了；同事们宏伟的人生构想，淡却了；生活中的人情冷暖，颂扬嘲讽，统统如影幻散，心灵获得了一种接近永恒的东西。一条河流应该有属于自己的流向，就像那个精神病患者，他拥有不为外人所知的理想王国；那两位河南籍擦皮鞋的大婶，有着属于自己的生活逻辑；还有那位投身河流自尽的少年，谁能知晓他的价值取向？

我幻想用文字的形式，去铭记一条河流，并努力用文字，去呈现随一条河流所发生的生活事件和心灵细节。这使得我创作出的所有文字，都保持着河流的湿度。也许，我这样做，显得有些幼稚和天真，但我相信：总有那么一些人，会因为我的文字，而勾起对一条河流的思索，以及对曾经随河流呈示的那些愉悦的、悲伤的、愤怒的、怜惜的事物，保留记忆，并从此对一条河流保持敬畏之心。

偶尔的一天，在这座城市中，我发现了一位对消失的河流，与我有着相同情愫的人。他写了一首诗，题目为《河流的秘密》，发表在本城的一家晚报上。诗中充满了对河流深深的敬意。这首诗发表后，迅速被其他多家媒体转载。于是，很多人都知道了河流的"秘密"。遗憾的是，写这首诗的人用的是一个叫"记忆"的笔名，没有留下自己的真名实姓，这成了另一个秘密。为查询这个人，我曾给发表这首诗的报社打过电话，他们的回答是：此人未留任何地址，我们也正在寻找中。

失望之余，我将这首诗，用毛笔重新誊抄了一遍，装裱后，挂在我书房的墙壁上。夜晚伏案疲乏之时，抬头望望那首诗，顿觉心底萌生出一股催人前行的力量，并因此不再孤独。

我还会偶尔去消失的河滩坐坐，冥想一些心事。一天夜晚，我在河滩看

飘逝的歌谣

见一个模糊的身影，用铁锹在挖一个土坑，动作有些迟疑。我正为那人的古怪行为纳闷，却看见挖坑的人将一块木牌插入了土坑，用土紧紧培实。我起身向那人走去，我看清了那块木牌上刻着五个大字：河流的秘密。借着路灯和月色，我认出了挖坑的这个人，她就是曾经每晚都会准时出现在河流边的那个女孩。我愣住了，脑子里闪电般跳出那个署名"记忆"的人，等我醒过神来，她早已消逝在夜色中。

后来的一段时间，我每晚都要去那块木牌的位置等候，像盼望着与一条河流的相遇。但我什么也没有等到，留给我的，就像那条曾经存在的河流，成了心里一个永久的"记忆"。

河流是无形的，正如生活太虚幻。但谁又能否认，一条河流代表的不是一段历史的轨迹，或者一些生命的秘密呢？

乡 村 婆 媳

一

火炉中的炭火，在熊熊燃烧，屋内萦绕着一股暖气。窗外的雪花，将大地染得一片银白。眼看就要过年了，各家各户的门楣都贴上了春联。可我们家，却丝毫没有春节应有的气氛和祥和。我和父亲，忙活大半天烧的一锅红烧肉，在桌子上冒着热气，却无人动筷。母亲板着脸，坐在椅子上纳鞋垫。奶奶靠在火炉旁，烘烤被雨淋湿的黄胶鞋。我们这一家人，永远都无法心平气和地坐在一起，哪怕在岁末这样团圆的日子，也不例外。

在我们家，母亲是一个世界，奶奶是一个世界——同一个屋檐下，却生活着两家人。这场婆媳之战，持续很多年了，我们都拿她们没办法。她俩是一对冤家，一碰面，就像仇人相遇，四只眼睛，同时射出针一样的目光。谁一旦开口，就斗嘴，打舌战。两张嘴巴，唾沫飞溅，谁也不怕谁，谁也不服谁。母亲说："我每天累死累活，支撑这个家，你不但不帮忙，还整天在灶神菩萨面前诅咒我。自从我跨进你们家门那天起，你就没把我当人看。""随便你怎么冤枉我，我也不怕。我老了，该你们伺候。要是看不惯，干脆买包耗子药，把我毒死。"奶奶反击道。父亲坐在桌旁，抽烟，一脸愁容。见母亲和奶奶越吵越凶，他把烟杆一甩，一巴掌拍在桌子上，吼道："吵，吵，吵，把这个家吵败就好了。"又指着母亲骂道："你把嘴闭上，会臭吗？"母亲哭了，很委屈，很伤心。边哭边说："你们娘俩合伙欺负我，我本来就是多余的，不如死了算了。"当着奶奶的面，父亲只能指责母亲，顾全奶奶的颜面。奶奶听父亲如此说，感觉有儿子撑腰，更加理直气壮了，提高嗓门道："都说养儿防老，我怕是没这个福气了。等天亮，我就出去讨口，要是饿死或摔死了，看人家耻笑谁？"

我坐在父亲旁边，心痛得难受，泪水在眼眶中打转。奶奶和母亲，这两个苦难的女人，都是我血脉的源头。在我心中，她们宛如一架天平的两端，无论我的情感向哪一边倾斜，都会造成伤害。我不知道安慰谁，该如何消除她们心中的仇恨。在此之前，我做过很多的努力。背着母亲，劝说奶奶；背着奶奶，劝说母亲。但我的所有努力，最终都是徒劳的。她们之间的矛盾，不仅仅是性格差异这么简单。

二

奶奶已年过花甲，身体虽无大碍，但人一上了年纪，多少有些小病小患。况且，她双手不便，四根指头皆无法伸直。据说是年轻时患痛风落下的。自我爷爷去世后，她便一个人生活，自己煮饭吃。生活没有规律，饱一顿，饿一顿。父亲提出让她跟我们一起过，她横竖不愿意，性格倔强得很。她说："我还没老到走不动路的时候。"直到前年冬天，她去后山的岩洞背柴，天下着小雨，路滑，连人带柴从土坎上滚了下去，摔伤了腰。卧床一月，无法动弹。康复后，才跟着我们一起生活。

奶奶脾气不好，她一直认为爷爷病逝，我父母应负主要责任。她怪他们没能力，无钱带爷爷去县里最好的医院治病，才导致其活活被病痛折磨死。父亲对奶奶的埋怨，不说好，也不说坏，默默忍受着，实在心里憋得慌，就偷偷跑到爷爷的坟前，烧一扎纸，上一炷香，磕几个头，流一场泪，把内心的痛苦，以及对爷爷的愧疚，统统释放出来。

父亲是个残疾人。六岁那年，他上坡割草，被一条毒蛇咬伤右手。因无钱上医院治伤，爷爷只好叫个草药郎中来为父亲消毒。由于郎中医不得法，又延误治疗时间，父亲的右手出现浮肿，腐烂了，且毒素正在向手臂转移。不得已，爷爷拿来一把锯子，将父亲的三根手指锯掉了。自此，父亲开始了他的艰难人生。为求生存，他学会用左手吃饭，左手劈柴，左手写字，左手插秧……后来，爷爷见父亲体质羸弱，手又残废，怕他往后衣食有虞，遭人欺辱，就替他找了一个乡村医生，拜师学医。于是，我父亲便成了一名赤脚医生。母亲当年嫁给父亲，就是见父亲有门不失业的手艺，人又老实，憨厚，才跟了他。经过父母多年苦拼苦熬，节衣缩食，家中总算有了点积蓄。母亲又从别处借来资金，为父亲开了家药店，我们家的生活状况，才逐渐有了起色。

　　能吃饱饭了，一家人不再为油、盐犯愁。奶奶也觉得，现在是该她享清福的时候了。吃靠我父母，穿也靠我父母。她一有点伤风感冒，父亲就马上给她抓药，西药不见效，就改吃中药。母亲总是将药熬好，送到奶奶手里，或者亲自喂她。奶奶想吃肉，母亲就煮肉；想吃鱼，父亲就买鱼。只要市场上能够买到的东西，父母都尽量买来满足奶奶的口福。平时，奶奶也帮母亲干点轻便的活，比如烧火，喂鸡等，婆媳关系处得倒也融洽。越到后来，奶奶不是喊头疼，就是喊腿痛。吃药，不见好；输液，不奏效。轻巧的活儿，也不干了。每天坐在家中，等母亲做饭给她吃。要是遇农忙或抢收，母亲忙，开饭晚了，奶奶就喊饿，责怪母亲没把她照顾好，故意收拾她，说是报复。母亲生气，有段时间，果真没怎么理睬奶奶。煮一顿饭，当两顿吃，中午不开火，奶奶就只能吃冷饭。母亲早上出去干活，太阳落山才收工，婆媳关系开始出现裂痕。奶奶逢人就说："我媳妇虐待我，不给我饭吃。"父亲早上去药店，晚上才回来，中午都在店里吃饭。只要他一回家，奶奶就说谎，说母亲不让她吃饭，饿了她一天。父亲一听，怒火中烧，就去质问母亲。不是吵嘴，就是打架，搞得一家人鸡犬不宁。

　　那时，我刚参加工作，在县城里一所学校教书，一个月才回家一次。一到家，母亲就向我诉苦，眼泪汪汪的。奶奶也喊着我说："孙儿啊，我造孽哟，活受罪。"她们各说各有理，仿佛我是一个法官，争着向我申诉自己的遭遇。面对两颗贫苦的人的心，我的眼里，藏满痛苦的泪水。

三

　　母亲自杀过两次。

　　一次是跟奶奶吵架后，我出嫁的三个姑姑，跑回来找母亲讨说法。三个姑姑，又凶又恶，不问青红皂白，就对母亲一通拳脚。扯的扯，咬的咬，抓的抓。那天，母亲的衣裤，被撕得稀烂；脸也被抓得鲜血淋淋。三个姑姑，看到母亲趴在地上，已无还手之力，连哭都哭不出声了，才停了手脚。且趾高气扬地破口大骂："以为我们出嫁了，老太婆就好欺负吗？有本事，你拿菜刀将她砍死，看五雷轰不轰你。"末了，还不服气，非要拖着母亲去公社告状。幸亏父亲及时赶到，才阻止了姊妹们的行为。父亲看到母亲一身是血，说："你们太过分了。"话刚出口，姑姑们就劈头盖脸对父亲一番训斥："连自己的婆娘都管不住，任她欺负咱妈，要是爹还在……"边说边假惺惺地放声大哭起来，父亲便不再开口。母亲还趴在地上，站不起来，脸上满是悲愤和绝望。当天夜里，她去牛圈，解下牛鼻孔上的纤索，拴在院坝边的柿子树上，把头挂了上去。要不是父亲起来小解，发现及时，母亲怕早就断了气，走在黄泉路上了。

第二次是母亲确已厌倦了生活，觉得活着没意思。繁重的农业劳动，加上家庭的长期不和睦，使得她在肉体和精神上，都备受折磨。一天黄昏，她去后山割草，靠在山凹处的一个土坎上，用割草刀划断了手腕静脉，恰巧被干活回家的村人发现，经抢救，才活了过来。要是父亲不懂医术，母亲此次恐怕也在劫难逃。她在割腕之前，大概经历了一番痛苦的思想斗争——地上落满了被她掐断的草节，身旁的泥块，也被捏碎。她割的一背篼草，还放在田坎上。流下的一大摊血，把青草都染红了，比落霞的颜色还要浓。

四

父亲的药店，开在离家三公里外的码头上。码头上停满了船只，船是当地八个村的人出入的必备交通工具。因我家乡地处丘陵，山高，路险。山脚被一条河流环绕，切断了与外界的联系。房屋大多坐落在半山腰上，闭塞，简陋，自然环境十分恶劣。父亲每天都要翻越三公里山路，再坐船去药店。有时，过往船只少，要在岸边等上个把钟头，才能渡河。无论天晴，还是下雨，天刚亮，父亲就朝药店赶。若去晚了，加上等船，到药店，就快到中午了。特别是冬天，昼短夜长，八点钟，还不见天明，父亲只好打着手电筒赶路。整个冬天，他的两只耳朵，都长冻疮。手上也长，脚上也长，全是被寒霜给冻的。

自从母亲出了两次事后，我们都十分小心，怕家里再遭变故。父亲再也不那么早赶去药店了，傍晚也早早地关了门回家，把更多的时间挤出来关心母亲。我也每个周末都往家里跑。学校实行的月假制，一个月，才放一次假。且我又是班主任，班上事情多，早晚还要负责指导学生上自习。按规定，行课期间，是不能离校的。好在，我跟几个同事关系好，私下调了课，由他们给我打掩护，我才得以抽身回家。因交通不便，我回一次家，至少得一天半。来匆匆，去也匆匆。每次回去，都不忘给母亲和奶奶买点吃的东西，我一直没放弃调解她们之间关系的努力。我一到家，母亲愁苦的脸上，总会露出笑容，话也比平时多起来，问这问那，我成了她的一个心灵安慰，一个支撑她继续活下去的信念。看到家中一切正常，我悬着的心，才算踏实。后来，我不请假离校的事，被校方发觉了，遭到严厉的处分，我回家的次数，不得不减少了。但我的心，仍然牵挂着家里，牵挂着母亲，牵挂着奶奶，牵挂着父亲。每晚上完夜自习，安顿学生入睡后，一个人躺在寝室的床上，辗转不眠。好不容易闭上眼，奶奶和母亲的影子，就会闯入我的梦中，吵，摔，砸，打，哭。醒来，枕头湿了大片。

　　姑姑们的鲁莽行为并未使奶奶和母亲之间的仇恨得到缓解，相反，却愈加深重。表面上看起来，风平浪静。实际上，却暗流汹涌。她们打冷战，十天半月不说一句话。各活各的。母亲每顿煮好饭，就上坡干活去了。出发时，用两个瓷盅，盛满饭和菜，再拿个瓶子，装一瓶开水，就是一天的伙食。剩余的饭菜，都给奶奶留着。老年人，喜欢热闹，喜欢随时有人陪她摆龙门阵。母亲上坡去了，奶奶一人在家，一会儿唠叨鸡，一会骂骂狗。见到路上有过路的人，就主动打声招呼，希望别人跟她说句话。实在见不到人，就自言自语。说着说着，又开始诅咒起母亲来，她坐在灶门前，骂母亲歹毒，不赡养老人。她说："灶神菩萨，你是明理的哈，这个烂妇人，把我糟蹋够了。老子到了阴曹地府，也不会放过她。"恰好这时母亲从坡上回来，听到奶奶的诅咒，火气一下就窜到了嗓门："死老婆子，当面你诅咒我，背后你还诅咒我，你要是现在死了，连打阴井的人都没得。"双方一交上战，家中又是硝烟弥漫。

　　父亲总是两头受气，里外不是人。很快，姑姑们又跑来我家，一通乱骂过后，把奶奶接走了。姑姑们指着父亲的鼻子说："你当哥哥的不养老人，我们当女儿的养，让你两口子过伸展日子。"可两个月不到，姑姑们就将奶奶送了回来。自接走奶奶那天起，她们之间也开始闹矛盾，嫌有老人在身边，麻烦。她们也有一大家人要吃饭，要劳动。况且，几个姑爷都不喜欢奶奶的脾气，说："吃得做不得的老太婆了，嘴壳子还又硬又臭。"奶奶一到哪家，哪家就不得安宁。姑姑们将奶奶送回来时，气愤地说："老人本来就该由儿和媳妇养，我们凭啥子操这份闲心。就是死，也应该死在当儿的床上。"

五

母亲的确很苦。家里的一切农活，均由她一人承担。栽秧割谷，翻田耕地；养猪放羊，挑粪挖苕……样样都干，比一般的男劳动力还拼命。父亲每天早出晚归，家中事务，基本没管。药店又属小本经营，挣得的钱，只够家里称盐买肥，维持日常开销。穷人的希望，都寄托在土地上。土地，是穷人的命根。母亲懂得这个道理，所以才成天累死累活，与土地抗争，与命运抗争。要不是母亲，父亲的药店开不起来；要不是母亲，我也上不起学；要不是母亲，更不会有我们这个家。父亲是感激母亲的，知道自己干农活不行，虽然有门手艺，却不能养家，只是让自己这一生免除了皮肉之苦而已。母亲更是理解父亲，知道他的手有残疾，一般的活儿，都不让他干。一个人，咬紧牙关，默默地把一个家扛在肩上。

为我们这个家，母亲流干了泪，受尽屈辱。别人都知道父亲是个残疾人，瞧他不起。那几年，我们刚分家，穷得揭不开锅。母亲想喂猪，养羊，发展副业，改变贫穷的面貌，可没有本钱实行计划。她低三下四地向村里人借钱，挨家挨户地敲门，下跪。人家理都不理，怕我们还不起。一见母亲，就赶紧关上门，扣得死死的，像见了瘟神一样。有一年除夕，我想吃麦粑，可家里没有面粉。荒年，本来收成就差。母亲从地里收割回来的几十斤麦子，早就被她背去集镇换成了钱，买回来一只羊羔。我嚷着要吃粑，母亲先是劝，说等羊长大了，就有麦粑吃了，还是带肉馅的。我知道母亲的话是骗人的。边嚷边哭，非要吃粑。母亲说："今天太晚了，等明天吧，明天我一定做粑给你吃。"我哭得更凶，吃不到麦粑，就不睡觉。母亲发怒了，顺手一耳光扇在我脸上，我痛得哇哇大哭。脸上火烧火燎般的疼，像被刀子割了一层皮。母亲愣愣地看着我，全身都在颤抖。良久，她伸出手，想抚摸我的脸，被我一下挡了回去，然后，我钻进被窝，伤心地睡了。等到母亲把我叫醒的时候，已是半夜。她手里端着一碗麦粑，说："吃吧，吃了再睡，刚起锅，还是热的。"我不知道那碗麦粑是从哪里来的。后来，我才听父亲说，那晚，母亲为了向别人讨要一碗面粉，足足跪了两个时辰。两只膝盖，都磨穿了。连续几天，走路都走不稳。

后来，为了偿还爷爷留下来的债务，父母苦熬了好几年。从那时起，母亲就对爷爷奶奶有了看法。她认为，我们家庭的磨难，有一半应归咎于他们。仇恨的种子，就这样种下了。这是由爱而生的恨。

六

我教书的学校对面，是一个广场。每天晚饭后，都聚集着一群老太太和中年妇女，她们在那里跳健身舞，练太极拳。我只要看到她们那闲适的身影，心里既羡慕，又酸楚。我想：要是我的母亲和奶奶，也能像那些城市里的妇女一样，每天都抽出时间，娱乐一下自己的身心，该有多好。可这种想法是虚妄的，像黑夜一样盛大，像海水一样不着边际。尽管，我母亲和奶奶是女人，城市里广场上跳舞的也是女人。但人和人是不一样的，乡村和城市是不一样的，人的命运是不一样的。当城市里的妇女们，在璀璨的灯火中释放自己的激情和快乐时；我的母亲和奶奶，却在漆黑的夜幕下，释放自己的悲伤和泪水。

有些事情，就是这么难以说清。我母亲和奶奶之间的仇恨，今生注定是无法解除的了——也是任何人都解除不了的。她们的仇恨，是伴随乡村一起成长的。乡村越贫穷，她们的仇恨就越要命。其实，我的母亲很善良，奶奶也很善良。她们彼此的愿想也都没有错——奶奶老了，渴望后辈孝敬自己，这无可指责。母亲作为一个妇女，独自承担着家庭超负荷的劳动，渴望有人帮助自己减轻负担，这也无可厚非，且是人最为本能的愿望。但在残酷的现实面前，她们这点最低限度的希求，落空了。不但未能给她们幸福，反而使其陷入了困境。在乡村，只要人活着，还有口气，就得跟命运抗争，自己照顾自己，自己拯救自己，直到某一天，自己把自己交给死神，才能获得真正的宁静。

我无法调和母亲和奶奶之间的仇恨，正如我无法丈量乡村和城市之间的距离。我父亲也不能够，他那灵魂深处的苦痛，跟沉默的土地一样深重和宏大。我们唯一能做的，也许只有承受。

奶奶和母亲，这两个命运多舛的女人，像我多灾多难的故乡一样，将是我一辈子的伤和痛。每当我为她们之间的矛盾而痛苦时，我都会这样暗自发问：妈，奶奶，要是人真的有来世，下辈子，你们能和睦相处吗？

是缘分让我们今生成为兄妹

一

妹妹，当妈妈在电话里说，你要走了，让我把相机带回家，照张全家福时，我哭了。比我哭得更伤心的，是妈妈。

妈妈的话，让我整整一夜都没合眼。关了灯，躺在床上，心疼得难受。满脑子浮现的，都是你那可爱的模样：胖嘟嘟的脸蛋，红得跟苹果似的。见了人，总是笑盈盈的，露出两排细白的乳牙。一双小手，光滑水嫩。我每次回家，你都抱住我的腿，嚷着要这要那的，惹人怜爱……

可从今往后，这温馨的场面，这动人的情景，我只能在回忆中去寻找了。

记得你来到我们家时，刚满两岁。

你的亲生父母生下你不久，就去了广东打工，你只好由自己的婆婆照看。后来，你的婆婆不愿再带你，你的生母经人介绍，才联系到我们家，让代为领养。

就这样，你正式成为了我们家庭里的一员。

刚来我们家的第一天，你还有些认生，不哭也不笑，就傻傻地坐着或站着。我拿糖果逗你取乐，你也不理。你只愿意妈妈一人抱你。妈妈一抱起你，你就将头靠在她的肩上，像一块铁片，被磁铁给吸住了。

可半天不到，你就跟我熟了，愿意跟我亲近。你的脸上也绽放出笑容。我至今还记得你第一次面对着我笑的样子，天真而腼腆，那种甜甜的感觉，能够将一颗心融化。我牵着你的手，带你去村子里散步，看路边的野花，看树上的鸟雀……你很开心，我也很满足。

爸爸每天从镇上的药店回来（爸爸是个乡村医生），一放下包，也要逗逗你。然后，从衣袋里掏出一把糖果或者一样玩具，送给你。渐渐的，爸爸成了你每天的一个期待。傍晚时分，你就会站在屋门口，朝路上望。我们都明白你在望什么。

你的到来使我们家充满了生气。你是我们全家人的"开心果"。

可当初，我对母亲领养你是反对的。我想，别人生的孩子，总比不上自己亲生的好。你累死累活地将她拉扯成人，到头来，她不还得跑到亲生父母身边去。就因为这事，我曾跟妈妈发生过激烈的争执。

但妈妈没有听从我的劝阻，她偷偷地就跑去把你接了回来。

妈妈的身体不好，患有贫血症，不能久坐久蹲。但自从把你接回家后，她的脸上露出了过去少有的幸福。她每天给你洗衣，喂饭，哄你睡觉……有时，一蹲就是半小时，忙这忙那的，却并不觉得累，也不觉得苦。她所做的一切，都是心甘情愿的。

我们不想把你占为己有，教你喊妈妈"娘娘"，喊爸爸"叔叔"。可你不肯，非要叫"妈妈""爸爸"。这令我们全家人都很感动。

想想，我今生能有你这样一个妹妹，是上天对我的恩赐。可我起初竟然反对你来我们家，我不是个好哥哥。

二

爸爸每天一早，就要去药店。每次走的时候，他都要摸摸你的头，说："闺女，爸爸走了哈，听妈妈的话哟。"你点点头，挥手给爸爸做拜拜。后来，你长大了一些，大概三岁多一点吧，你学会了撵路。早晨，只要爸爸把包一挎在肩上，你知道他要走，就悄悄地赶到他前面，朝爸爸药店的方向跑。妈妈把你拦回来，你不依，边哭边蹬脚。扭头看着爸爸远去的背影，从你的视野里消失。

妈妈一个人在家，料理完家务，就得上坡干活。每次下地劳动，她都用背篼背你上坡。收工时，又把你装在背篼里，背回来。有时，因地离家远，一到干活地点，你却趴在妈妈背上，睡着了。妈妈只好带去一张窄毯子，铺在地边的草坪上，把熟睡的你放在毯子上裹起来，让天当你的被子，让地做你的床。每隔几分钟，妈妈就跑过来瞧一瞧，给你擦汗。你一睡醒，就哭着找妈妈。妈妈赶紧扔了锄头，跑过来抱起你，在地里东走西逛。

妈妈怕你寂寞，还专门上街买了一张小方凳，一个小水瓶，一个白色的洋娃娃。只要上坡，她就把这些行头也一同搬去，陪你玩耍。

夏天太阳大，妈妈就先哄你睡。等你睡着后，她就把你放在床上，盖上单被，调好电扇，匆匆地跑去地里干活。妈妈不敢走太远，只能就近干活。一边干活，一边竖起耳朵听你的哭声。她只要听见你一哭，就三步并作两步跑回家，边跑边喊："闺女不哭，妈妈在家呢。"你一听见妈妈的喊声，就不哭了。

有一次，单位放假，我回来看你。妈妈干活去了。我一到家，就看见你坐在屋檐下，抱着妈妈给你买的那个白色的洋娃娃，边哭边说："妈妈没回来，我要妈妈。"看到我，你才破涕为笑。

我每次回来，都要给你买一点好吃的东西。有时，是一两样玩具。你最喜欢我给你买的那辆红色摇摆车，常常拿到院子里去玩。凡有人来我们家，你都会兴奋地拿出来展示，且骄傲地说："这是哥哥给我买的。"

你已经把我们一家人认作了亲人。

邻居们看你乖，懂事，都来逗你玩。她们说："你不是爸妈亲生的，是从街上捡来的。"你听了，又骂又哭，气得连饭也不吃。夜晚睡到床上，还一个人偷偷地流泪。妈妈劝你，爸爸也劝你，说："你是我们亲生的，别人是逗你玩的。你永远是我们的好闺女。"听爸妈这样说，你才止了哭。

从此，再也没有人说你是捡来的了。

你快到四岁的时候，你的外婆死了。你的舅妈托人带信来，说你的生母也从广东赶了回来，让妈妈带你去看她们一下。当天夜里，你生母要留你过夜。妈妈只好一个人回家来了。妈妈走后，你就一直哭着找妈妈，声音都哭沙哑了。任凭你生母怎么劝你，你也不听。你生母说："我才是你真正的妈妈。"你说："你不是我妈妈，我妈妈是戴廷坤（妈妈的名字）。"而且，你还要找哥哥。你生母指着你舅妈的儿子说："你哥哥在这里啊！"你说："他不是我哥哥，我哥哥是吴佳骏。"

你已经将我们全家人的姓名牢记于心。

无奈之下，你生母只能打电话给我们，让我们过去接你。当我们打着手电，赶了十几里山路走到你舅妈家时，已是凌晨两点多钟了。我们一到，就听见你号啕的哭声，掏心掏肺的哭。妈妈刚喊了声闺女，你就拼命从生母怀中挣脱出来，死死地抱住妈妈的腿，喊："妈妈，妈妈，我要跟妈妈睡，我们回家。"

在场的人都哭了。

当妈妈背着你返回我们家时，公鸡都开始打鸣了。而哭了大半夜的你，趴在妈妈的背上，睡得正香。

三

你三岁半，妈妈送你上幼儿园。因离家远，路不是爬坡，就是上坎，往返要走将近一个小时。妈妈早晨背你去上学，下午又来学校背你回家。无论天晴，还是落雨，从不间断。村里的人看了，都说妈妈心善，就是以前带我，她也没带得这样仔细。妈妈把你一人放在学校，不放心，担心你玩水，摔跟斗。每天都要跟老师反复交代，托老师仔细照看你。直到老师都听得不耐烦了，母亲才住嘴。住嘴后，还不放心，就站在教室的窗户外，偷偷地看你。伫立良久，才转身离开。放学时，妈妈早就站在教室外等着你了。她是唯一一个来学校接你的家长。其他学生，都在老师的陪伴下回家。只有母亲，自始至终都陪伴着你，直到你离开。

妈妈每次背你上学，都累得满头大汗。你体谅妈妈，用小手给妈妈擦汗。还说："妈妈，你放我下来，我自己走吧。这样，你就不累了。"

你五岁的时候，为培养你的独立性。妈妈不再背你上学，让你自己走着去。最开始，你背着书包在前面走，妈妈就躲在后面的草丛或大树旁，跟着你。一段时间过去，妈妈见你没在路上疯玩，摔跟斗，才放心大胆地让你独自去上学。但如果到了放学时间，还不见你回家，她就很着急，急急忙忙朝学校的方向奔去，丢了魂似的。

你回家做完作业，就抢着帮妈妈干活。擦饭桌，扫地等活儿，你都会做，而且做得像模像样。妈妈说："能有这么个能干的闺女，真是福气。"我只要在家，你天天早上都来催我起床，还把我的裤子、衣服、鞋子拿到床前，喊："哥哥，哥哥，起来啦，太阳照屁股啦！"晚上洗脚的时候，你替妈妈擦脚，替爸爸擦脚，替我擦脚，替姐姐（我女友）擦脚。

没事的时候，你就守着电视看动画片。一个人把遥控板藏起来，不让我跟你争。当时，正在热播一部动画片《喜洋洋与灰太狼》。你看了一遍又一遍，还学会了唱片子里的歌曲。要是妈妈和爸爸吵了嘴，不高兴的时候，你就唱给他们听，直到他们消气为止。有一天，你送给我一张画，上面画着一个大大的房子，房子里住着五个人。你分别指给我看，这五个人，哪个是爸爸，妈妈；哪个是哥哥，姐姐；哪个是你。你还说，自己要认真读书，等将来长大了，要挣很多的钱，买很大的房子，让我们全家人都住在一起。

夜晚睡觉，你非要妈妈陪你睡，而且，还要妈妈给你唱儿歌。妈妈没文化，不会唱歌。只能反复给你唱她自编的两句童谣：小宝宝，睡着了，眼睛闭闭好。这两句话，妈妈不知唱了多少遍，你也听过多少遍。但你听不厌倦，妈妈也唱不厌倦。

前年年底，妈妈见你不再成天需要人照看，就买回几只山羊和兔子来喂养。你很喜欢这些小家伙。每天早上从床上起来，就去喂笼子里的兔子，然后，陪着妈妈去山坡放羊。那些兔子大概把你认熟了，一见你，就活蹦乱跳。你把小兔子抱在怀里，又是亲又是爱。那些山羊也是，一听见你咩咩地唤它们，就远远地跑过来，蹭你的脸，跟你回家。

我们家还养了一只小黄狗，是妈妈从外面捡回来的。很温顺，很乖。你给它取名吴小青。你每天放学回家，它都跑来路口接你。又是吐舌头，又是摇尾巴。你做作业的时候，它就静静地蹲在旁边看着你。傍晚，它还会跟着你去村头玩，陪你去坡上找妈妈。

那些动物们，跟你一样，共同组成了我们这个家。

我每次回家，都要把笔记本电脑带回来，写一点东西。你一看见我的电脑，就忍不住用手摸一摸。当我的双手在键盘上敲出噼啪的声响时，你总是侧耳倾听，并学着我的样子，用双手在方凳子上敲打。打着打着，你发现自己的敲打声，并没有我敲键盘的声音好听。于是，你请求我给你买一台小电脑。我答应了，且在心里想，一定给你买台玩具电脑。可后来，不知是因为忙，或是别的原因，一直未能兑现我的允诺。

现在，你走了。这成了我终身的遗憾。

我向你道歉，妹妹。

四

你的身体抵抗力差，隔三差五地感冒。一感冒，就发烧，呕吐，流鼻涕，咳嗽。咳得痰里带着血丝。曾听你生母说，你一岁左右，带你的婆婆出门办事，没及时回来。你掉进水桶里，被水足足泡了一个多时辰。当大人发现你时，你周身都变得乌紫了。

从那时起，你就经常生病。

幸亏爸爸是医生，你一生病，爸爸就给你治，拿药，打针，输液。妈妈更是寝食难安。天天搂着你，兑白糖开水喂你，熬菜叶子稀饭给你吃。家里随时都预备着感冒药。只要气温一变，妈妈就兑冲剂给你喝，预防感冒。

可有一次，你还是把我们全家人都吓坏了。

你整日整夜地咳，脸烧得通红，体温高达 39℃。饭也不吃，人处于昏迷状态。爸爸献出了全部的医术，也不见你有丝毫好转。无奈，我们只好背你去县城的龙岗医院就诊。经过照 X 光片，你被确诊为肺炎，需要入院治疗一周。这可难为了父母。爸爸的药店，每天不能没人。家里的畜生，也不能没人照料。我和姐姐，又要上班。妈妈只好上午在医院陪你，下午就坐车回去料理家务。妈妈回去了，爸爸就关了药店的门，赶来医院照顾你。我和姐姐就负责每天中午给你们送饭。

你在医院的表现很好。抽血，打针，从来不哭。连护士都夸你是个坚强的孩子。我和姐姐下了班，晚上就到医院来陪你，还给你买来一只玩具熊猫。你很高兴，说自己要赶快好起来，要尽快回学校念书。我们都坐在病床周围，陪你聊天，给你讲故事，直到你安静地进入梦乡。

那些天，我们每个人的心都忐忑不安，不忍心你小小年纪，就遭受病痛的折磨。可我们又无法代替你去受罪，便只好在心中默默地祈祷，希望你能尽快康复。

只要妈妈从家里来医院，你就会缠着她问："妈妈，家里的兔子没饿坏吧？小羊吃饱草了吗?"问得妈妈眼里噙满泪花。

妈妈说，别看你年纪小，其实，你是记恩的。

你出院后，一直把我和姐姐给你买的那只玩具熊放在枕边，陪你睡觉。而且，你还经常在别人面前提起，说你那次生病住院，妈妈来陪过你，爸爸来陪过你，哥哥和姐姐也来陪过你。

2008 年 5 月 12 日，汶川大地震使全国人民都处于惊慌之中。电视里天天都在提醒人民注意，说余震随时都可能发生。为避灾，妈妈、爸爸每晚都轮流抱着你，在屋外的开阔地睡觉。妈妈抱着你睡觉，爸爸就睁眼守着。爸爸抱着你睡觉，妈妈就睁眼守着。随后几天，事态渐趋平息。大家连续几晚在外露宿，困得实在坚持不住了，妈妈就把你抱到屋里的床上睡觉。看到你睡得香甜的样子，妈妈跟爸爸说："要是余震来了，你就把闺女抱走，不要管我。"没想到，当妈妈这样一说，你竟然睁开了熟睡的眼睛，说道："妈妈，你自己也要跑哟。"说完，又呼呼地睡了。

那时，我已经在县城里买了一套商品房。你说："妈妈，我们为啥不搬到哥哥的新房里去住?"每次到县城，你都要到我的新房里来看看，并自己做主划分房子，哪间屋子是爸爸、妈妈的；哪间屋子是哥哥、姐姐的；哪间屋子是你的。你总是把好一点的日常用具，统统朝自己的屋子里搬，把属于你的"新房"布置得漂漂亮亮。

可你除了那次生病住院，来你的"新房"住过两晚上外，就再没去住过。

那间屋子，我一直给你留着。

五

得知你生母要来接你走的消息，我们全家人都心痛不已。

妈妈每天五点钟就醒了，坐在床上为你赶织毛衣。有时，凌晨一两点钟，她也坐起来织。因为难过，她一边织一边哭。

她要让你穿得体体面面地走。

你看到爸爸、妈妈不高兴，你也不开心。你说："妈妈，我不会离开你的。你和爸爸才是我最亲的人。"

冥冥中，你好像知道自己无法抗拒命运一样。那一个来月，你特别懂事。

思想上变得空前成熟起来。你说的很多话，很难想象是从一个六岁的孩子嘴里说出来的。一天，你陪妈妈去坡上割猪草。妈妈问你："闺女，你舍不舍得离开妈妈？"你回答："妈妈，我舍不得离开你，我们活在一起，死也在一起。"妈妈抱着你，痛哭。你也哭。你边哭边给妈妈擦眼泪，说："妈妈，我们不哭。"

你只记得爸爸和我的手机号。那些天，我常常接到你打来的电话，话筒里响起你甜甜的声音："哥哥，你什么时候回家来？"说完，就挂了。我知道，你一定是想哥哥了。我每次回家要走的时候，你都舍不得，和妈妈一起跟出来送我，送出很远，还在高挥着手喊："哥哥，拜拜。哥哥，再见！"

2010 年春节，我们都过得很不愉快。我们知道，春节一过，你就要离开我们了。

正月初一，我们全家人都陪你去大足县城玩了一天，给你买新衣服，新裤子，还带你去你的"新房"最后看了一次。你那天玩得很尽兴。

你越是尽兴，我们的内心就越酸楚。

你生母来接你走那天，气氛一下子严肃了。你一见生母就哭，从下午一点哭到四点。妈妈问你："闺女，你还想到什么地方去要一下，妈妈陪你。"你使劲摇头，说："我哪里都不去，我只要妈妈。"妈妈抱着你，带你去村里曾经留下脚步的地方，重新走了一遍。

妈妈流着泪说："闺女，你以后要听话哟，要乖。"你听妈妈这样说，一下子跪在妈妈面前，央求道："妈妈，我求求你，不要赶我走嘛！"

妈妈俯下身子，在你脸上亲了又亲。你说："妈妈，你笑一笑吧，我想看看你笑的样子。"妈妈笑了一下，笑得邻居们都哭了。

你的生母生气了，在催促你走。

妈妈在给你收拾衣服。妈妈问："闺女，哥哥、姐姐给你买的那些玩具，你还要吗？"你哭着说："妈妈，我不要。把它放在屋里，你看到它们，就像看到我一样。"

你的生母过来拉你。

你挣脱她的手，就朝坡上跑。边跑边喊："我不走，我不走。"

一向坚强的爸爸，再也忍不住了，放声大哭起来，说："闺女，不是爸爸、妈妈要赶你走，我们实在是没有办法。"

妈妈去坡上把你抱回来。你死死扣住妈妈的脖子不放。

无奈，妈妈只好忍痛编了一个谎言，说："闺女，你走吧。等几天，妈妈来接你。"你听了这话，才止住了哭声，说："妈妈，我要是想你，怎么办?"妈妈说："你想妈妈，就给妈妈打电话嘛。"你说："我没有电话。"于是，妈妈就把她用过的那个手机送给了你。

你走的时候，我们都不忍去送你。

你走一段路，又停下脚步，扭头看看我们。每停下一次，就大声说："妈妈，我走了。等两天，记得来接我。到广东来接我……"

看着你逐渐远去的背影，我们泪如雨下。

六

你被生母接走的第二天，妈妈得知你并未立即去广东，而是住在县城里的亲戚家。妈妈兴奋地跑来县城看你。

但妈妈并未进屋，只走到你亲戚的家门口，远远地偷看了你几眼，就坐车回家了。妈妈说，她看到你一个人坐在门槛上，眼角挂着泪水，怪可怜的。

你走后，妈妈大病了一场。

爸爸也神情沮丧，默默地看着你的照片，沉默不语。

曾经热闹的家，一下子冷清了。家里再也没有你的笑声，再也没有你那活泼的身影……

自从你走后的第二天，家里养的那十几只兔子，开始厌食。几只山羊也不爱吃草。妈妈不忍心看着它们活活挨饿，统统卖掉了。

妈妈唯一留着的，是你平常最喜欢的那只"小白兔"，她把它放在床头的桌子上。每天早晨起床，和晚上睡觉时，她都要默默地凝视良久。

不独妈妈，我们都在这种凝视中活着。

第二辑
游走

飘逝的歌谣

卑微的鸟雀卑微的人

一

我睡的屋子，有一扇木窗。窗外，是一片茂密的竹林。竹林里，常有一些鸟儿，在里面筑巢，生儿育女。每天天不亮，它们就唧唧喳喳地闹腾开了，把我从睡梦中吵醒。我躲在被窝里，仔细聆听，每一只鸟，都在喊我的名字。

我从床上爬起来，穿好衣裤，把窗子打开，想看看那些鸟雀的样子。风从窗户外吹进来，贴在脸上，凉飕飕的。一颗颗洁亮的露珠，挂在竹叶尖上，欲落未落。我擦亮眼睛，搜寻鸟雀的踪迹，却没有发现一只鸟。我很失望，转身坐在床沿上，打算钻进被窝，再睡个回笼觉。就在这时，窗外的鸟叫声越发欢快了，婉转，清脆，那种时而悠扬时而舒缓的节奏，令大地静谧，也令人心安静。我重新伫立窗前，想看清那些可爱的精灵的身影，但它们全都躲在竹林深处，跟我捉迷藏似的，不露一下脸。要了解一只鸟，是不容易的。

母亲是最早听到鸟叫声的，她每天五点钟就起床了，是全家起床最早的一个。母亲起床后做的第一件事，是煮猪食。煮好了猪食，再煮人的早饭。在乡下，一头猪的命，比一个人的命值钱。人死了，不过是黄土一坯；猪死了，还可以卖肉。这个浅显的道理，母亲是懂得的。因此，她对待一头猪的感情，绝不亚于对待自己子女的感情。

只要母亲点亮灶屋里的煤油灯，一天的日子便开始了。煤油灯微弱的光源，从墙壁的缝隙射出去，惊醒了屋后竹林里鸟窝内的鸟。一只只鸟雀抖擞着翅膀，扑打着寒冷的气流，发怒似的喊叫开了，像是对母亲的埋怨，又像是同情。我不知道母亲从那些鸟儿的叫声里,听出些什么意思没有。但可以肯定的是,那些鸟儿知道不少母亲的秘密。那些秘密里,埋藏着一个农村妇女的喜乐悲欢,爱恨情仇。

无数个黎明,我睡在灶屋的隔壁,幻想母亲在鸟叫声的陪伴下,一天天老去的情形。灶火映红她沧桑的脸庞,毕毕剥剥燃烧的干柴,烘烤着她的年轮。她一辈子的辛酸和委屈,都化作炊烟,从烟囱里飘走了,唯留下些尘埃,撒落在清晨的曙光里——那是她遗落在人世的最伤痛的爱。这种爱是伟大的,也是隐忍的,椎心泣血。

父亲总是喜欢扛一把锄头,到田间地头转悠。从村东转到村西,又从村西转到村东,像个懒惰的闲汉。其实,父亲并不懒。相反,他是村子里最勤快的人。他除了像其他人一样耕地,种庄稼,还善于观察天空中飞来飞去的鸟雀。有时,他坐在一根田坎上,或者蹲在村头的一棵大树下,嘴上叼一杆旱烟,望着从他头顶飞过的鸟雀发呆。看得出,父亲很羡慕那些鸟,自由,欢快,往来无羁。他熟悉村子里那些鸟,就像熟悉土里的高粱和大豆。他能准确地从高空中飞翔的鸟的姿态上,分辨出是岩鹰,还是白鹭。父亲这种识别鸟雀的能力,让我吃惊,也让村子里的人佩服。正因如此,父亲在村子里,显得有些古怪,人们都不大愿意跟他扎堆,还私下给他取了个外号"鸟人"。母亲一听别人这样叫父亲,就气不打一处来。觉得家里的男人遭人羞辱,自己脸上也无光。只有父亲对他人的谐称毫不介意,他说:"鸟人"好,既是鸟,又是人;既能飞,又能走。后来,父亲完全失去观察鸟雀的兴趣,缘于他的发现——鸟无论飞得再高,也得落到地面上找东西吃。否则,它们就活不下去。

父亲的这个发现,后果直接殃及到我。他剥夺了我每天躲在被窝里,聆听窗外鸟叫的权利。天刚麻麻亮,他就把我从床上撵起来,跟他下地干活。他要是犁田,就让我牵牛;他要是挑粪,就让我提粪瓢;他要是挖红苕,就让我挑箩筐。我对他的安排,不能有丝毫的不情愿。否则,我的抵触,必会招致他的破口大骂。我害怕见到父亲发怒的样子,一双睁大的眼睛,充满血丝,像两盏灯泡。板着的脸皮,绷得紧紧的,要撕裂似的。有一次,我拒绝给他提粪瓢,他把扁担一扔,甩出丈多远,粪桶里的粪水溅满了他的脸和我的脸。他举手就给我一耳光，骂道：干不来农活，你娃就只有饿死。别指望变成天上飞的那些雀雀儿，飞得越高，摔得越惨，还是实在点好……

父亲的打骂并没有终止我对鸟雀的热爱。我跟着他去田地干活的路上，眼睛始终注视着路两旁树林里那些上蹿下跳的鸟儿，它们那梦幻般的叫声，早就把我的魂给抓走了。跟在父亲屁股后头的，不过是一具躯壳。

二

在村庄里，像我一样爱鸟的孩子，还有很多。每天太阳落山的时候，我们就相互邀约，去坡上割草。等背篼里装满草后，我们就躺在某块麦田，或者胡豆田里，看一只只不同形体、不同颜色的鸟雀，沿着低空滑行，寻找晚餐。夕阳染红它们的身影，也染红我们的身影。看着看着，仿佛那飞翔的每一只鸟，都是我们的化身。我们正处于一个虚拟的高空，俯瞰着生养我们的这块土地，土地上吃草的牛羊，生长的麦子、豌豆，以及那一座座破败的茅草房，草房上升起的洁白的炊烟……

孩子们都哭了，为一群鸟雀，还有鸟雀无法承受的寂寞和空虚。哭得最凶的，是小李子。小李子比我大两岁，是这群孩子里头，最懂事的。每次，当我们这样躺在地上观看鸟雀的时候，他就会情不自禁地想起他死去的父亲，以及陪伴了他父亲多年的那只麻雀。那是一个令人心碎的夏天，小李子的父亲为了给他挣学费钱，去镇上一家砖窑厂搬砖。在一次出窑时，他双脚踩滑，掉进了窑里。幸亏抢救及时，他才躲过一劫，活了下来。但从此，他失去了双腿和右臂。一个精干的男人，就这样给废了。小李子的母亲被家里的惨境几次逼到轻生的地步。最终她都是担心自己死了，留下小李子在阳间受活罪，才咬咬牙，挺了过来。村子里的人，都非常同情小李子一家的不幸遭遇。农忙的时候，一些青壮劳力都主动去帮他们家抢收。逢年过节，左邻右舍的姐妹们，还给他们家送去猪肉、南瓜、糯米等食物。小李子的母亲，望着来帮助他们的人，泪眼汪汪，在院坝里长跪不起。那种冷冷的温暖，沉甸甸的，真是让人难受。一日三餐，小李子和母亲轮流照顾他的父亲，喂饭、送水，接屎端尿。小李子的父亲看着他们娘俩忙碌的身影，满心愧疚。他曾无数次劝说小李子的母亲改嫁，带着儿子一起。他说："你们娘俩的日子还长，不要守着我这个活死人，不值得。"说得一家人都抱头痛哭。小李子怕父亲想不开，给他些安慰，就偷偷地编了一只鸟笼子，又跑去后山的树林里抓来一只麻雀关进笼子，放在父亲床头的柜子上养起来，逗他开心。就这样，那只麻雀陪伴着小李子的父亲，小李子的父亲又陪伴着小李子的母亲和小李子走过了一个又一个春天和冬天。但人的命运总是那样难以说清楚，该发生的事情，到底还是发生了。小李子的父亲在一次醉酒后，把身上的被子放进了地上的火盆里。当小李子和母亲匆匆从坡上赶回家时，熊熊的大火已经吞噬了他们家的草房子。大火熄灭后，人们从灰烬里掏出来的，只有小李子父亲那一团被烧焦的肉躯。小李子曾经亲手编的那只鸟笼子，还有他亲自抓的那只麻雀，都一同随着他父亲的灵魂，化为了尘土。

我们必须学会不哭。在我们这几个孩子当中，雪梅是最坚强的，别看她是个女孩子。当其他人都在羡慕鸟雀的自由时，只有她在担心鸟雀飞得累不累，会不会有人那样的孤独感，遇到痛苦的事情，它们是否也会流泪。雪梅已经是她父母生的第三个孩子了。她的父母一直想生个儿子，可偏偏天不遂人愿，一连三个生的都是丫头。雪梅的大姐一出世，就遭到父母嫌弃。待其长到七八岁时，就被天天赶去坡上干活。回到家里，还得承担洗衣、做饭等事情，要是有一点做得不满意，父母又是骂，又是打。她右脚的踝关节，曾被她父亲用板凳砸断过，从此，她便成了个跛子。等到雪梅二姐降生的时候，她大姐的日子就更惨了。每天照常干活不说，还得义务肩负起照看妹妹的责任。她们的父母为了生儿子的事，经常吵架，闹得一家人鸡飞狗跳，不得安宁。他们基本不怎么管孩子，只要孩子还有口气，不至于饿死，就心安理得了。雪梅的大姐因为有了自己的切身经历，她非常同情妹妹的处境，并已经看到了其未来在这个家庭里的辛酸，故她总是十分善待自己的妹妹。冬天怕她冷，夏天怕她热。雪梅的大姐想：既然命运安排她们出生在一个家庭，成为姊妹，就应该相互怜悯，彼此温暖，血总比水浓。但越到后来，雪梅的大姐实在无法忍受父母对她们的冷漠，在一个刮风的下午，她带着妹妹从村子里失踪了，至今音信杳无。

雪梅的父母对她，之所以比对她的两个姐姐稍微好一点，完全在于他们对两个失踪女儿的歉疚，再加之村里人对他们的指责，觉得良心上过不去。

尽管如此，他们对雪梅仍未给予足够的关心和疼爱。他们的主要心思，仍旧放在生儿子上。雪梅喜欢和我们在一起玩，把她内心的秘密说给我们听。她给我们讲她父母的残暴，也给我们讲她父母的可怜。我们问雪梅："恨你爸妈吗？"她低头沉思良久，然后，抬头望着天空中的鸟雀说："恨有什么用，谁让我是他们生的呢！"

雪梅的父母希望她能早点嫁人，给家里挣些收入。在我们村，女孩子只要满了十六岁，就有媒人来提亲了。即使媒人不来，家里的人也会主动找媒人张罗的。他们想，姑娘家迟早都是别人家的人，早嫁晚嫁都是嫁，何必要白白地替别人多养那么几年呢，纯粹是糟蹋粮食。雪梅的父亲跟她讲一回嫁人的事，她就反对一回。雪梅跪在父母面前说："妈，爸，别让我那么早嫁人，行吗？"语气近似哀求。但自始至终，她没掉一滴眼泪。

鸟继续在天空上飞翔，我也在飞翔，雪梅也在飞翔，小李子也在飞翔。雪梅真正的愿望，其实并不是做一只鸟，而是成为一棵树。她说："做一棵树好，风吹不倒，太阳晒不枯。"雪梅是善良的，她梦想成为一棵树的根本目的，还是为了鸟。她想让那些在天空中飞累了或者迷失了方向的鸟雀，都能来她的树冠里遮阳，避雨，筑巢。她想让自己这棵树，成为鸟雀的乐园，鸟雀的天堂。只要鸟雀们快乐，她也会很快乐。

但雪梅又是单纯的。人的一生，很多事情，总是由不得自己安排。就像一群鸟，总会被大风吹散，总会被寒冷冻伤。雪梅终究还是嫁人了。她出嫁的时候，还不满十六岁！

三

我对父亲的言听计从，令他颇为得意。他将自己先前对鸟雀的兴趣，渐渐转移到了我身上来。跟一只鸟相比，我更实际，更容易掌控。我是父亲圈养的一只鸟，我逃不出他的视线，逃不出哺育我的村庄，逃不出我的命。

母亲或许是唯一关心我的人。她只要看见父亲指使我干这干那的时候，就会给父亲递一个眼神，然后，轻言细语地说："娃还小，别伤了他身子骨！"父亲对母亲的劝告无动于衷，照样我行我素，一副家庭主人的傲慢做派。但只要父亲一转身离开，母亲就立刻上前夺下我手中的活儿，由她帮我干完。

有一年夏天，我跟着母亲去地里收割麦子。毒辣的骄阳炙烤着大地，金色的麦浪随风摆动。母亲蹲在麦田里，专注地割麦，汗水泡湿了他的前胸和后背，麦叶子把她的脸和手都划出了血痕。我跟在母亲身后，捡漏掉的麦穗。也许是天气炎热，我的心里有些焦躁，一种悲愤的情绪使我对正在干着的活感到厌倦。我把手里的篮子一甩，麦穗撒得满田都是。母亲停下手里的活，回头看了我一眼，没有说一句话，又低头继续割麦。我坐在麦田里，心空虚得难受。就在我沮丧到极点的时候，我发现麦丛里有三五只麻雀，在跳来跳去，抢夺麦穗。其中两只麻雀，为了争嘴，而打起架来，被扯掉的羽毛落在地上。我的好奇心一下子被吸引住了，我真不明白，偌大一块麦田的麦子，难道还填不饱两只麻雀的肚子吗？它们竟然还要为一头麦穗，争得头破血流。有的麻雀更大胆，干脆直接把窝筑在麦丛里，让它们的一家大小都能丰衣足食。这些麻雀们，不但不劳而获，剥夺了别人的劳动成果，还不懂得珍惜，同室操戈，手足相残。

母亲是大度的，也是宽容的。她既然能够忍受我的暴躁，自然也能忍受几只麻雀的刁蛮。况且，即使那些麻雀不来偷食田里的麦子，她的收割也无法填满我们家那个空乏的粮仓。

我突然同情起母亲，也同情起自己来。我是不是也在剥削我的母亲，以致手足相残呢？我从地上站起来，重新将撒掉的麦穗捡到篮子里。母亲已经割完了田里的麦子，正在打捆。她看到我在捡麦穗，仍然不说一句话。等捆完了割倒的麦子，她就过来帮我捡麦穗。那个闷热的午后，我和母亲共同经历了一场苦役。

和鸟雀在一起生活的时间长了，就会发现它们生存的不容易。每年冬天，我和小李子都能在村头的树林里或山坡上捡到从天空中冻落下来的鸟。小李子只要一见到被冻死的鸟，就倍感伤心。整整一天，他都不说一句话，一个人默默地承受着内心巨大的痛苦。我们都不知道那些死去的鸟，都来自于哪里。也许是从山的另一边迁徙过来的，也许来自某个遥远的地方。总之，它们在飞行的途中，遭遇到了不测。它们死于飞翔。说不定，那些死去的鸟，曾在某一个清晨或傍晚，与我们相遇过呢。我们曾亲眼目睹过它们那翱翔蓝天时的美丽身影，它们也曾看见过我们背着背篓，坐在田野上望着落日发呆的模样。我们都在各自的世界里打量和羡慕着对方。

　　有的鸟雀的尸体，一落到地上，就被贪吃的野猫或黄鼠狼叼去果了腹。幸运的，尚能留下一点残剩的骨头。大多数情况下，皆是尸骨无存。即使留下一地凌乱的羽毛，也会在短时间内，被大风吹散。每当我们看到地上沾满鲜血的鸟雀残骨时，心里就一阵阵发怵。仿佛那些骨头，是从我们身上掉下来的。小李子说："鸟和人一样，也是一条命。"为让这些已经消失的生命能有一个好的归宿，我和小李子去后山一块能避风的草坪上，挖出一个个土坑，把那些可怜的鸟儿埋葬了。每安葬一只鸟，我们就用竹块在坟前插一块墓碑。墓碑上还刻着我们替鸟儿取的名字。我和小李子一人取一个，都跟着我们姓吴。小李子平常喜欢山菊花，就给鸟取名吴山菊。我则喜欢天上的云朵，就给鸟取名吴白云。

　　我们一直相信，鸟雀也是有灵魂的。有时候上坡割草，从埋葬鸟雀的草坪路过，我和小李子都要走过去瞧瞧，在草坪上坐一坐，陪它们说说话。我相信我们所讲的话，它们是能够听见的。小李子还用竹管做了一只短笛，能发出类似于鸟叫的乐音。我们每次去看鸟，他都要掏出笛子，吹上一曲，算是对鸟雀的祝福，也是对他死去的父亲的祝福。

　　我们也有疏忽的时候。一天下午，我们在树林里发现一只受伤的画眉。它的两条后腿均被折断，匍匐在地上，翅膀奋力挣扎着，两只眼睛蓄满了泪水。我怕弄疼它，轻轻地将之捧在手心。它或许受到了惊吓，一扇翅翼，摔到地上，晕了过去。小李子赶紧从他的衣服上，撕下两片布条，将它的断腿缠住，捧回了家。我们原本是要为它疗伤的，那知道，天刚擦黑，它就奄奄一息了。我和小李子都深感愧疚，我们匆匆跑去后山的草坪埋葬完画眉回来，已经看不清路了。第二天一早，当我们再次跑去看那只画眉时，眼前的情景让我们吃惊。由于昨晚赶时间，我们把坑挖浅了，画眉已经在夜里被野物刨了去，只剩下一个空空的泥坑。我和小李子相拥而泣，伤伤心心地哭了一个早晨。

四

　　没想到，可爱的鸟雀，也能给人带来不详和恐惧。

有一段时间，不知从哪里飞来几只乌鸦（我们那里平常是很少见到乌鸦的），在村庄上空盘旋不去。等到半夜里，它们就栖息在村边的洋槐树或柳树上，放声大叫。叫声传得很远，浑厚而苍凉。那种阴惨惨的调子，使整个村庄都笼罩上了一层恐怖的氛围。每一个躺在床上的男女老少，都听到了由这种鸟所传递出来的不详的信号。我躲在被窝里，身子缩成一团，双手紧紧地捂住耳朵，背心直冒虚汗。第二天天刚亮，小李子就跑来问我："你昨晚听见鸟叫没？怪吓人的，我妈说，村子里怕是要出啥事情了。"大人们白天一碰面，也都在议论夜晚鸟叫的事。我父亲说，还是在他小的时候，听见过这种鸟叫。结果那一年天大旱，田裂开一两寸宽的缝，家禽和人都死了不少。

　　也许是出于对其他鸟雀的认识，我和小李子并不相信乌鸦这种鸟，真就那么邪乎。为了验证自己的想法，我们邀约了村里胆子大的几个伙伴，去村边活捉乌鸦。我们商量出了好几种捉乌鸦的办法，火把也准备好了。就在我们去捉乌鸦的前夜，村里传来的一个噩耗，彻底摧毁了我们的行动——村头的黄婶摸黑去岩洞里背柴，掉下悬崖摔死了。这起突发事件，使村人们格外惊诧，都说黄婶是中邪了。说来也真是巧合，就在黄婶出事的当晚，那几只乌鸦居然神秘地从村庄里消失了，再也没有出现过。

　　我始终不相信，黄婶的死跟那几只乌鸦有关，小李子也不信，但大人们是相信的。我和小李子仍然喜欢在夕阳西下的时候，去后山上看天空中飞来飞去的鸟雀。看一回鸟雀，我们就飞翔一回，也成熟一回。

　　有一种鸟，是村子里人人都喜爱的，那便是燕子。不知人们为何对它情有独钟，视为吉祥鸟。燕子对人类也极其信赖，总是把巢筑在别人的堂屋里。每到燕子飞来的季节，村子里的每户人家，都敞开大门，欢迎燕子入住。要是燕子能在哪家住下，那家的主人一定会非常高兴，这预示着他们家来年将有喜事盈门。但燕子是鸟类中脾气最怪，也是最通人性的一种鸟。它若是造访一户人家，往往先要绕着堂屋转上三圈，了解一下这家人的大致情况。比如，是否勤劳，是否讲究卫生等。若情况令它满意，它便住下；若不满意，它便唧唧呱呱地吵上一阵，头也不回地飞走了。

　　我们家很多年都没有燕子光顾了，父亲为此大为恼火。他把这种烦恼，统统算在我的头上。这么多年了，我这只一直被他圈养的鸟儿，既没能承载

飘逝的歌谣

他的梦想，也没能放飞他的希望。我不过是他失败人生的另一个翻版。

　　父亲大概是彻底对我失望了，在我十六岁那年春天，他让我跟着姑父去外地学做木工。那是我第一次离开家，离开村庄，离开亲人。后来，据母亲说，我走后不久，家里就来了一对燕子，还产下一窝幼崽。为此，父亲兴奋了好长时间。

艾草和菖蒲浸染的端午

一

端午节来了。

天刚亮，母亲就去后山的洼地，割回艾草和菖蒲，用一根红绳子捆着，挂在老屋的门楣上。艾草很鲜嫩，叶片尖细，青涩的汁液似要撑破叶脉。菖蒲则是一副饱经风霜的样子，悬垂的剑锋上，挂着一颗晶莹的露珠，仿佛它流出的泪滴。我站在屋檐下，静静地看着它们，像凝视一件充满神秘的事物。内心肃穆而敬畏。它们那带着潮湿水腥气的青翠的色泽，不止染绿了我惺忪的眼睛，也染绿了乡村早晨的炊烟，围绕炊烟飞翔的鸟群。

太阳还没有出来。房屋周围生长的李子树、桃子树、樱桃树、核桃树在湿气氤氲中，正舒展着枝条，呼吸新鲜的空气。院子边的晾衣绳上，落着几只麻雀。蓬松的羽毛，很有光泽度。远远看去，像几个穿着麻布外套的小矮人。它们安静的时候，就那么呆呆地站着。不嬉戏，也不吵闹。与背后的菜园子，以及远处的地平线，构成一幅简练、有力、极富浪漫情调的素描画。让人看了，内心暖烘烘的，温热又安静。

若单凭这样，就将麻雀认定为可爱，乖顺的小家伙，那就错了。麻雀是非常机灵的。它们看似安静地呆着，实则在养精蓄锐。黑溜溜的眼睛，一直盯着院子中间那个圆圆的簸箕——簸箕里装满了白生生冒着热气的糯米——那是母亲刚从锅里捞出，等糯米冷却后来包粽子的。麻雀见院子里有人，找不到下嘴的机会，只能充满耐心地干耗着。

奶奶坐在屋檐下，剥麻。麻是才从山坡割回来的。浅绿的叶片，泛着银灰。每年的端午，奶奶都要剥许多麻。她将那些麻杆子，放在洗脚盆里，用清水泡着。过一两个时辰后，麻秆被水泡软了，再用一根竹片，像剔鳝鱼骨头一样，轻松将麻皮剥离，绾成一束，挂在树枝上曝晒。等麻皮晒干后，就搓成绳子，用来穿牛犊的鼻孔；或者，分给治丧的人家包孝帕。在我们家乡，麻被誉为一种神异的植物，可辟邪。据说，只要在端午这天剥麻，就可以驱除一切魑魅魍魉，保四季平安。而剥麻这件事，一般都由家中老人来做。老人阅历丰富，见多识广，是压得住邪的。因此，端午剥麻，便成了老人们的特殊仪式。剥麻的老人，不仅长寿，而且有福。

天色比先前明亮了一些，朝霞出来了，田野和远山，铺了一层红色的染料。圈里的牛开始刍草，羊望着田坎边上的青草，咩咩地叫。晾衣绳上站着的麻雀，等得有些不耐烦了，唧唧喳喳闹成一片。从绳子的这头蹿至那头，又从绳子那头蹿至这头，像一群学滑步的舞蹈演员，在练习技巧。好不容易等到院子里的人走开，这群大地上的精灵，俯冲着飞向院子中间的簸箕，叼上满满一嘴米粒，迅速振翅高飞，消逝在这个被艾草和菖蒲浸染的早晨。

二

有一种东西潜伏着，我们看不见。它隐藏在凝固的空气中，混杂在漂浮的灰尘里。它习惯于躲在暗中偷窥人间的秩序。我为这么一种不明身份的事物，深感恐惧。

母亲端来一个瓷盆，盆里装满浊黄的液体。液体散发出一股浓浓的苦味和辛辣味道，呛得我流泪。我问母亲：这是什么水？母亲瞪我一眼，示意我别多嘴。她那神神秘秘的样子，好像正在进行一场严肃的祭祀活动。事后我才知道，那盆水，是用艾草、菖蒲、大蒜、老姜熬出来的。母亲将我叫到院子里，让我脱掉衣裤，赤身裸体站在天空下。我拒绝听从她的命令，又哭又闹，死活不肯脱。母亲板着脸，放下手中的瓷盆，三两下便剥去了我的衣服和裤子。她在强行做这一切时，始终不说一句话，仿佛冥冥中有人在监视她的行为，唯恐一说话，就会造成对监视人的不敬。我被剥光衣裤的身子，像一条被人拖上岸的鱼，显得僵直。没等我回过神来，母亲便拿起一根艾草，沾了瓷盆里的水，从头到脚，在我身上拍打。一边拍一边念：

　　艾叶香，艾叶苦
　　驱痛驱寒在端午
　　菖蒲青，菖蒲尖
　　防灾防邪在今天
　　大蒜和老姜
　　蚊子螟虫全杀光
　　……

　　我紧闭双眼，被母亲的咒语笼罩着。母亲的咒语，充满时空的奥秘。我仿佛被这种咒语所感化，生长出翅膀，整个身体都在向着高空飞升，脱离大地。等我睁开眼睛，发现自己的躯体全被药水染成了黄色，像敷了一层保护膜。很长一段时间，我的身体都被一种苦涩之味包裹，甚至晚上睡觉，都感觉身子不是躺在床上，而是被一盆药水浸泡，漂浮着。即使做梦，也带着苦涩的馨香。我童年的记忆，就这样染上了艾草和菖蒲的汁液。这种汁液，还渗入血液里，把我的生命也过早地泡成熟了。

　　当然，我一个人是没有资格享受一整盆药液的，那样太奢侈了。母亲替我沐浴完身体，将剩下的药汁，端去洒在房屋周围。一圈一圈地洒，依然是边洒边念咒语。洒完屋外，还要洒屋内。旮旯角落，缝隙洞穴都要洒到。再老旧的房子，被药水一洒，也成了吉宅。人住在里面，不必担心生活中的坎坷，可以放心大胆地饮食起居。这种古老的风俗，是世代传承下来的，错不了。——它包含着博大的生存法则，高深的民间智慧，以及敬畏自然的力量。

　　忙完这一切，太阳偷偷地爬上了院子的土墙。爬山虎的叶子，在风的摇晃下，将光影切割成菱形的小块，投射在墙上，像正在上演的一场皮影戏。奶奶已经剥完了麻，在收拾地上的残局。她不允许零乱的垃圾破坏掉隆重的节日气氛。端午是干净的，任何来自传统的节日，都是干净的，也是神圣的，是乡间的大事。

　　母亲端张凳子，坐在院子里，开始包粽子——端午节的核心节目。我蹲在母亲膝前，看她把一张张宽大的巴叶壳展开，抹平，卷成一个圆锥形的空斗。再抓起一把糯米，像沙漏中的沙一样滑入叶壳中。压实，抄口，叠出一个三角形状。然后，用沸水煮过的棕叶捆紧，打上一个活套，一个粽子即完成。每包一个粽子，母亲的脸上都会流露出一丝幸福感。我被母亲包粽子时的优美手势所征服，像在观看一个手艺超群的民间艺人制作工艺品。美就这样产生了，在劳动中，在传统节日的风俗中。奶奶清扫完地面，过来帮母亲包粽子。一对婆媳，并排坐在一起，有说有笑，其乐融融。手上比着技艺，嘴里谈着往事，将女性的柔美和贤惠，发挥到极致。时间慢下来，日子拉长了。两个朴实的乡村女人，仿佛从唐朝起，就一直坐在那里，伴随一个又一个端午，坐到现在，坐成岁月深处的两尊雕像。

叼走糯米的那几只麻雀，在享受了端午的美餐之后，重新落在院子的晾衣绳上，企图再满足一下口福。但这次，它们失望了，母亲和奶奶已经将簸箕里的糯米，全部包成了粽子。饱满的粽子垒在一起，堆得小山似的。麻雀眼馋，嘀嘀咕咕地闹脾气。它们恨自己的力气太小，不能将一个个粽子叼走。否则，端午节就是麻雀的天下了。

母亲将粽子放入锅内，羼水，盖上锅盖。奶奶坐在灶前，架柴，烧火，熊熊的火舌舔着锅底。不一会儿，锅里汩汩冒气泡。随着蒸腾的雾气，糯米的淡香弥漫开来，覆盖了我的嗅觉，奶奶的嗅觉，母亲的嗅觉。

三

炊烟缭绕，盘旋着升上天空。田间地头不见一个劳作的人。老人们三三两两蹲在村子里的大槐树下，吹牛，摆龙门阵。谈着谈着，竟回忆起过往的趣事来。——谁谁骑在牛背上，扮嫩，装英雄，被干活回家的儿媳妇撞见，吓得从牛背上滚下来，像个熟透的老南瓜。从此，在儿媳妇面前，再也抬不起头；谁谁半夜三更躲在稻草棚里学猫叫，勾引村西边的张寡妇，结果，偷鸡不成蚀把米，被张寡妇用竹扒打得屁滚尿流……他们按捺不住性子，越说越风流。夸张地说，放肆地笑。老夫聊发少年狂。倘若自家的孙儿，不喊他们回去过节。他们的话头，必得像蚕子吐丝那样，不吐尽，是不肯收尾的。老人们剩下的时间不多了。只要有节过，就尽量过轻松，过得风生水起，过得逍遥自在。

　　阳光把整个院子都照亮了。村子里顿时响起狗吠声，汪，汪，汪，汪。音调沧桑，却也明快。白天的狗，不像夜间那样叫。在夜间，狗是防御战士，要看家护院。一有风吹草动，必叫得分外铿锵，泼辣，把夜幕都撕裂了，险些连月亮也吼落似的。人远远地听见，不说吓掉魂，至少可丧胆吧。白天就不同了，一切都在阳光下，明晃晃的，看得清，看得实在。纵使有贼来犯，胆量也小。狗的职责便也减轻了。若真打斗起来，两条腿的人是抵不过四条腿的狗的。况且，又是过节，狗的心情自然也是愉快的。连麻雀都知道分享过节的好处，何况跟人类亲密无间的狗呢。狗在过节时，叫还是要叫的，这是做狗的本分。否则，就不讨主人喜欢了。一只被主人厌弃的狗，即使过节，恐怕也捞不到什么好处的。故每逢过节，村里的狗，不但要叫，而且要叫得有水平，要变着花样叫。大大小小的狗，组成一个合唱团，从村北唱到村南，又从村东唱到村西。像唱民谣一样，营造、渲染出节日的气氛来。这样，它们才能从主人那里获得吃不完的美食。人只过一天节日，狗可以过上三天，甚至更多天。这大概也算是做狗的福分。

　　铁锅内的粽子，煮熟了。提起来，一串一串的，像些微型倒塔。母亲将其放入清水里，冷却。菜是热的好吃，粽子要吃冷的。我等不及，围着母亲转来转去，唾液在口腔内汹涌。母亲识破我的心事，伸手从水桶里提出一个粽子，剥去壳后，用一根筷子，直直地刺进粽子黏软的肉里，交给我。我接过粽子，转身逃跑了，比偷吃了糯米的麻雀消逝得还快。我是第一个尝到端午节味道的人。

　　时间将近午时，村中细细长长的路上，多出些陌生的身影来。不消说，这些人都是赶来过节的。异地求学的孩子，从千里之外赶回，只想尝尝母亲包的粽子。——粽子里不止包着糯米，还裹着亲情、思念和故乡。在路上边走边笑的，一定是出嫁的女人回娘家。自从成为别人家里的人后，回娘屋的次数也就少了。嫁出的女，泼出的水。收是收不回来的。人的心，往大了说，能装天，能装地；往小了说，也就一个火柴盒子。尤其是女人，心里既要装丈夫，又要装孩子，哪还有空间装下生养自己的爹娘呢。但当爹娘的，是永远不会忘记子女的。逢年过节，都不忘通知女儿、女婿过来聚聚，顺便看看外孙、外孙女。自己身上掉下的肉，终归还是疼爱的。也有青年小伙子，背上背个背筐或手里提个竹篮。里面装着好烟好酒，好糖好肉，新衣服新裤子。一看，就知道是送未来的岳父岳母的。人虽年轻，礼数得周全。姑娘还没娶到手，态度自然得诚恳，表现也要大方。说不定人家一高兴，端午过后，就张罗把结婚酒给办了，这岂不是天赐良缘。

终于到了午饭时刻，每个人的味蕾，都似刚绽放的花瓣，吸收着来自餐桌上丰盛的菜肴散发出的气息。咸鸭蛋是必不可少的。剖开，装在圆盘里，翻砂的蛋黄，像一个个藏在深闺的女子的脸蛋儿，裸露在大庭广众之下，羞得连心都在流蜜。夹一块，放在嘴里，那种滋味呵，让人心跳。但心跳毕竟过于轻浮，真要体验端午的滋味，还是心醉的好。心醉了，才能沉潜。沉潜下来的东西，会跟你一辈子，想忘都忘不掉。怎么醉呢？喝雄黄酒吧。酒本身即是烈性的，兑入雄黄，就更烈了。酒壮英雄胆，男人的本色。几杯酒下肚，乾坤自在心中。老人们说：小孩喝过雄黄酒，一生都是男子汉。这话自然是有些夸张了。不过，雄黄具有杀毒疗病的功效。人吃了它，能排除体内的霸气和浊气，而把人性之中善的东西、真的东西，留存下来。

四

午后的时光，平静如水。节日的高潮已经过去，只是门楣上挂着的艾草和菖蒲的味道，依然浓烈。风拂过，满院子的苦香。老人坐在屋檐下，看太阳西斜，脸上浮现出少有的宁静。受到主人犒劳的大黄狗，躺在院墙根下，懒得动了。狗也是吃过粽子的，吃过粽子的狗，比人还幸福。孩子们呼朋引伴，跑去村边的池塘，捉虾，摸螺丝。不必担心大人的责骂。过节是祥瑞的日子，大人是不会对孩子动粗的。即使孩子犯下大错，做父母的也要压制住心中怒火，而佯装笑脸，显出宽容做派来。等节日一过，孩子们就不敢造次了。精明一些的，皆对父母百依百顺，言听计从。不然，新账旧账一起算，那就大祸临头了。男人们酒喝高了，赤红着脸膛、脖子，躺在床上，鼾声如雷。女人进得屋来，看见男人裸露着臂膀，便牵开铺盖，为其盖上。出门时，轻骂一句：死猪。

太阳温和了些，像一个放大的蛋黄，印在青天上。时间不早了，回娘屋的女子牵着小孩，跟随丈夫回家。孩子的手上，提着两串粽子，开心得要命。女人和孩子，本来是要在娘家住一宿的，可丈夫不许，说家里养着鸡、鸭、猪、羊，需人照料。实际上，这只是男人的托词，平常与妻儿相处惯了，他是怕一个人在家寂寞。夫妻，说穿了，是个伴儿。伴儿怎么能分开呢？有哪一对鸟儿，不是双宿双飞。

走准岳父的小青年，看来运气不错。想必是得到家长的称赞，竟把未过门的媳妇接回家去了。一路上，两人打情骂俏的，俨然一对新婚夫妇。也许，明年的端午，他们就该怀抱小孩，去拜见外公外婆了吧。

入夜，村子更静了。月亮照着沉睡的大地，照着大地上沉睡的人们。喧腾一天的端午，拖着难舍的影子，遁入下一个轮回。月光下，满地的艾草，满地的菖蒲。蓬蓬勃勃，绿茵茵的，清油油的。把每一个熟睡中的人的梦境，也染上了颜色。

乡 村 诊 所

　　诊所是由一间废弃的木料加工厂改建的，锯木面的气息弥漫其间，那是另一种生命消亡后，遗留下来的气味。现在，这种气味正在被一种叫来苏水的药味所取代，那是专为伤口准备的"营养液"。不少的"伤口"闻到这种气味，走进这间屋子，幻想通过它来止血。就像不少的人，被生存的骄阳，烤成一根根朽坏的木头后，又被其他人抬进来，幻想在这间屋子里，让枯竭的枝干重新充盈水分。

　　诊所处于乡村一隅，很偏僻。但再偏僻，都有人找到它。就像疾病，总能找到躲避它的人。诊所里陈设简陋，除一张桌子，一把椅子，一个药架外，必要的医疗器械，它都没有。诊所不是医院，它是被医院遗弃的一个挂着鼻涕的孩子。就像乡村不是城市，它是被城市背弃的一个衰老的母体。

　　尽管如此，这间诊所，依然是这个乡村的避难所。老人在里面，躲避风寒；妇女在里面，躲避贫穷；小孩在里面，躲避成长……

　　乡村医生呢，他在里面躲避什么？躲避死亡。

　　乡村医生的躲避，来源于乡村的伤。

　　乡村医生四十来岁，是一个地道的农民知识分子。他的抽屉里，锁着满满一屉子处方笺，那些处方笺上，写着他的身世和心事，也记录着一个乡村的历史和秘密。

　　他是唯一不穿白衣的"天使"，他的衣服沾满泥巴。在诊所里，他握的是病人的手，把的是衰竭的脉搏，收获的是生命的脆弱。在田地里，他握的是镰刀，把的是锄头，收获的是岁月的沧桑。每一次当他高绾裤管，打着赤脚，急匆匆赶到诊所时，他都误以为自己还在田地里洒农药。他说：给庄稼治病和给人治病，道理是一样的，他们的痛，都来自于土地。只是，庄稼不说话，把自己的痛藏得更深。而人，一生病就喊痛，越喊痛就越痛。最后，痛麻木了，也就不痛了，而变得跟庄稼一样，把痛包裹起来，沉默得像厚土。

乡村医生，不但治病，还要治心。

村人们都不喊他"医生"，喊他"老陈"。

乡村医生每天五点起床，这是职业习惯。就像他每次从臀部上拔出针头，都不忘递给病人一团药棉。这不仅是习惯，还是道德。

他起床后做的第一件事，是去村头的坟堆前坐坐，上一炷香。那些坟堆里的人，有的是他的亲人，有的是他曾经的患者。那些死者的音容笑貌，曾使他的诊所变成一个有声有色的世界——多少灵魂在里面舞蹈，多少心脏在里面颤动，多少眼泪在里面流淌，多少生命在里面寻找墓碑……

乡村医生坐在坟堆前，像坐在诊所里一样镇定。坐着坐着，他发现坟堆里的人，仿佛全都复活了，在七嘴八舌议论着什么。并且，在那些议论的人中，有一个人的声音是他自己发出的，他说：当医生的人，都是有罪的人，面对生命本身，除了学会敬畏，更要懂得忏悔。

当议论声渐渐减弱时，乡村医生开始朝诊所走去。几个患者，早已等候在诊所门口，黎明才刚刚过呢，这些患者比医生起得还早。

甲是一个老病汉，疾病在他体内安营扎寨若干年。每一种病，都是一粒种子。这些种子，奇怪得很，它们不吸阳光，不沐雨露，只喝血浆，蚀肉骨。即使发芽、开花了，也不挂果。那些果实，要等到喂养它们的人死后，才能看到。

老病汉现在还记得，他当初是怎样种下那些种子的。

30 岁，他独自去矿山挖煤，几十米的地心深处，像他渴望的婚姻一样黑暗。就在他鼓足勇气，寻找生活的烛火时，湿气蛇一样钻进了他的膝盖。当他重新回到地面，他的腿就再也没有直过，像他再也没有直过的脊背。

40 岁，他好不容易讨了老婆（一个死了丈夫的中年妇女，还带着一男一女两个孩子），有个家。为让孩子吃顿饱饭，他去工地上筛沙。烈日下，灰尘布满他的肺。从此，他再也没有睡个安稳觉。他的喉管里放了个闹钟，闹钟生了锈，或许是发条出了毛病，指针总也走不准。咳咳咳咳的报时声总是将他从噩梦中惊醒。安安静静的一个夜，也被敲碎了。

50岁，他出嫁的女儿像飞走的鸽子，多年不回家。儿子工作太忙，忙得差点连自己都忘掉了。他为了照顾生病的老伴，把自己的胃塞进肠子里，试图隐瞒疼痛。直到胃出血，穿孔。

60岁，他的老伴去世了。也许是怕他孤单，风湿病，肺结核，冠心病，糖尿病，胃癌争相涌来陪他走最后的路程。他说：我还没有从失妻的悲痛中走出来，你们一下子来这么多，让我如何承受得了。

乡村医生替老病汉抓了服药，告诫他：放宽心，吃了药就好。

老病汉埋着头，沉思后说：哪能呢？药能治病不治命。

中午了，乡村医生还没吃饭。他太忙了，像他手中紧握的笔，忙着在处方笺上替人写"遗言"。不光乡村医生呢，还有好多的人都没吃饭，他们吃药都吃饱了。

天阴了一下，像要下雨。原来是太阳躲入了云层，它不希望地上的人，看到它伤感的样子。它怕自己的眼泪，会惹得更多的人哭泣。

村子快不像村子了，地荒得像草坪。跑得动的人，都朝城市跑。跑不动的人，就留在村子里，与那些同样孤独的牲畜说话。没事的时候，老人牵着小孩，小孩牵着老人，坐在山坡上，或躺在晒场边，看夕阳，也看朝阳，看星星，也看月亮。要是下雨天，他们就站在屋檐下，望天。等到秋水望穿了，人也病了。

就这样，村子里的人越来越少，诊所里的病人却越来越多。

乙是一个小孩，五岁。从他父母外出打工那天起，他就被思念推到了一个暗淡无光的境地。在学校，他是个孤儿。在家里，他是爷爷奶奶喂养的一个小劳力。在他的记忆中，没有妈妈甜美的笑容，也没有爸爸雄性的声音。甚至，连他自己都不知道自己是怎么来的。

他经常感冒，一感冒，就发烧，昏迷。昏迷中，他也不忘喊爸爸、妈妈。爷爷奶奶也不知道他得的是啥病，听乡村医生说，孩子的病很严重，最好是去县医院医一医。爷爷奶奶没钱带他去县医院，就是欠乡村医生的医药费，也是奶奶昨天卖了一篮子鸡蛋，才付清的。

孩子的父母在城市里失踪了，他们的手机总是关机。就是过年，也不见孩子的父母回来，他们的命运掌握在包工头手里。曾听回村的老乡说，孩子的父亲在城里也生病了，整天躺在工棚里，像一节废弃的钢材。而他的母亲，正在街沿学习乞丐的技艺。为此，孩子的爷爷奶奶哭瞎了眼睛。

孩子还在昏迷中，孩子的病要靠心来医。

乡村医生躺在床上，他的睡梦中，到处都是呻吟声。李二婶在喊颈椎痛；麻三爷说他胃下垂；杜婆婆尿失禁；黄幺叔心肌梗塞。隔壁的张三娃，年纪轻轻，就糊涂了，患了"老年痴呆症"。

乡村医生辗转难眠，他的睡眠中充斥了太多的疼痛。作为医生，他有责任去解除患者的痛苦。但他毕竟是个乡村医生，他的医术有限。况且，他的诊所，并不比一个木料加工厂更先进。面对患者的病痛，他多想放下注射器，紧握锄头，重新回到地里，像铲野草一样，轻而易举，便可将乡村的病根铲除干净。

乡村医生被那些孤绝的求救声，吓出一身冷汗。他翻身从床上坐起，窗外，月亮正在打盹。

丙是一个打工回村的工伤者。在一次高空作业时，系在他身上的绳子，突然断了。他像一只受伤的蜘蛛，从四楼瞬间坠落地面。那根系住他生活的丝线，终于未能系住他的命运。他的一条腿，被城市的钢锯给锯掉了。自此，他真正变成了一只蜘蛛，要么靠爬行生存，要么呆在网中央。

呆在网中央，怎么行？他的妻子，还在地里，等他回去帮忙收割麦子，家里只剩一个饥饿的粮仓；他读中学的儿子，还坐在教室里，等他寄生活费去，那是他们全家人唯一的希望；他家中的老母亲已经70岁了，每天都坐在夕阳下，唤他归家，说什么要在入土前，见儿子最后一面。

为完成亲人们的愿望，他想：自己就是爬，也要爬回故乡。

从城市回乡村的路，变得无比漫长。比从乡村来城市时，要耗费他更多的精力和时间。他趔趔趄趄地走在回乡的路上，拖着的一条腿，像拖着一条生活的尾巴。他用这条尾巴，丈量人生和亲情的距离。

回到故乡的他，已经失去了故乡。现在，他是一个废人，连乡村本身都瞧他不起。

乡村医生给他输完液，嘱咐他多休息。他叹叹气说：我生不如死。

他一直有个心愿——看到儿子考上大学，然后，带上妻子，去镇上的照相馆，照张"全家福"。

为了这个心愿，他把自己的死期，一推再推。

诊所里好久都没有病人光顾了，那些生病的人，都不相信诊所能还他们健康。他们身上的病，他们自己清楚。就像哪块地该栽苕，哪块田该插秧，他们也清楚一样。当药都治不了病的时候，疾病就不再是一种疾病。

没有病人的乡村诊所孤零零的，没有病人的乡村医生也是孤零零。各种草药放在药架上，生虫了，药效却没有减弱。反而使那些偷吃了药材的虫子，越长越胖。

偶尔会有一个病人，来到诊所。看看趴在桌子上打瞌睡的乡村医生，又转身走了。

自从病人都不来诊所治病后，乡村医生也生病了，而且，病得不轻。他一生都在替别人治病，而他自己的病，又将由谁来医治？

村长前来跟他谈过多少回了，准备把诊所重新办成木料加工厂。贫穷的村子需要致富。

乡村医生一直坐在诊所里，像一个守庙人。他想看看，一个生病的村庄，是怎样在荒芜中慢慢老去的。

活着，是一笔债

　　这是一个发生在我家乡的故事，文中的"我"自然不是本人，她是我的叔婆，叔婆不识字，但她的内心却是那样柔软、细腻。面对生存的重压和精神的疼痛，她除了忍耐，还是忍耐。

　　我愿用我手中的笔，为她代言——

一

　　凌晨五点，我就醒了。最先醒的，是我身体上的那根骨头。自从那次拣煤时，山体塌方，压坏了我的腰椎，疼痛就钻进了我的体内，像一只冬眠的虫子，把我衰老的皮肉当做免费的"美餐"。当然了，疼痛还是很讲情义的，我用自己的血肉喂养了它，它为了报答我，每天黎明，就准时从我体内的伤口爬出，催我起床。

　　即使疼痛不催我，我也会主动起床的，小孙子还等着我给他做早饭，吃了去上学呢。昨天他就是因为上学迟到，挨了老师骂，回来向我哭闹。我给他说尽了好话，他仍然不依不饶，比躲在我体内的疾病还顽固。有时，他还会给远在异乡工地上的父母告状，说我欺负他人小。最终，他父母少不了又要在电话里对我一番埋怨，末了，还不忘在我的伤口上撒一把盐。

　　我怀疑咱俩究竟谁是谁的"子孙"。

二

　　今天，是我的生日，我已经六十七岁了。活了一大把年纪，自己都不知道自己是怎么活过来的。没有人记得我的生日，除了躺在床上瘫痪了一年的老伴。年轻时，我将自己的生日都给了儿女，这是做母亲的义务。儿女是父母挂在额头上的灯盏，灯亮着，父母的生活才不会荒芜和孤单。

我的心是隐痛的，像长满了刺，年轮每增加一圈，刺就多出一颗，那是生活馈赠给我的礼物。其实，我明白，这种隐痛是要提醒我：有儿女在，疼痛也是一种幸福。

以前，都是老伴为我过生，他是我今生欠下的另一笔债。老伴心疼我，我每次过生，他都会偷偷地给我煮一个鸡蛋，然后，流着泪俯在我耳边说：头上又长角了，好好活吧，要是没了你，我的一生等于零。

可怜我的老伴，一生未去过远方。那次他扛着铁锄去山坡除地，还没下锄，毒辣的太阳就将他烤软了。不能说话不能动弹的他，在床上一躺就是一年。我知道，老伴的一生，都是躺着过来的。

躺在床上的老伴越来越瘦，似村庄里越来越贫瘠的土地。

我默默地站在床前守着他，泪水打湿记忆。床上躺着的，不止是老伴，也有我的影子。

三

我的背篓里还没拣到几块煤，天就黑了。天黑得很快，像生命的衰老。事实上，我的一生也没拣到什么像样的东西，除女儿出嫁时扔掉的几件破棉袄，儿子结婚时抛弃的两双旧胶鞋，我连前半生的影子都没找到。

垃圾堆里的煤越来越少，拣煤的人越来越多。寒冷冻僵我的腿，我看不见寒冷是从什么地方漫过来的，也许，它来自我身体内部。我所拣到的那点煤，已不能再温暖我那几根生锈的骨头。煤燃烧散发出来的能量，只能供家里煮两顿饭，替老伴烘干被尿湿的裤子。偶尔有所节余，就拿去卖，为孙子换回几个零花钱。

回家的路上，视线中的村庄很安静。很多人都睡下了，没有人敢待在野外，怕寒冷把自己冻伤。

我不怕冷，我知道，冬季很快就会过去，冬一过，就是春了。遗憾的是，我生命的冬天已经来临，我看见自己的魂魄裸露在寒风中，瑟瑟发颤。

四

孙子在夜半说胡话，不停地喊"妈妈、妈妈"。我急坏了，孙子的命比我的金贵。他的呼喊一声强似一声，恐慌水一般弥漫。

孙子也不容易，三岁起就一直跟着我，四年里总共见过父母两次面。他每天都在回忆父母的样子，一会儿说他妈妈像隔壁的春婶，一会儿说他爸爸像邻居李二爷。他常常一个人站在村口，抬头凝望远方，把村头一条笔直的路望成一个三角形的码头。

孙子的额头很烫，像他的年龄。但他幼小的心肯定很凉，"妈妈、妈妈"，每一声喊，都是一道伤。

我颤抖的手从抽屉里抓出一团皱巴巴的纸，像抓住一根救命稻草。那上面的号码是一条血缘之藤，拴着从我身上跑掉的一块肉。电话通了，儿子在暗夜中的声音微弱而短促：娘，娃小，病要想法治好。

当我扛着孙子连摔带爬来到乡卫生所时，黎明正从我的喘息中醒来。医生揉着惺忪的眼说："再迟一步，情况会更糟。"

那一夜，比我的一生还要漫长和难熬。

孙子的病好不容易痊愈了，我心中的病正在潮水般膨胀。

为给孙子治病，圈里少了一头猪和一只羊，家里仅剩　个饥饿的粮仓。

五

女儿回来看我，说他哥在工地上干活时被钢筋砸断一条腿，怕我伤心，儿子儿媳隐瞒了实情。女儿的泪水流尽了我一生的委屈。儿子离开村庄时，记得我曾告诉过他：万事小心，城市终究是别人的家园，你的脚沾满泥巴，作为一个农民的儿子，你的根上长满庄稼。可儿子到底还是没听我的话，他总是把我一辈子说的话，当做耳边风。

听女儿说，儿子出事后，包工头怕承担责任，躲了，像一阵风，瞬间匿迹。包工头跑后，儿子的痛苦成了一个笑柄。媳妇心不甘，在工地上喊冤鸣不平，像一个疯子，在招揽看客。工友们躲在角落里，窃窃私语。唯恐大声嚷嚷会惹怒监工，不发给他们回家的路费。

我唯一能做的，是去村头的庙里烧炷香，祈求我流浪在外的儿女不再流浪。

　　孙子又开始在每天夜里叫：爸爸……妈妈……这次他没有生病，他的叫喊是一只幼鸟在呼唤父母归巢。

　　老伴似乎也知道了儿子出事的消息，两只凹陷的眼眶装满了浑浊的液体。

　　我每天都过着提心吊胆的生活，我担心——我那苦命的儿子，在腿断之后，还能否找到回乡的路。

六

　　老伴走了，走得很平静。他的痛苦终于得到解脱。他从倒下那天起，就已经死过一回。只因舍不得我，他才重新活过来，分担我的苦痛。

　　柴房里置放的那口棺材，散发出檀木的淡香，那是他几年前亲手打制的。他做事总是那样积极，人还健在，就对后事做了预算和安排。当时我说，咱俩谁先走，谁就睡那口匣子。他说，想得美，我肯定比你先行一步。他的预言果真灵验，他履行了自己的承诺，就像他一辈子对我的呵护和关爱，从未变过。

　　也许是我没能照看好他的儿子，让他伤透心，他才狠心撒下我，撒手西去。留下最后一段路，我一个人走。

　　也许他是心疼我，怕我过生日时，再没人煮鸡蛋给我吃，才提前去到另一个世界，先把鸡蛋煮好，等我过去。

　　儿子拖着残腿匆忙赶回来时，老伴早已入土为安。他的心还是那么善良，他不想让儿子看到自己的狼狈样，他一生都没给子孙们丢过脸。儿子爬在土堆上，号啕痛哭，他第一次发现躺倒的父亲也是一道梁。

　　老伴走后，儿子又去了远方。他怕自己残废后的单腿走不了多远，就把我的孙子也一同带上。他说，乡村到城市的路很长很长，需要一辈人又一辈人不间断地走，才可能望见城市的曙光。

七

　　儿子带孙子走了，我最后的任务就是替他们守住这几间破旧的空房。我怕他们哪天万一走累了，或者被城市的巨手赶出门外，返回村庄时，不至于没一个遮阳避雨的地方。只要有瓦片的地方，就有根在。有根在，就可以播撒种子，种谷子，种高粱……重建家园，孕育生命的胚芽，等待收获的喜悦。

即使哪天我也走了，我就将坟堆和老伴的垒在一起，共同守着这片土地。直到离开土地的人重新回到土地上来。

不过，目前我尚活着，也只是活着而已。

活着，是一笔债，从地狱还到天堂，也未必还得清。

一只墨水瓶改装的煤油灯

那只墨水瓶，是我从村头的学堂偷来的。

学堂坐落在一个土丘上，周围除生长着三棵枣树和两株柳树外，看不见更多植物。木条的窗棂，灰尘密布。屋顶上的瓦，长满青苔。阳光从瓦缝间泻下，照在教室里一张张憨态可掬的小脸上，梦一样飘忽。整个学堂，拢共十余个学生，一个老师。四季在这里，是没有色彩的，就像那些孩子眼里，没有春天和秋天，只有麦子和面包，田野和道路。他们在一个封闭的世界里，安置肉身和心灵。

我是那一群缺少色彩的孩子当中，最早发现色彩的人。

那色彩，被装在一只墨水瓶里，放在老师的讲桌上。每天上课，我的注意力都会被那只瓶子所吸引，而完全忽略掉老师的讲课内容。直到我的作业本上，出现一个又一个红色的"×"时，依然没有改变我对它的凝望和遐想。那种血一般鲜艳的液体，复活了我童年的记忆。

墨水瓶里，总是插着一支钢笔。我喜欢看老师批改作业时的样子，三根指头拈住笔柄，将笔尖朝墨水瓶中沾沾，再在瓶口刮刮，潇洒地在作业本上划下"√"或"×"。时间在对与错的对峙下，溜走了。一些人的命运，就这样被改写。

而老师，自然成了我的偶像——他不但可以判断知识的对错，还能判断心灵的美丑，甚至预测一个人的未来。作为一面镜子，我从老师身上，看清了自己的方向和目标。

但我知道，要成为老师那样的人，不容易。老师是喝过大量墨水的人，文化人都是墨水浸泡出来的。姐姐说，谁墨水喝得越多，文化越高。任何一瓶墨水，都将转化成人身体里的血液，并使之变得聪明、睿智。

姐姐的话，坚定了我在苦难中的信念——拥有一瓶墨水，学做一个文化人。

我不敢将这个想法告诉父母，怕加重他们的心理压力。他们能让我和姐姐活下来，并将我们中的一个送进学堂，已属不易。作为父母，他们能做的，只有这么多。剩下的事，全靠我自己。

那是一个黄昏，放学后，孩子们都回家了，教室里空空荡荡。晚风吹拂，杨柳婆娑。我躲在教室的椽梁上，似一只等待觅食的老鼠，心跳鼓点般起伏。蟋蟀躲在墙缝里，高一声低一声地叫。夜色聚拢，空虚如水般将我覆盖。我突然感到恐慌，从椽梁上滚了下来，疼痛加深我的惧怕。我颤抖着身子，迅速撬开老师办公室的门，拿走了桌上那只墨水瓶。

那天晚上，我第一次失眠了——为一种来自心灵的惊悸，也为一条遍布生活道路的荆棘。直到天快亮时，我才睡着。睡着后，做了一个梦：

我成了老师的下一个轮回。

可梦，是要醒的。就像希望和失望，没有边界。

没想到，我偷回来的这只墨水瓶，会给姐姐精神上制造一场灾难。

姐姐比我更加珍视那只瓶子，每晚睡觉前，都要将其捧在手心，端详半天，才能安然入睡。姐姐在看墨水瓶时，脸上浮现出一丝幸福感，仿佛她那苍白的青春琴弦上，跳出几个明快的音符。

一只墨水瓶，不仅拯救了我，也激活了姐姐生命的潜能和梦想的自由。

在接下去的时间里，姐姐不再把精力消耗在劳动上，更多时候，她坐在桌前，望着墨水瓶发呆。偶尔，从我的书包里，抽出一本书来，一边翻阅，一边在纸上写写画画。我知道，姐姐是在以一种决绝的态度，对抗生活和命运。

父亲看穿了姐姐的心思，每天早晨，故意提高嗓门说："兰兰，你去送弟弟上学吧。"姐姐听父亲这么一说，顿时神采飞扬，宛如一只蝴蝶看见了菜花。但姐姐同样是理解父亲的，即使在送我去上学的路上，她也背个背筐，割草或割柴。任何时候，她都没忘记帮助父母支撑起我们这个风雨飘摇的家。

飘逝的歌谣

山风吹散薄雾，朝霞染红大地。姐姐牵着我的手，像牵着自己的一轮红日，向村头的学堂走去。若遇刮风下雨，村道一片泥泞。姐姐就戴个斗篷或撑把伞，将我扛在背上，驮我去上学。泥水溅脏她的裤管和脸庞，也溅湿她的憧憬和青春。

姐姐从来没有到过学堂，每次，她只将我送至学堂对面的田坎，就不送了。她对自己无法拥有的东西，从来只存敬畏和仰望。我能想象，姐姐在目送我走向学堂的身影时，她那脸上压抑的忧伤和内心尖锐的疼痛。

直到我走进教室，姐姐才从她的守望中回转身，去山坡割草。下午放学时，她又会准时出现在那条田坎上，接我回家。我在姐姐的接送中，一天天长大，姐姐也渐渐变得成熟。

仅几年光景，姐姐完成了她一生所要经历的事情。

有一天，姐姐终于从我的视线中消失了。她嫁给了邻村一个学木匠的小伙子。姐姐出嫁时，只有十五岁。母亲流着泪，卖掉家里唯一一头羊，给姐姐买了件新衣裳和一双解放牌胶鞋。从此，姐姐像那头羊一样，被人牵走了。姐姐走那天，我正在学堂上课。下午回到家，才发现姐姐住的房间，只剩下那只墨水瓶，安静地放在桌子上。瓶子旁，是我送给她的半截铅笔，和一个练习本。本子上，歪歪斜斜写着一些错别字。那些错误符号，记录着姐姐的心灵秘密。每一个错字，都是一道伤和痛。

姐姐的出嫁，使我们这个家笼罩上阴影。

无论在学堂，还是家里，我满脑子浮现的，全是姐姐的影子。父亲闲暇时，不是坐在院坝里抽旱烟，就是站在姐姐离去的路口发愣。母亲只要一走进姐姐曾住过的屋子，就忍不住掉泪。姐姐为我们这个家，付出的太多了。姐姐的命运，是我们共同的命运。

后来，不知是为苦难的姐姐祈福，还是想重新点燃我们生活的希望，母亲把那只墨水瓶，改装成了一盏煤油灯。入夜，母亲将灯芯挑得长长的，橘黄色的火焰，越燃越旺，仿佛姐姐如花的笑靥。温暖重又弥漫我们的屋子。父亲伴着灯光，编箩筐。母亲坐在灯下，纳鞋垫。我则趴在灯旁，看书，写字——我不仅要坚守我的信念，更要替姐姐完成梦想。

长夜漫漫，灯火煌煌。我独自坐在深夜，面对内心和灵魂，把一本本书，翻得破损不堪。有时太疲劳，眼皮像粘了胶水，睁不开，我就用辣椒水来点眼角，刺激自己的睡意和困顿。冬夜，寒气重，稍微坐一会儿，腿脚就冻僵了。只有呼吸，尚余热温。母亲知道我要久坐，做晚饭时，就为我备好满满一烘笼炭火，并一再嘱咐：天寒，不要坐久了。可只要我一想到姐姐，听到父母睡梦中疼痛的呻吟，我内心的倔强，又春草般苏醒了——我注定要成为一个守夜人。而那盏煤油灯，是夜间唯一的光源。它陪伴着我，迎接过无数的黎明和晨曦。

我到底从那盏煤油灯下，走了出来。

多年后，我师范毕业，站上了讲台。梦想实现了，却感觉不到幸福。当我看到讲台下坐着的孩子们，那一双双惊惧而渴求的眼神时，我在想——他们会将我视作自己的下一个轮回吗？

我又想到姐姐。自她出嫁后，我一直在心中寻找她。我想教她识字，然后，把练习本上的错字，改正过来。否则，她这一生都不知道曾经的生活，哪里出了错。

我再次见到姐姐时，她已经是一个母亲了。当那个脸上糊得脏兮兮的孩子，叫了我一声舅舅，我的心里，涌起一股酸楚。那刻，我才明白——这辈子欠姐姐的债，永远还不上了。

如今的姐姐，生活平静而安详，不再对一只墨水瓶抱有幻想，也不再对那些喝墨水的文化人生发崇敬。在经历过风雪之后的她看来，喝清水也能增加血液的浓度，苦难也能把一个人浸泡成熟，并成为精神上的强者。

缺少灯光照耀的姐姐，最终靠一盏灯活着。那盏灯，是她的孩子。也许，这个孩子会使她踏上另一条苦难的道路，一辈子也得不到温暖和幸福，但能让她一辈子活得有希望和信念，就像母亲改装的那只煤油灯，虽然光源微弱，却足以照亮一个世界。

背　篓　谣

一切从黄昏开始。

风在田野上奔跑。路边的小树，随着风吹的方向，弯了弯腰，又立正了。两只麻雀，站在树枝上，脑袋转来转去，抖擞着羽毛。像两个歌唱家，在表演节目。晚霞铺在西天上，绯红绯红的，仿佛油画家泼洒的颜料，有一种古典的美。田坎上，一条黄狗摇着尾巴，急匆匆朝家赶。风拉长它的影子，看上去，有些流浪的意味。

母亲背着大背篓，走前面；我背着小背篓，走后面。我们总是在本该回家的时候，才上坡。在此之前，母亲和我都有其他事情要做。

农人的日子，不分白昼和日月。

母亲给我的最初印象，即跟一个背篓联系在一起。无论天晴下雨，还是刮风飘雪，她的肩上都背着一个背篓。那个背篓里，不是装满柴火，就是装满野草。由于长期背背篓的缘故，母亲还很年轻的时候，背就驼了。背驼后的母亲，常喊腰椎疼。有时，她背着柴草，在路上走着走着，病突然犯了，疼痛使她直不起腰。遇到这种情况，她也只是靠在土坎上歇一歇，而从未放下过肩上的背篓。

将背篓填满，是母亲的责任。

我们家靠院墙的偏房里，堆满了一屋子的干柴，这些柴全是母亲割回的。割柴是为抵御冬天的寒冷。乡村的冬天，是很难熬的。霜冻常常袭击脆弱的事物，比如一只飞翔的鸟，一只尚在跪乳期的羊羔，一个蹲在墙角失语的老人……他们都需要借助强大的热源，来驱逐内心堆积的风寒。许多个冬天，我都在野地里捡到过被冻死的鸟，我把那些鸟的尸体装入一个纸盒子里，埋在村头的一棵槐树下。每当我从那棵槐树前路过，眼睛就会潮湿。

在乡下，一只鸟是脆弱的，一只羊羔是脆弱的，一个老人是脆弱的。而我并不比他们中的任何一个强大多少。

母亲割回柴火，不是为自己，而是为我和我们的家。

这些干柴，让我对幸福充满渴望和期待。每一根柴，都是一粒火种。火种越多，火焰越旺，屋子越温暖。

被这温暖火光笼罩的，还有我们家的牛和羊。早在入冬以前，母亲就在圈里储备了大量的野草。那些草虽经霜打寒冻，大多已枯萎，但能救牲畜的命。无论是那头牛，还是那只羊，对我们家都有恩。牛为我们耕地犁田，羊为我们攒钱流血，它们的一生，都在为我们作牺牲。母亲没有理由不救它们。

从冬天走出来的人和动物，生命都是耐寒的。

我在母亲的护佑下，渐渐醒事，母亲却在一天天变得瘦弱。疾病潜伏在她的体内，变换着花招折磨她。夜里躺在床上，疼痛使她难以翻身。父亲满山挖草药煎水给她喝，也不奏效。一天夜里，母亲把我叫到床前，拉着我的手说："孩子，从明天起，你就跟我一起上坡割柴吧，你肩上早晚都得挎上背篓的。"

当晚，父亲就为我编了一个小背篓。

刚开始割柴，我连刀都拿不稳。几刀子下去，柴没割掉，手指却被刀割破了皮，血珠水一样冒出来，疼得我又哭又喊。母亲见状，并不理会。只是摘来几片草叶，擦掉我手上的血迹，细声说："小心点，过一会儿就不痛了。"说完，又埋头割柴去了。她一边割，一边观察我的动静，满脸愧疚。

事实上，我的小背篓，每次都是母亲帮我填满的。单靠我自己，根本不可能把背篓填满。这一点，母亲是清楚的。她之所以这么做，不过是想让我过早地认识人生罢了。

记得那年我大概七岁，跟着母亲上坡割草。初冬的绵雨，使山道一片泥泞。田野和远山，都被雨水泡软了，潮湿、虚幻，了无活力。地上的草，多半干了苗。尚存绿意的，也被雨水淋湿，趴在地上，像在对哺育它们的土地忏悔。母亲带着我，从这个山坡走到那个山坡，几乎找不到要割的草。她沉默着，一脸沮丧。直到天将黑时，我们才割得大半背篓草，朝家走。因我人小，走路不稳，且脚底打滑，几次跌倒，周身溅满泥浆。母亲为搀扶我，也数次跌滑，崴了脚。我赌气，站在路上哭着不走。雨渐渐沥沥下着，打湿我们的衣服和头发。眼看天就要黑了，母亲焦急地捋捋头发，然后，用衣袖抹去我脸上的水珠，牵着我的手说："孩子，走吧，跟着我的脚印走，这样就不会跌倒了。"我踩着母亲的脚印，一步步试着朝前走。我的脚印印在母亲的脚印上，母亲的脚印引领着我的脚印，像一个个路标，又似一串生命的印痕。

为让我跟上脚步，走得更稳，母亲故意放慢速度，步子迈得很小。我们小心翼翼地跨过一个个水坑，一个个泥潭，果然，我没再跌倒。母亲见我愁眉舒展，越走越轻快，便放开了牵我的手。她说："我不能牵你一辈子，再烂的路，都得自己走啊。"她一边走一边还教我唱童谣："小背篓，挂肩上，圆圆的口子似玉缸。装柴火，装太阳；装青草，装月亮，装满童年的梦想……"

就这样，我跟着母亲的脚印，唱着她教的歌谣，从童年走向了青年。

等到我终于能够独自填满背篓的时候，父母却又在开始忙着比割草或割柴更重要的事情。那几年，庄稼减产，瘟疫肆虐。粮仓里储存的粮食，填饱我们一家人的肚子都难。母亲养的猪或羊，还是幼崽时，即染疾夭亡。家里债台高筑，天天都有人上门催债，闹得父母苦痛不堪，我也因此不得安宁。

父亲时常坐在田坎上，抽闷烟，沉默得像他身旁的锄头。他已经没有多少话说了，他早把心里想说的话，通过劳动，秘密地告诉了大地，大地上的禾苗，麦子，高粱和大豆……母亲则躬着身子，在田里拔草。只有将野草除尽，种子才可能长得根正苗壮。种子长壮了，籽实饱满了，我才不挨饿，母亲才不挨饿，父亲才不挨饿，我们全家人才不挨饿。

落日下，我看见一颗颗受累的灵魂，像故乡一样脆弱。

我一直试图摆脱背篓的重压。

多年后的一个黄昏，我背着一个帆布口袋，沿着村头那条崎岖的山路，走向了远方。口袋里，装着母亲亲手为我做的一双布鞋，和几个干硬的馒头。在离开家的那些日子，我躲在别人的城市里，像一只蚂蚁，爬行着生活。白天，我到工地上帮人抬沙，提灰桶。替人抄海报，散发传单。风里奔雨里跑，饿了，买两个馒头或一袋方便面充饥。渴了，跑到厕所旁的自来水龙头下接水喝。夜晚，就坐在街边的路灯下看书，学文化。直到街上游人散去，我才拖着困倦的身躯，回住处休息。有时看书太久，我趴在街边的台阶上睡着了，醒来，披一身露水，周身冷得哆嗦。寂寂大街，空无一人，心中悲戚顿生，眼泪夺眶而出。每每如斯，我便深切思念故乡，思念父母，耳边就会响起母亲曾教我唱的歌谣来。那支童谣，成了我生命中最美的乐章。在我孤独失意时，乐章就会奏响，给我抚慰和力量，勇气和希望。

没想到，我摆脱了一个背篓，背篓却变了一种形式，压在我的身上。

不过，跟以前相比，我的承受能力更强了。我没有被肩上的重负压垮——如今，我在城市里站稳了脚跟，过上了城市人的生活。母亲也没有被她肩上的重负压垮——她一生都在与肩上的背篓抗争，与命运抗争。最终，她获得了火焰和阳光，成了我们家的脊梁，一个村庄的脊梁。

但我清楚，我虽身处城市，根，仍在乡下。我人生的来路，还得在母亲的脚印里去寻找。

母亲是故乡的缩影。

今年春，我回到老家，与母亲并肩坐在山坡的草坪上，晚风撩起她花白的头发，落日的余晖照在她沧桑的脸上，安静而祥和。"妈，你还记得曾经教我唱的那支歌吗？"我问。她抬头望望天，良久，才张开漏风的嘴唱道："小背篓，挂肩上，圆圆的口子似玉缸。装柴火，装太阳；装青草，装月亮，装满童年的梦想……"

歌声跟随晚风，传遍山川和旷野，飘向时间和永恒。一种消逝的力量，重新在我们心里复活了。

我们一边唱歌，一边看着落日慢慢地从西天上坠落。当夕阳的最后一缕光辉被暮色吞噬，我和母亲紧紧抱在一起，眼里同时闪着泪花。

飘逝的歌谣

寻找冬日的灯盏

时令渐入冬季，该静的，都安静下来了。

每年的这个时节，我的心都有种被静谧抚慰过后的透彻。尽管，寒冷会使我的生活秩序，或多或少遭受一些影响。

城市钝化了人对自然变化的敏感。无论是走在喧闹、拥挤的大街上，还是站在家中孤悬的阳台上，我的目光都是那样惊悚不安。我看到很多的老人，呆在屋子里，偎着个电火炉，和一只猫说话，和一只狗谈心。我看到更多的年轻人，坐在街边的餐馆里，谈工作，谈爱情。每个人都有自己过冬的方式，都有独自抵御寒冷的办法。

季节的冬天来临了，一些人的冬天，也在来临。

入冬那天，我回了一趟老家。临走前，我在城里买了两件毛衣，两瓶烧酒。毛衣，是买给母亲的。在我的记忆里，母亲很少穿毛衣。我五岁那年，父亲从远方回来，买了一件黄色毛衣，作为礼物，送给母亲。可母亲一次也没穿过，她将那件毛衣拆成线团，改织成了一条围巾和一件小毛衣。后来，那件小毛衣，穿在了我的身上，而那条围巾，套在了父亲的脖子上。

烧酒，是给父亲准备的，晚年的父亲，把酒视作他精神上的一盏灯。没了酒，他会很寂寞。酒，是支撑父亲过冬的良药。唯有酒，才能使父亲的人生明亮。

乡村的冬天，多了些宿命的意味。

落光了叶子的树枝上，挂着两个空鸟巢，像两顶乡村老人废弃的旧毡帽。村头的那条河流，变得比以前浅了，瘦了，沉静中透着忧伤。野地里，薄霭朦胧，白色的雾状颗粒，洒满了田间堆积的草垛。寒气上升，渗透在身体周围，濡湿了我的视线，也濡湿了我的记忆。

　　小时候，我和姐姐常在黄昏时分，走向冬日的山坡。姐姐肩背背篼，手握割草刀，寒冷将她的一双小手，冻得通红。五根指头，像五根细小的胡萝卜。姐姐每天都必须赶在天黑前，割满一背篼草。圈里的那头老牛，还盼着她带回的晚餐呢。我则牵着家里的唯一一只羊，跟在姐姐身后，鼻涕挂在嘴角，像凝结的冰凌。我怕冻坏我的双手，只好将手插在裤袋里，把栓羊的绳索套在腰上。喂饱羊，是我每天的责任。

　　姐姐每割一会儿草，就要抬头看我一眼，也看我身边的羊一眼。她在看我们的时候，内心是充满恐惧的，她那惊惧的眼神里，总是闪动着一丝不确定的信息。我知道，姐姐是怕我或者羊，会被冻死。而无论是那一种情况，她都没法回家向父母交差。

　　羊的生命和我的生命，同等重要。

　　每年，都有一些人或者一些牲畜，在冬天死去。

　　我们永远记得爷爷临终时的样子。那个冬天，村庄迎来了入冬以来的第一场雪。雪花纷纷扬扬，飘洒在故乡的大地上。地面上积满厚厚一层雪，雪覆盖了地上的荒草，也覆盖了平时熟悉的道路。爷爷嘴叼大烟袋，抬头望望天，半晌才说了句："这雪，下了四天四夜了，啥时才有个完！"说完，他就牵着圈里那头跟他一样老的牛，慢慢地向远处走去。那头牛，跟了爷爷一辈子。无数个冬天，他们都是在相互依偎中走过来的。

　　那天，直到天黑尽，也不见爷爷和他的那头牛回家。而雪花还在继续飘洒，丝毫没有要停止的意思。当我们打着火把，在田野里找到爷爷时，他已经伏在牛背上，四肢僵硬，永远地睡着了。牛的背上搭着爷爷身上穿的棉大衣，而爷爷的整个身体，早已被雪花覆盖，像一尊凝固的雕塑，定格在一片冰雪世界里，也定格在我们的记忆中。

　　活下来的老牛，很孤单，衰老得也很快。

　　做一头牛或一只羊，也是不容易的。

　　爷爷走后，父亲将饲养老牛的任务，交给姐姐去完成。他说："老牛在，你爷爷就在。"

　　从此，姐姐和我，心里都充满惧怕。我们担心，在某一天，老牛也会像爷爷一样，安静地死去。这是我们无法掌控的结局。

谁能真正熬过冬天呢？

父亲抡着臂膀，在院子里劈木柴。母亲将劈开的木柴，搂到墙角，垒出碉堡的模样。他们在替自己积累生活的资源和能量。他们的心里，需要旺盛的火焰和光源。

母亲知道我要回来，停止了去野外的一切劳动，特意取下灶梁上挂了一个周年的腊肉，为我做了一桌丰盛的晚餐。劈完木柴的父亲，冒着寒冷，在村头徘徊，坐立不安。一双昏花的眼睛，直愣愣盯着回村的山路。他渴望在那条路上，看到我归来的身影。就像曾经望着我离村时的背影，以及那一个个滞重、坚定的脚印。

入夜，四周都安静下来。干涩的冷风，在屋子外钻来窜去。父亲、母亲和我，围桌而坐，热气腾腾的饭菜，摆了一大桌。这种暌违已久的亲情氛围，让我感到一种踏实而宁静的幸福。父亲和母亲争着为我夹菜。我回家的日子，成了他们最为隆重的节日。

但在父母高兴的背后，我隐约感到一丝不安。透过十五瓦电灯泡暗黄的光线，我看到了父母身体上，那被岁月的利斧斫伤的痕迹。母亲脸上沧桑的皱纹，已经不能再掩饰她经受风霜雨雪后的平静。父亲弯弓的脊背，掉光的门牙，以及他那条患风湿病的"老寒腿"，都在时间的监视下，证明着他苦难的人生，离最终的大地，越来越近……

凝视父母，我有一种说不出的难受。

他们都生活在寒冷里太久了，以至于，他们的生命里住进了一片雪原。那片雪原，不是火能够烤得化的。父母所需的温暖，也绝不是一件毛衣，或一瓶酒能解决的。

那么，冬天所呈现的色彩，只能是一种惆怅和悲凉吗？

我时常想，爷爷在多年前那个冬天的辞世，绝不是因为那场持久飘飞的大雪，也不是由于下雪所带来的更大的寒冷，而是源于嵌入他骨子里的巨大孤寂和绝望。这种生命的感受，是生活馈赠给他的，只有他自己能够体会。如果，我深爱着的奶奶，不是重病卧床，也许，爷爷的孤寂，就会分出一份，让他生命中的另一半去承担和消磨。如果，我的父亲，曾经能把自己的时间和精力，抽出一小半，投入到爷爷的晚境上去，爷爷的孤绝感也不会那样强烈。

可我父亲，当时都在干什么呢？

有些事情永远无法说清，回忆总是布满伤痕。现在想来，我是理解父亲的，父亲也有他的苦衷。在一次醉酒后，父亲拉着我的手说："孩子，在过去的那些日子里，要不是我和你母亲，你和你姐姐，甚至连我们这个家，恐怕都难平安过冬。"

爷爷把人生最后的信任和安慰，留给了陪伴他大半生的那头老牛。他相信，老牛是理解他的。只是不知道，老牛的内心世界，爷爷能否看透？

有四季，就一定有冬天。有年轻，就一定有暮年。暮年，也应该有美丽和浪漫的一瞬吧。就像雪花的坠落，不止代表寒冷，也昭示春讯。

母亲穿上了我为她买的毛衣，虽然，她的表情告诉我，这件毛衣并不合身。母亲是属于乡村的，她已经习惯了穿棉袄，也练就了抵抗寒冷的能力。这种扎根泥土的生存，曾使母亲尝试过各种各样的活法，有时像庄稼一样活着，有时像野草一样活着，有时像树一样活着……

活下来的母亲，走过了一个又一个漫长的冬天。

母亲反复抚摸着身上的毛衣，脸上浮现出她一生中少有的荣耀。我不知道，这种虚幻的荣耀，能否最后支撑她平安地走过比寒冬更难熬的暮年。

我从母亲身旁站起身，推开房门。看见父亲躺在床上，鞋也忘了脱。如雷的鼾声，打破了冬夜的宁静。吃饭时，父亲看见我为他买的酒，有些兴奋，忍不住多喝了几口。酒再一次让他找到了作为父亲的尊严。

除了酒，还有什么，能将父亲的晚境照亮？

在父母心中，我是他们共同的灯盏。但我能成为他们心中一盏永不熄灭的灯吗？

有灯照耀的冬天，是温暖的。心温暖了，生命才有亮色。

谁要是站在冬天的边沿，能看到春天的阳光，谁就是幸福的。我看到了——尽管，我是代替母亲看到的。

母亲，是没有春天的。

没有春天的母亲，用自己寒微的一生，千百次，将春天唤醒，像唤醒另一个人提前到来的幸福。

一个乡村孩子在城市的游走

一

城市是一个张大欲望嘴巴的胃，它的任何一种表象都凸显出饥饿的本质。速度和节奏是它跳动的心脏，在它繁荣影像涌动下的生活，充满金属的质感和纯物质的姿态。疼痛再一次袭击脆弱的事物——在陌生的城市。

沉潜是一种类似于爬行的生活，裹挟在喧嚣与浮躁，金钱与酒香的城市生活中，农村人的尴尬暴露无遗。贫血和缺钙的隐痛，像藏区女子脸上的"高原红"，烙下无法褪祛的标记。于是，长时间，我只能惯常处于在路上的漂泊或流浪状态，从城市的夹缝中去寻找自己渴求的方向。注意，是方向，不是目标。在这个不属于我的地域，我的存在，就像一只从某个遥迢偏僻的地方背负着理想的壳的蜗牛，爬到这个完全陌生化的城市，我唯一需要的仅是借它的一个角隅避避风沙，躲躲阴雨。我所关心的，是如何才能在这利益膨胀与变幻迅捷的现代化生活流程中，找到属于自己的那一双歪扭的脚印，然后，辨认出回家的路线。

一座城市是一个美丽的寓言。在下了雨而显得寒意袭人的清晨，拥挤的公交车"咔嚓"的急刹车声暗示着对公路通道占有权的争夺，车厢内因刹车而左右摇晃的头颅，像一群群飞蹿的蚂蚁，滞闷而焦急。车上的人群大多数是普通的上班阶层，在工薪族里，真正的贵族或精英阶层人士是不会挤公交车的，他们需要自己隐秘的私人空间。一座城市的底座往往都是由草民垒筑的。

看着驶向这座城市不同方位的公交车，缓缓启动，视线里闪现的都是些变幻的情景，消失的事物和再现的事物交替重现。我的目光就在这些物与影的变幻中，漂移不定。

寻找是一种期待，眺望是一种情殇。每天，我就像一只甲虫，从早到晚，轻若无声地潜行于城市的大街小巷，渴望能在某个公司或工厂的工作牌上看到标有自己的名字。其结果是没有任何人认识我，就若我不认识这里的任何人。在别人的城市，我唯一学会的就是——接受或遗忘。

二

记得告别家乡来城市的时候，母亲含泪对我说："出去好好干，等有了钱，妈也享福。"听着母亲这位平常沉默寡言的普通农村妇女，对即将远行的儿子语重心长的嘱托，看着她苍老的脸庞上凹陷的两只眼眶里闪烁的泪花，那一刻，我知道了乡村通往城市道路的漫长，以及我这双裹满了泥巴的脚，将在这条路上日夜兼程地行走的艰难。我感到自己像一尾在水里挣扎疲累而跳上岸的鱼，拖着受伤的身躯向着遥远的大漠行进，去寻求那传说中的"清泉"。

火车像一根长长的铁索，在一个冬日的上午，捆绑着我以及我的梦想，一路前行。一个人上路的感觉煞是孤清，寂寞稀释着内心温厚的力量，车厢内坐着的每一个人都缄默不语，人与人之间的隔膜，暗示出这个社会某些永远无法被人识破的神秘迹象。即使火车上满脸堆笑，热情厚道的服务生对每一位乘客都那么彬彬有礼，耐心伺候，却仍给人一种虚假甚或矫情的成分。

车窗外快速变幻的风景，是时光消失的斑驳。初冬的霜气凝结在车窗玻璃上，像一堵迷蒙的墙，模糊着对未来的想象。一切记忆都在褪祛。车厢内的喇叭里反复播放着一位名叫陈星的歌手演唱的歌曲——《离家的孩子》。"离家的孩子流浪在外边，没有好日子也没有好烟，好不容易找份工作辛勤把活干，心里头流着泪脸上流着汗——"不知道为什么车上会播放这首歌曲，曲调的冷寂加重了车厢内气氛的岑寂，让在路上的人，找到了一个精神上的同侣。

旅途的漫长催生了睡眠的苏醒，在歌曲的感染下，我渐渐进入了梦乡。

迷迷糊糊中，我又听见母亲在对我说：好好干，等有了钱，妈也享福。我还看见母亲背着一个蓝印花布的帆布袋，拉着我的手，走在一条没有尽头的道路上——那是一条通向城市的路。

当我醒来的时候，我发现自己已经置身在了一个名叫"成都"的城市。它即是我不远千里投奔其怀抱以期实现人生梦想的驿站。

三

无根的人宛若空中游移的云朵，永远处于悬浮的状态。唯有漂泊者最有资格谈四海为家，浪迹天涯这类暗含创痛的词汇。我蜗居的屋子是一间陈旧泛潮，昏暗而逼仄的木式建筑，屋子有一个狭窄的阳台，阳台上堆满了破旧的杂物：桌椅、沙发、落满灰尘的梳妆台、几双长颈女式高跟鞋……房间里除了安放着一张单人床和一张半新旧的写字台外，几乎没有其他剩余空间。墙壁上贴着一张刘德华的演唱会海报，华仔俊俏的脸庞被房子的前任主人用烟蒂烧出一个美丽的骷髅，像一道生活的暗伤。蜘蛛网挂满床头，霉味在屋内每一个角落弥漫。估计有些时日没人住了，不然，房东也不会以200元每月的价位出租给我。

流浪的人就像迁徙的候鸟，哪怕寻得一枝可供栖息的枝杈，也是一个温馨的巢。房子是心灵的港湾，梦想的温室。躲进这间火柴盒似的房间，我获得了无限丰富的想象的灵感。我猜想这间屋子原来的主人是一位有着张爱玲般细腻精巧的才女，抑或是戴望舒笔下那结着愁怨般丁香一样的女子，甚而是聊斋先生笔下一个狐媚带着仙气的靓颜。如斯，在别人的天空下，能够沾得某位红颜遗留下来的粉尘和香气，也算增添了一缕生活的情趣。

事实上，在繁华的大都市，居住环境代表着地位，等级观念像街道上的斑马线，界限分明。人类的移位或错位现象，是一个没有答案的谜底。和我居住在一条街道上的人群，统统被称作"草根阶层"。尽管他们身体里流着与本城土著居民一样的血质，但他们的脸上却每天都贴着一枚标签在生活：油漆工、厨师、保姆、瓦工、皮鞋匠、流浪诗人、保险推销员……这些人大多来自远方，从经济落后的地域闯入大城市的流浪者，以出卖廉价的体力和智商获取维生的资本。他们的生活秩序混乱而紧张，表情僵硬，刻板，散落在城市的边缘角隅。

自从住进租来的小屋，我便成了"草根部落"的一员。每天早晚，随时都能碰上一两个蓬头垢面、衣衫肮脏的人在这条街上匆忙行走。我不敢想象这其间的那一个人将会是往后的自己。偶尔，耳畔传来城市人嗓门粗犷的叫骂：走开，下力棒。没长眼，在街道擦鞋……心里总会涌起一股激愤的酸涩。倘有一日，这些所谓的"草根人群"突然之间从城市消失，像逃窜的蚂蚁，匿踪掩影。相信，城市人又会觉得一下子像失去了一条腿或一支手臂般惊慌无措。

"草根阶层"——城市的靶心，在命运的尴尬中存活。

四

在成都，我最熟悉的地方是人才市场。这是我隔三差五就会去光顾的场所，它是中国劳动力群落的一个集聚地。走进这里的人，大多是游离于社会体制之外的人群：大学毕业生、退役军人、下岗职工……"适者生存""新优劣汰"理论在这里得到了充分的体现，人人都渴望通过这里捞得一根救命的稻草。目睹长龙似的排队人流，听着充塞双耳的喧嚷人声，压抑的空气使一双双充满焦渴的目光，多了一种尖锐的忧郁。

我像很多人一样，手里捏着一张显示着自己所有优长的自荐书，上面写明了自己的学历、经历、特长、荣誉……嘴里不停地推销着自己——自己充当自己的解剖者，力求花最短的时间让他人充分了解自己，像一个嫁不出去的丑女子急于替自己找婆家。然后，渴望从面前正襟危坐，端庄威严的公司考官们的面部表情或眼神里，获得一丝对自己的肯定。这样，把自己"卖"出去就有了某种可能。在求生的路途上，作为独立的自己，是不存在的。

人才市场澎湃着生活的激流。每填完一张表格，就获得了一次虚拟的等待，主考官如出一辙混含希望与渺茫的沉重回答"听候通知"，让我看到自己在异乡的大地上摇曳的身影。城市的阳光再一次将我这来自山野的草芥烤成灰烬。

黑夜伴随恐惧降临。伫立蜗居房屋的阳台上，看着城市的万家灯火次第亮起，工作劳累一天的人们放松了紧绷的神经，带着妻儿老母，在自己的城市诗意地漫步，安静祥和，城市只生长城市人的梦。失眠牵扯着内心的思念，灯火在冬天的城市中闪烁，我听见自己的影子在说：有位远在山村的母亲正遥望着儿子远行的方向虔诚祈祷或暗自痛哭。

我内心的灯盏，能否在天亮之前，领我抵达预期的领地？

五

等待丧失了一个人对未来生活的信心。一个月的时间似流星从天幕划过，一晃就没了。当我在人才市场所填的每一张表格均石牛如海后，我决心通过自身的力量去寻求春天的歌声。我要用自己瘦弱的指头敲开公司坚固的大门，然后，以站立者的形象出现在某个公司的门口。

城市永远都是一台高速运转的机器，所有的人都是这台机器上的一个零件，维护着机器的正常运转。我仍旧不知疲倦地跋涉在寻找自己方向的路途上，带着迷茫的目光，在城市中心孤清地徘徊。身体像一间搬空了家具的房间，空虚而轻浮。穿梭在城市的街道小巷，我在感受着城市的繁华时，也窥到了它繁荣表象下的另一面：好几次，我在沿街走着的时候，一个老妪或一个小孩跪在街沿拦住我要钱，满脸黝黑，神色憔悴，他们看见我半天没表示，表情似跟他们一般沧桑而无奈，也便未久作纠缠。在一个书店门口，我曾目睹一中年男子不停地向行人推销一种壮阳的药品。不远处的磁卡电话罩下，有人正向罩壁上贴办文凭的广告。有时，还能偶见一对学生模样的男女坐在街边的铁花椅上，丝毫不顾众目睽睽的目光，相拥热烈地接吻，大胆的行为努力向世人呈现出现代人对传统爱情观念的颠覆和对新时代爱情观念的诠释。尽管周遭偶有诧异的目光投来，但爱情到底象征着生活的勇气。这让我想起来城市之前，朋友给我介绍了一个女朋友，但终因自己无钱为对方买一条手链而作罢。

每天，这座城市的生活秩序占据着我的视线和思维，大脑乱麻一团，让人分不清它所带给你的真实和虚无。唯一给人的感怀，便是世界真的很大，大得让你忘记了自己是谁。

每敲开一个公司的门，都会见着一个时代浪潮尖上的职业管理者，他们仪表堂堂，博学儒雅，一副居高临下的派头。这让我联想到骑在马背上骁勇

第二辑 游走

善战的将军形象。他们都是当今社会诸领域叱咤风云的人物——针尖上的舞蹈者。

我与他们面对面坐着，用谦卑的态度展示自己在某方面的才艺：口才、交际能力、文化素养、气质魅力、工作经验……最终，像一个犯了错的小学生，耐心而温驯地接受老师的审判。

在一个城市的中心，处处都有一种被陌生人鄙视的感觉，窘态和狼狈，像达摩克利斯剑，高悬在你的头顶。奔劳之后的人体就像一块被人嚼过的棉花糖，体内的糖分被这个城市吸干。我在寻找方向的途中迷失了方向。每次，从一间办公室里兔子般灰溜溜逃出来后，内心总被冰冷灌满。那时，我是多么渴望能有一个男人或女人，朝我微笑、颔首，理解一个漂泊男人的愁伤。

短短 30 几天时间，使从来不是一个怀疑主义者的我，有一种从青年跨入中年的心理状态。这更加证明了我不属于这个城市，以及被这个城市边沿化的不可抗拒的事实。

六

跑调的音符终是融入了城市的大合唱。我最终被当地一家报社所接纳，他们愿意为我提供一环冲刺的跑道。心中微弱将息的火苗重又恢复了燃烧的欲望。这意味着我将从此结束寻找方向的奔波。从乡村带来的种子，终于找到了可供播种的土壤。

报纸是一家时尚类刊物，以中青年读者对象为主，在当地颇有些影响，发行量逐年上升。主编是位河南人，三十来岁，当年，他也曾是跟随漂泊族遗落在成都的一粒外乡的种子。历经生命的碰撞和沉陷，最终凭借自己坚韧的力量，在异乡的土地上开出了希望的花朵，并结出了理想的果实。因为他的先进创业事迹，听说曾被中央电视台专题报道过。一个打工者的人生轨迹无形中拓展了我视野的边界，让我更清晰地看到自己脚下的道路铺展出阳光般金灿的色泽。

我每天的工作是负责一个情感类栏目的专题策划和组稿，工作性质使我成了城市里一只夜行的猫。我总在某个月明星稀或夜幕深浓的夜晚，匆匆赶赴某个咖啡厅或音乐茶座，去见一个事先预约好的采访对象。这些对象以女性为主，年龄多在 25～40 岁之间，姑且可称她们为有闲阶层或小资一族。她们拥有自己的事业，手里攥着大把的钞票，坐着名牌的轿车，住着别墅式的楼房，她们像是这座城市的夜莺，蹲在别人只能仰望的高度歌唱。但她们往往又是一个硬币的两面，成功的人生并不代表情感的丰润。内心世界的郁愁正张开吸盘吞噬着她们体内的灵气。因此，她们无一例外都嗜好两样带精神刺激的东西：酒和烟。前者是使她们的心志达到沉迷或疯狂的药液，后者是使她们的灵魂获得解脱或奔逃的迷香。她们在以麻醉的方式为自己疗伤。

我的任务是将她们的情感隐痛，以文字的形式记录下来，再通过我的艺术提炼，刊登在我们编发的报纸上，以期在翌日清晨，将一个女人的情感私密，暴露在城市的每个角落。然后，等待像蜜蜂一样嗡嗡地谈论情感的议论，在这座城市的空气里传播。

每接受一个采访对象，心里就会暗暗滋生出一种犯罪的惊慌，我好似一个可怖的密探，更像一只带毒的蝎子，以咬伤他人的创痛，来谋求商业的利润。但这一切又都显示出合理合法，我们彼此的信任是在自愿的前提下进行的，以尊重对方的人格为原则。这符合事物的客观发展。

黑夜像一个巨大的化学容器，使白昼里一切假象的事物得到了真实的显影。我凭借记者的身份，介入了城市的生活，将自己敏锐的触须伸入城市的内部，把所有能打探到的秘密收藏进记忆的匣子，通过发酵，再交还给这座城市的市民。

黑夜给了我黑色的眼睛，我却用它寻找自己的光明。

七

库柏说：上帝创造了乡村，人类创造了城市。城市是人类自己替自己修造的收容所，驻留城市的人不分种族、肤色、地域、身份……人人都把城市当作自己的诺亚方舟，希冀依乘它能托载自己顺利通向理想的彼岸。而事实是大多数人却扮演了潜水艇的角色，只能在汹涌的暗流中角逐，浮不出生活的水面。于是，为数众多的人为求自我安慰，给这样一种无助的现存状态披上了一件华美的外衣，并为它起上了名：体验人生，深入生活。美丽的尴尬，真实的托词。这让我想起作家何士光在一次文学报告会上说过的一句话：生

117

第二辑 游走

活是不需要深入的，因为我们每天都在生活中沉浮。况且，在找不到自己故乡泥土的地方，生活着的任何一个人都只是一具影子，沿着虚空的大地孤清地漫游。即使我们都掌握了一门求生的伎俩，也顶多代表活着的某种可能。这多少有些像米兰·昆德拉写的那本叫《生活在别处》小说中的生活，焦虑——愤怒——沮丧——病症。

生活在别处，除了梦想，一无所凭。

八

在如今的时代，做一个文人和嫁一个文人都需要勇气。文人是生活在城市里的农民，知识的富有并不代表生活质量的提高，笼罩在文人头顶的不再是荣誉的光环，而是生活的阴影。现实迫使他们做了一只冬眠的青蛙，在暗洞中张开冰僵的嘴，歌唱春天的福祉——肉体和精神的双重受伤。

领到第一份薪水，我有些感激涕零。虽然只有 800 多块钱，到底给了我这个一直处于行走状态的人一份温存的感怀。文人对生活总是那么容易满足，就像兔子乐于安于现状，惰性的破坏力等同于病魔的入骨入髓，黏附在人体的两面，将一个完整的人体分裂成变形的标本。纵然是极简单的获得，我依然有了足够的勇气挤在城市的人堆里说：我的未来不是梦。

每次工作完回住处，我不再故意延缓回去的时间，像往常一样一个人跑去天桥、公园、广场闲荡，似一个落魄的遭劫持的人，以躲避房东凶巴巴催交房租的那张愤怒的脸，以及那一双能射穿人胸膛的鹰隼般淡蓝色的眼睛。我可以一个人紧掩房门，打开在路边小店买回的一袋醉鬼花生米，一瓶二两五重的红星牌二锅头，喝得酩酊大醉，天昏地暗，然后，面对墙壁上自己的影子——唱歌、跳舞、说话……不管外面的城市如何雨疏风骤，柳绿花红。我即是那一个夜晚喧闹或寂静的秘密中心。一个人的生活是一个整体，一个人的一生是一个故事，而过程中的每一个片段都是一次重要的记忆。

九

任何一个节日在城市都是一个事件。似乎城市里的人是专门为某个节日而存在的，不管这个节日是来自中国的文化传统，还是从西方舶来的节日，人们照样兴奋、激越、疯狂，煞有介事。仿佛所有的人都在虔诚地赶赴某处烟花幻迷的地方，去接受一场圣母庄严的洗礼。现代人要的就是生活之外的东西——新鲜、刺激、热闹、气氛、紧张、意外、暧昧、情调——包括自己梦想的一切……

大街小巷都在重复地播放一些有关母爱的歌曲，各大商场的落地玻璃门上，街边的广告护栏里，学校门口的红色条幅上，公交车的外壳上，只要被体制允许写字的地方，无一例外都见缝插针地写满了尊重母亲的标语。标语是一条纽带，链接历史，贯穿时空，从古代诗歌"慈目手中线，游子身上衣"到现代文明用语"母亲是儿子的灯盏"等语词均被人用智慧的头脑收网捕尽，以标语的形式警示人们不应丧失的尊老敬老的伦理道德和源远流长的祖国文化。显然，即将到来的是一个——母亲的节日。

城市人煽情的技能宛若借到了铁扇公主手里的芭蕉扇，只要轻轻一挥，准能掀起一场不小的风波，甚至狂浪。而这些手持神扇的主人多是某些精明的商家，他们兴风作浪的目的在于抓住世人悲悯善良的感恩之心，去掩盖自己不堪示人的谎言，谎言的核心即是他们所看重的——利润价值。节日永远是为一小部分人举行的庆功舞会。母亲——天底下最伟大的女人，不仅为自己的孩子，也为一座城市创造了财富。

沉浸在节日里的城市，像一个喝醉了酒的汉子，有些飘摇和倾斜。街市两旁原本黑影幢幢的排树，清一色人为地被挂满了五颜六色的彩灯，像一个个不愿出嫁的女儿的脸上强行被人涂上了胭脂，头上蒙上了火红的盖头。肯德基、德克士快餐厅内座无虚席，欢声如潮，像菜市场里铁笼内争相啄食的雄鸡。幸福在一座城市的怀抱中春草般疯长。

我踟蹰在城市中的街巷上，似一个自由的灵魂，抑或一个内心有暗疾的人，伴随落入云层的月亮，隐没在城市的欢乐里。节日唤起我心灵深处某段被丢失的情感的追念和对一个人的怀想。

"出去好好干，等有了钱，妈也享福。"这句紧跟我魂灵的话再次潮水般向我袭来，像一种尖锐的铁器锥在我记忆的神经上，痛感痉挛。我想到了我的母亲——一个远在山村的女人。此刻，她的生活姿态是怎样一副画面？是像城市人一样享受做一个母亲的节日快慰，还是继续躬着腰身，在黑夜的边沿摸索生活的烛火。自己外出闯荡很长时间了，居然没向她道一声问候，生活的奔劳险些让我忘记自己还有一个母亲的存在，可是，我的母亲是否会忘掉我这个儿子呢？一个人可以为自己的不孝找到千万种借口，却不能为自己的尽孝坚守一个承诺。

母亲节使我的内心遭遇了一场风暴，不寒而栗。我终是明白了，只有城市里的母亲才有节日，乡村里的母亲是没有节日的。就像城市里有香水、面包、牛奶，而乡村只生长汗味、麦子、牛粪。命运的路线是两条箭头相反的射线，各自射向命中的墓碑。在别人的城市，在母亲节的夜晚，我含泪写下了第一首献给母亲的诗：

是谁在异乡的午夜
呼唤我的乳名
像一口旧式老钟
撞击一个旅客的忧伤
思念的线比一生还要漫长

是谁掏出自己的眼球
为我做了两盏远行的灯
挂在我沁凉的额头
顶着城市中的风暴踽踽独行
寻找生活的航向

是谁在送我远行的路口
点燃一炷香
从傍晚坐到天明
把自己祈祷成一座雕塑
守望平安的信息
……

第二天，我匆匆赶往邮局，将付清当月房租剩下的 400 百元钱全部寄给了家中的母亲，一时的轻松，就像亲手放飞了一只报送平安的信鸽。

十

城市，农村人追求梦想的伊甸园——幸福与悲伤交融的地方。一个叫朝阳的作家说过："一个农民，从他的孩子时代起，他的人生就意味着摆脱农村生活，拼命挤向城市！"我不知道自己的游荡是不是也在完成一个家族几代人的梦想。如果是，我是否真就能替自己的家族塑造一座丰碑。如果不是，我的背井离乡，舍亲离故所换取的又将是一种什么样的价值评判。城市永远不会成为我的故乡，这是血脉里的基因注定的，成都只是我人生的第一个驿站，或许，某一天，我浪荡的足迹还会踏上大地的另一片热土，像一只迁徙的候鸟，南来北往，颠沛失所。那么，一个人最终的宿营地又将是哪里？城市？农村？在流浪的路上腐朽或变为化石？

通往城市的路，像两条平行延伸的铁轨，没有交汇的聚点。

飘
逝
的
歌
谣

第三辑
乡愁

飘逝的歌谣

院　墙

一

院墙是泥巴砌的，很矮，但很牢固。院墙的正中，长着一棵枣树。枣树有些年岁了，粗粗的枝干，刻满了岁月的秘密。葳蕤的树冠，像一把大伞，罩住院墙的两边。阳光从树叶间泻下来，将斑驳碎影投射于墙上，像无数个破碎的梦。偶尔，有一只猫，在院墙上走来走去，消磨时光。

母亲在院墙下晾衣服，衣服都很旧了，落满岁月的风霜。我趴在院子中间的石桌上，练习写字。母亲沉默着，我也沉默着。母亲晾完衣服后，就转身回屋去了，整整一个下午，再也没有出来。我写一行字，就抬头望望天。天空瓦蓝瓦蓝的，变幻的云朵，像一些民间剪纸，更像一些臆造出来的图案，让人思绪遄飞。就在我准备写下一行文字的时候，我的耳朵，听到衣服上滴水的声音，咚。咚。咚……清脆，神秘，仿佛是从我的身体里发出来的。我下意识看了看那些被母亲洗得发白的衣服，它们被一根铁丝串在一起，随风一晃一晃的。孤零零的样子，像一张张被风干的皮肉。

天色暗下来，云层厚了一些。院子里除了我，连一只猫也没有。衣服滴水的声音，在我的耳膜上无限放大。最终，形成一种巨大的孤独感，将我淹没，将时间淹没，将一个下午淹没。

我放下手中的笔，合上书本，走出了院墙的包围。

二

　　院墙的那边，也是一个小院。院坝里堆满了柴草，那些草是经过冬天的，只要一根火柴，就能将之点燃。草堆旁，卧着一条黄狗，眼睛半睁半闭，懒洋洋的，一副老之将至的模样。我从院墙边走过，它看也不看我一眼，蜷缩着身子，抱住一团温暖，像抱住自己的宿命。院子里很安静，它的主人不在家，也许是上坡翻土，或者是收割豆荚去了。关闭的房门上了锁，锁已经生锈，好似许久都没有人开启。

　　我从地上捡起一块石子，准备向那条狗砸去。我讨厌它那种还没有死，就装出寿终正寝的样子。我举起手中的石块，正要砸，它突然睁大瞳孔，毛发倒竖，龇着牙，朝我怒吼。手中的石块滑落下来，刚好砸中我的脚背。眼泪顺着脸颊流下来，疼痛在我的心尖上花朵般绽放。

　　我正欲转身逃离，突然，一个女孩迅速从房屋的背面跑过来，操起搁在院墙边的一根竹竿，朝狗身上打去。狗起身的动作有些迟缓，背上被重重地挨了两棍，汪汪汪地逃跑了。女孩名叫蓝蓝，村里的人，都喊她"哑巴"。蓝蓝的"哑"，是先天性的，她一出世，这个世界于她而言，就是沉默的，失语的。她感知世界的唯一方式，除了体悟，便是承受。蓝蓝扔掉棍子，朝我善意地笑笑，就去门槛下摸钥匙开门。她将整个身子都趴在门槛上，伸长双手，在最大范围内来回摸索。脸紧贴门板，像是镶进去似的。她摸了很久，也没找到钥匙。看得出，她很焦急。她急于想到屋子里去——想进屋喝口水，还是去拿一件被遗忘了的物件？总之，她要进屋，屋里有她需要的东西。

　　但她没有钥匙，门是上了锁的。

　　她不得不失望地回转身，背起放在屋檐下的一个大背篼，走出了院墙的包围。我没有说话，我们彼此是对方一个沉默的影子。

三

　　乡村的岁月，落寞得似寒夜的月亮。所有的人，都在忙，手不歇脚不停，像风追赶着云。可谁也不清楚究竟在忙些啥。大人们每天考虑的，都是生存的事。虽然，他们的内心极度空虚，但跟活命比起来，灵魂实在算不得什么。

村头学堂里的学生，数量每天都在减少。以至后来，连老师都失去了继续教书的信心。操坝上的野草，越长越深。挂在教室橡梁上那截用铁管做的"铃铛"，已经撞不出洪亮的响声。日子宛如一张老人的脸，正在逐渐褪去光泽，而埋藏在皱纹沟壑里的，是生活无法言说的部分。

我即是那不断减掉的队伍中的一员。

自从我辍学后，童年也跟着退场了。我只给自己留下一本语文书，几个练习本和一支用掉大半截的铅笔，把其余的书统统投进灶间烧了。而那个破旧的军用书包，也被母亲拿去做了针线袋。我之所以没烧掉那本语文书，是因为我迷恋书上的方块字所散发出来的气息。在我眼中，每一个字，都是有生命的。每个字的笔画，都是我血管的延伸。只要有空，我就趴在院坝中间的石桌上，临摹书本上的字。我幻想通过练字，来增添童年生活的色彩。否则，倘今后我能侥幸长大成人，真不知道该用怎样的记忆，去缅怀我的曾经。母亲从来不过问我的事情，只要我还活着，对她来说，即是最大的安慰。她每天除了拼命干活，就是缝补、搓洗那一堆旧衣服。衣服有父亲的，我的，还有她自己的。每件衣服，都是我们家族史上的文物。父亲穿的衣服，是爷爷留下来的；母亲穿的衣服，是奶奶留下来的；我穿的衣服，是根据父母穿破的衣服改做的。衣服的前胸后背都打满补巴，补巴重补巴，伤口重伤口。父亲总是板着张脸，跟人有仇似的。闲暇时，独自坐在屋檐下抽叶子烟，呛人的烟草味道四处飘散。他抽一阵烟，咳嗽一阵，咳得很凶，痰里带着血丝。幸亏有烟抽，不然，父亲就少了一个活着的理由。偶尔，他会走过来瞧瞧我写的字，看了很久，却一句话不说，又重新坐回屋檐下，像一尊雕塑。

除了以前老师教过的字外，大多我都不认识，也不知道它们代表什么意思。蓝蓝更不知道，她一天学堂也没进过。但她对我的写字行为充满好奇，每当我趴在石桌上练字的时候，她都躲在院墙的另一面，从一个缝隙里偷偷地瞅我。起初，我并未察觉她在偷看我练字。她是被我母亲发觉的。那天，母亲照旧在院子里晾衣服，不小心，抖落了衣服上的一颗纽扣。她躬下身子，满院子寻找。找到墙根下时，一抬头，目光正好穿过墙缝，与对面的眼睛相遇，吓她一跳。我跟随母亲跑出院门一看，发现蓝蓝蹲在墙根，身子打战，满脸羞红。

蓝蓝的偷窥，使我的练字行为，开始变得有了意义。她的那双眼睛，仿佛一道光，穿透墙壁，直抵我心。后来，练字成了我每日的必做功课，只要天不下雨，我就会安静地趴在石桌上，专心致志地尽量把每个字都写工整，写漂亮。——我不止是为自己写，还为身后的"读者"而写。

　　尽管，我们都不明白这些字的含义。

四

　　秋天，院墙正中的枣树上挂满了枣子。风一吹，满树的小枣都摇晃着脑袋，可爱极了。我是眼看着这些枣子长大的，蓝蓝也是眼看着它们长大的。她站在院墙的那边看，我站在院墙的这边看。虽然，我们彼此看不见对方，但明白心里都在想些什么。我们的情感是相通的，我们的心里，装着同一个梦想。

　　特别是有月亮的夜晚，村子里的人们都入睡了，大地安静得幽深。只有我和蓝蓝醒着。我们站在同一棵枣树下，背靠着同一堵院墙的两面。抬起头，静静地看着树上的枣子，听它们说话，听他们打鼾，听它们的呓语。隔着墙壁，我们还听到了对方心跳的声音。明亮的月光照着两个小院。两个孩子。一棵树。一堵院墙。

　　夜晚给了我想象的自由，也给了蓝蓝想象的自由。在白天，蓝蓝是没有自由的。她的自由被父母牢牢地限制死了，而变成一个劳动工具。天不亮，她就背着背篓上坡割草。待到朝霞映红天边，屋顶上升起袅袅炊烟的时候，她已经割满一背篓青草回来了。青草上挂着的露珠，像是从她的心尖上溢出来的。圈里的那头牛，是蓝蓝喂大的。牛刍草时，蓝蓝就站在圈栏前看着它。牛吃一嘴草，也抬头看一眼蓝蓝，眼神中充满感激。若不是蓝蓝的精心照料，它怕是早就被饿死了。在吃不饱饭的年月，地也荒得差不多了。村里的人都不再指望能在贫瘠的土地上种出粮食来。蓝蓝的父亲早就想将这头牛卖掉，先后找来几个屠户商议价钱。终因双方未达成一致协议，而暂时保全了牛的性命。每次屠户来看牛，蓝蓝都非常紧张，堵在圈门口，双手又比又划，企图唤起屠户的善念。但没有人将蓝蓝当回事，屠户一边用手在牛身上拍拍，一边讨价还价。牛的眼泪挂在眼角，蓝蓝的眼泪也挂在眼角。牛跟蓝蓝一样，不会说话，她们是天生的"哑巴"。最终，牛还是被卖掉了。牛被人牵走以后，蓝蓝每天不再割草，但依旧天不亮就起床。除了割草，有太多的事等着她去做。她每次从牛圈门前走过，都要伸长脖子朝里面瞅瞅，仿佛那头牛还在，她要跟牛打声招呼。

蓝蓝的父母经常吵架，吵过了，就动手打，闹得鸡飞狗跳。他们都想再生个儿子，接续香火。蓝蓝已经是他们生的第三个孩子了。第一个生下来不足四十天，就感染风寒夭折了。第二个孩子虽是个男孩，但长到三岁还不会走路，且双耳失聪。在一次赶集时，他们将之带到镇上丢掉了。待到蓝蓝降生，却发现又是个"哑巴"。他们原本也想将蓝蓝处理掉，唯恐接下来出生的孩子，同样是残疾。经过一番激烈的思想斗争，他们相信了命。蓝蓝也才侥幸活了下来。

活下来的蓝蓝，是她父母的一个羞耻。他们认为，是蓝蓝败坏了他们在村子里的名声，给他们脸上抹了黑。他们基本上不顾蓝蓝的死活，无论夏天，还是冬天，都能在田间地头看到蓝蓝劳动的身影。矮小的个子，还没有芭茅草高。一个大背篓挂在肩上，像驮了块大石头，强压着她虚弱的身体。她的一双小手，瘦得跟鸡爪似的，上面布满疤痕。她身上穿的那件补巴衣服，好似从来就没有换洗过，破洞里藏着过冬的虱子。平常大人出门，是从来不会带蓝蓝去的。门一关，锁一上，转身就走了，把蓝蓝一个人抛在院子里，孤零零的。有时，大人打了架，心里不痛快，蓝蓝还得充当出气筒。母亲骂她，父亲打她。她的身上，经常爬满鲜红的血痕，那全是父亲用竹条给抽的。面对这一切来自生存的磨难，蓝蓝始终沉默着。她不发声，也发不出声，连一滴眼泪也不流。

蓝蓝最信任的，是她们家的那条狗。狗最听蓝蓝的话，她让狗躺下，狗就躺下。无事的时候，蓝蓝就让狗陪着她，坐在院墙下，看树上的枣子，以及树枝间活蹦乱跳的鸟雀。那些鸟雀贪嘴得很，枣子还没成熟，就用尖喙去啄。被啄掉的枣子砸在狗的头上，或是自己的头上，也不生气。那是她最快乐的时候。她是那么渴望变成一只鸟，在树上自由穿梭，在蓝天上自由飞翔，飞出高山之外——从此，让这堵牢固的院墙再也囚禁不了她。

狗看穿了蓝蓝的心思，太阳落山的时候，就会领着她去村边的小河边转悠，散散心。河水缓缓地流淌，无声无息，带走了时间，也把村子里的秘密带走了。蓝蓝坐在河岸上，狗摇着尾巴，守在她身旁，站岗似的。晚霞铺在水中，把他们投在水面上的倒影也染红了。蓝蓝心情不好的时候，也会骂几句狗，捡起地上的干树枝朝狗身上打去。狗虽挨了打，但并不记仇，照样跟在蓝蓝身后，蓝蓝走一步，狗跟一步。她们走过的地方，淌着蓝蓝的泪水，也淌着狗的泪水。

入夜，蓝蓝习惯性到院墙下面待一会儿，我也习惯性到院墙下面待一会儿。四周静悄悄的，只有墙缝里躲着的蟋蟀唱着疲乏的歌。夜风吹拂，枣树的叶子发出哗哗的声响，那种喧响里，有我们谁也抗拒不了的忧愁。

隔着院墙，我们共同背负起隐形的沉重。

五

母亲在晾衣服的过程中，获得了内心的宁静。衣服也是有生命的，它的纤维里吸收着人的体温。在洗衣服之前，母亲总是要将那些新磨出的破洞补上。作为妻子，她想给丈夫收藏些阳光；作为母亲，她想给孩子保留些温暖。而这一切，都要通过衣服来完成，当心缺少足够力量的时候，这是唯一的途径。

父亲的衣服上，洞口是最多的。那些洞口，有的是被风撕烂的，有的是被刀割裂的，有的是被雨淋破的，还有的是被他的烟锅烧穿的……父亲是乡村忠实的守望者，他相信人定胜天。当村里大多数人的地被荒废掉，年轻力壮的人都朝城里跑时，他依旧高抡锄头，耕作于田间。他从来不在乎别人的看法，执著地我行我素。干完自己地里的活儿，还跑去将别人荒地里的野草刈除，翻耕后，种上小麦和大豆。哪怕遭遇旱情，抑或虫灾，粮食颗粒无收，他也痴心不改。送冬迎春，年复一年，父亲就这样在与土地的对抗中消耗着生命。皱纹逐渐爬满他的额头，白发逐渐覆盖他的头顶，从前挺直的脊梁也弯了下来，他的身体离大地越来越近，仿佛等着土地最终将他接纳。

我在父母的老去中一天天长大。我不再沉迷于练习写字，人生的梦想越缩越小，小到像那棵枣树上的枣子，不需要等到成熟，就被鸟雀叼去果腹。即便如此，我也希望是一只漂亮的鸟雀来青睐我这颗"小枣"。生活就像一副模具，可以随意把人塑造成它理想中的样子。父亲是我未来模型的参照，在他的熏染和调教下，我学会了开垦荒地，种植玉米、高粱，还学会了挑粪、养兔子。我的双手沾满泥巴，皮肤粗糙得像锯齿。一张原本年轻的脸，刻满了老年人的风霜。父亲对我在农业上的表现，既不赞扬，也不责难。他总是用一种平静的眼光打量我，让我的内心惶恐不安。我跟父亲很少有过交流，从小到大，我们之间的情感都是有隔阂的。他跟我说得最多的一句话是"是人就得活出个人样儿，别当孬种"。即使他心里真想跟我说事，也不当面对我讲，而是指使我母亲来转达他的意旨。不止一次，母亲神神秘秘地跑来跟我说："你应该存点积蓄，把破旧的房子翻修翻修，年龄大了，总得说门亲，安个家了。否则，再拖下去，人就荒废了。人荒废跟地荒废差不多，无论施多少肥，都不增产。"末了，不忘补充一句："这是你爸说的。"

父亲希望通过女人来拯救我的苦难，从而激发起我对土地更深的热爱。

六

院墙遭到长期的风雨侵蚀，表面的泥层开始脱落，裸露出里面的秫秸和碎石。墙根下，随处都是老鼠刨出的洞穴。夜晚，一对对的老鼠跑出来寻欢作乐；白天，就躲进洞穴生儿育女，过着安逸的生活，引来邻里周边的猫，成天蹲在院墙上守株待"鼠"。

我和蓝蓝已经不再像年少时那样，靠在院墙上望着枣树，幻想不着边际的事情。如今的我们，都比院墙高出一个头顶了。站在院墙的这边，抬眼就能看到院墙那边的动静；站在院墙那边，侧耳就能听到院墙这边吹过来的风声。我们原先蹲在墙下做梦的地方，都让给了村子里那些老人们。只要天晴，他们就搬条凳子，靠着墙根坐成一排，晒太阳，摆龙门阵，用回忆打发余下的时光。

蓝蓝终于成为她父母的骄傲，村子里的骄傲。十里八村的人都知道她的名字，知道有一个"哑巴女"，不但人长得漂亮，而且勤快，还烧得一手好茶饭。蓝蓝的确能干，洗衣种菜，喂猪养羊，插秧割麦……没有她不会的，这是从小磨炼出来的本事。她跟村子里其他女孩子相比，少娇气，吃得苦，遇事冷静，有主见。更重要的是，她善良。无论碰见村子里的谁，都露出一张甜甜的笑脸。她还经常帮助村子里那些鳏寡老人洗衣叠被，炖汤熬药。蓝蓝的父母每当听到别人夸自己的女儿时，心中漾起的喜悦，比吃了蜂蜜还甜。蓝蓝对自己的双亲，更是相当孝顺。知道父母就她一个女儿，便把家中大小事务全部扛了下来，重活脏活都不再让他们干。她父亲几年前中了风，躺在床上不能动，吃饭要人喂，拉屎撒尿要人扶，这些全都由蓝蓝独自承担。

只要看到蓝蓝在院子那边跑进跑出忙碌的身影，我就心生感动。有时，我会主动过去帮她干些重活，减轻她的负担。她对我所给予的帮助心怀歉意，把感恩都藏在心里。偶尔，她也会煮几个热滚滚的鸡蛋，偷偷地从院墙的那边递给我，然后，羞红着脸转身跑进了屋。

隔三差五，都有媒人前来给蓝蓝提亲。来提亲的人家，都是家庭条件比较不错的。他们不嫌弃蓝蓝是个"哑巴"，谁若是娶到蓝蓝做老婆，那是前世修来的福气。但蓝蓝对前来提亲的人，统统拒绝了。她对自己的出嫁有个条件——必须把自己的父母一起嫁到男方，这是来提亲的人家都难以接受的。

但蓝蓝到底还是嫁人了。

娶她的是从外乡来的一个小伙子。小伙子自幼父母双亡，吃百家饭长大，后来独自跑出去闯世界，学了一门泥水匠手艺。在城里摸爬滚打多年，挣了些钱，回村后听人说起蓝蓝的事，便主动找上门来入赘，并发誓与蓝蓝厮守终身，共同承担赡养老人的义务。

蓝蓝的婚礼是在一个冬天举行的。婚礼很热闹，村中男女老少都赶来吃蓝蓝的喜酒。大红鞭炮炸翻了天，整个村庄都笼罩在一片喜庆的氛围之中。我站在院墙的另一边，看到身穿大红棉袄的蓝蓝被人群簇拥着，像簇拥着一团火。那团火，把整个村庄都燃烧了起来，熊熊的火焰把刺骨的寒冷驱散了，也把每个人心中囤积的寒冷消融了。

飘逝的歌谣

七

冬去春来，阳光重新照临大地。冰雪解冻，万物苏醒。枣树上发出了无数的新芽，站在院墙下，抬头一望，满目苍翠。

一个新的年头开始了。

蓝蓝的肚皮像挂穗的麦子，一天天鼓了起来。阳光好的时候，她会叫丈夫把瘫痪的父亲抱到院坝里的椅子上晒太阳。每隔一段时间，她都要帮父亲翻转身子，行动笨拙而灵巧。她的丈夫憨厚、勤劳，把田间地头的活，干得漂漂亮亮。秧田耙了，谷种也下了；该种的蔬菜，也种上了。小两口把日子过得有滋有味，红红火火。

我蹲在院墙下，望着枣树发呆。父亲坐在院子里，修整闲置了一个冬天的犁铧。突然，他停下手中的活计，很认真地跟我说："你也老大不小了，该成个家了。"那是父亲第一次跟我谈心。我埋着头，没有说话。母亲伛偻着腰，在院墙下晾衣服。母亲晾的衣服上，又新添了几块补巴。

刨　花

　　刚入秋，气温就变凉了。天地灰蒙蒙的，像披了一层薄纱。时间也慢了下来，让人辨不清早晨和傍晚的区别。姑父蹲在院门口的磨刀石前，磨那些跟了他一辈子的斧头、凿子、推刨。他从半下午就开始磨，一直磨到傍晚，成心要折腾它们似的。

　　斧头已经够锋利了，姑父试过，他举起斧子，朝一根锄把粗的树枝砍去，刹那间，树枝断成两截，齐整整的，断口光滑如砥。姑父提斧子的手因用力过猛，有些颤抖。斧头在暮霭笼罩下，寒光闪闪。

　　但姑父还是不放心，那些工具有好几年没有使用过了，全都生了锈。自从他停做木工那天起，那些工具就被他锁进箱子里，放进床底下，未曾打开。虽然，他经常在梦中看见自己重又操起家伙，帮助邻里亲朋打制风车、桌椅，替别人修房造屋。

　　那些工具，是姑父的一个精神慰藉。只要一看到它们，他就两眼放光。像一个饥饿到极点的人，突然见到了馒头。经过姑爷费心的打磨，那些尘封的工具重又变得光洁锃亮起来。姑父将它们并排放在院坝边的条石上，像展览出土的文物一样，内心充满肃穆和敬畏。

　　他试图重新找回作为一个木匠的尊严。

　　匆匆吃过晚饭，姑父就爬上木楼，取下早就藏好的上等柏木。那几截木料又粗又直，树龄最短也在十年以上。那还是他在多年前，从大山上砍回来搁在阁楼上的。除去他的叔父叔母去世时，取下几截料为他们打了两副棺材外，剩余的就一直被他看守着，没舍得用。那些木料和那些工具一样，都是他心中的最爱，上面刻满了他的人生密码。

如今，他要动用那些珍贵的木料，来打制一件能让自己得意的东西。

月亮升起来，光辉洒落一地，透着梦幻色彩。姑父小心翼翼地将木料放在木马上，用卷尺量好尺寸，用墨斗弹上墨线，再用木头角尺标上记号，开始认真地改料。他的体力已经没有年轻时好了，所以改得很吃力，好似把全身的劲儿都铆足了。额头上的汗珠顺着他皱纹的沟壑往下流，他索性脱掉上衣，赤着膀子干，像在跟自己的生命作抵抗似的，有些顽强，又有些悲壮。但姑父的木工手艺堪称精湛，他到底还是把那些木料改完了。那些木料仿佛也是等着姑父来成就其价值的，都很听他的话，顺着墨线一分为二，不差毫分。姑父改完料，坐在木马上，抽了根烟，心中轻松了许多。月光将他的影子投在院墙上，像是雕刻上去似的。姑父望了望天穹上的月亮，月色明亮了一些。再过几天，就是中秋节了。他想赶在这个团圆的日子到来之前，完成手里的活，圆自己一个心愿。

他从木马上立起身，把一块一块的木料放平稳，开始用推刨推料。他左脚在前，右脚在后，站成一个弓箭步。两手平端推刨，十指紧扣刨沿，用力向前推进。动作娴熟，力量均衡。打着卷的刨花，从推刨中飞出，在半空中一跃，弧形坠落地面，形成一个一个"蛋卷"。木板越推越薄，越推越光洁，月光反射下来，能照出人影。

姑父推完一块，再推第二块，推着推着，他就推出了当年做木匠时的豪气来。

二

姑父的一生堪称悲凉，四岁不到，即死了爹娘，跟着叔父叔母长大。到了入学年龄，因为家穷，读不起书，只好留在家里放牛养羊，帮助叔父干些力所能及的家务。其叔父膝下生有三男两女，加上他，一家人八张嘴，饭吃了上顿没下顿，人人都过着半饥半饱的日子。眼看生活一天比一天窘迫，其叔母每天又吵又骂，指桑骂槐，句句话都直指姑父。姑父看在眼里，痛在心

135页码 135 第三辑 乡愁

上。他想尽一切办法，尽量避开叔母，不看她的脸色，甚至，故意错过吃饭时间。大清早就上坡去放牛，直到太阳偏西，才拖着疲乏的身子回家。吃饭时，叔母不叫他，也不给他留饭。叔父担心长期这样，姑父的身体会饿垮，闹出人命。每顿饭后，就将自己碗里的饭菜分出一小半，给姑父留着。可当其叔父一转身，其叔母就将留下的饭菜端进房间，藏了起来。姑父的两个堂妹，见其可怜，每天都背着父母，偷偷地递给他两个煮红薯。那两个红薯，成了他活命的唯一食粮。姑父的一张脸，总是面黄肌瘦，皮包骨头。夜晚躺在床上，孤寂和屈辱巨石一样压得他喘不过气来。被泪水打湿的枕头左边还未干，右边又湿透了。他时常在梦中看见亲生父母的样子，他的父母分别牵着他的一只手，领着他正在去往天国的路上。那条路十分漫长，路上遍布碎石，两边野草丛生，冷风呼呼地刮着，催魂似的。可每当姑父受噩梦惊吓醒来时，背心总是冒出一股冷汗。屋外，其叔母又在高声叫骂了。

事情发生在姑父十二岁那年的一个傍晚。他像往常一样，牵着牛朝家走，可就在经过一块水田时，姑父两眼一黑，脑子一晕，双腿瞬间失去知觉，扑面栽倒在水田里。要不是邻村的一个木匠路过时将其救上来，姑父怕是早就归西了。

死过一回的姑父，发誓不再依靠别人活着，立志要为自己拼出一条活路。后来，不知是他的诚心打动了那个救他的木匠，还是那个木匠见他可怜，收他做了徒弟。自此，姑父开始了他的木匠生涯。

姑父学木工很刻苦，也很快得到了师傅的信任。刚开始，他只能帮师傅打打下手，诸如砍树，改料，磨斧子等，但每做一件事情，他都做得认真，不怕苦，不怕累。姑父心里清楚，自己这一生，或许就指望靠做木匠求生存了。木匠师傅非常喜欢姑父，说他聪明，勤快，天生是块做木工的坯子。他对姑父说：只要你死心塌地跟着我，我会将自己的手艺毫无保留地传授给你。姑父把师傅的这句话，深深地铭记在心里。平时，他除了帮师傅打杂，还为师傅料理家务，挑粪，挖苔，犁田，割麦……什么都干，从无怨言。师傅也不亏待他，将之当做自己的儿子看待。姑父嘴巴甜，成天左一个师傅，右一个师傅，跟喊亲爹似的，喊得人心里暖融融的，热乎乎的。渐渐的，木匠师傅开始教他做一些简单的家具，诸如凳子、桌子等。姑父一学就会，做出的

飘逝的歌谣

家具不但让师傅点头，也让做家具的主人满意。

几年过去，姑父已经是一个远近闻名的木匠了。师傅也将自己的看家本领，悉数传予了他。隔三差五，就有人前来请他去做木工。姑父的生活条件，跟过去相比，有了翻天覆地的变化。不但能吃饱饭了，兜里还有了钱，在村子里既有身份，又有地位。人人都羡慕起他来，对他刮目相看。

他就是因为做木工，认识我二姑并与我们成为一家人的。

那年，我爷爷请他来家里做风车。做风车比做其他家具耗时，做一架至少也得七八天时间。我二姑天天给他做饭，端茶倒水。没事的时候，二姑就立在旁边，静静地看他做活儿，像欣赏自己倾慕已久的意中人。他也最喜欢吃我二姑做的饭菜，顿顿吃饭都当着我们一家大小的面，对二姑的厨艺赞不绝口。有几次，二姑炒菜时菜里放多了盐，炒出来的菜又咸又苦，难以下咽。家里人都在埋怨二姑粗心，唯独他帮着二姑说好话，一边说还一边夹起菜朝嘴里送，嚼得津津有味。这样一来，两人相处日久，便互生爱慕之情。那架风车原本七天就能制好的，却偏偏拖了十天才完工。完工那天，我爷爷付工钱给他，他也不要，只是傻傻地盯着我二姑，笑而不语。家里人都看穿了他的心思，也摸透了二姑的想法。最终，由我爷爷和他师傅做主，请了一个媒人，促成了这桩婚事。

从此，他以一个木匠的身份，入赘到我们家，成为我的姑父。

三

姑父的到来，使我们家弥漫着刨花的味道。我们家侧面靠院墙的地方，有一间空房，那间房原是用来堆杂物用的。但姑父利用农闲时节，砍来竹子，树木，将坍塌的房柱换掉，墙壁也加了固。又挑来新的稻草，将房顶重新翻盖后，改成了属于他个人的木工制作间。一有空，他就去山上砍回树木，码在院坝里，等到木材被太阳晒干，就改成木板，制成成套的桌椅，柜子等。凡邻里乡亲需要家具，就主动到我们家来购买。有条件稍好些的人家，要嫁闺女，会提前来找姑父定做。脸盆、衣柜、饭桌等全套嫁妆做下来，少说也得三四百元钱。由于姑父做的家具质量好，买主高兴，姑父也高兴。最高兴的，是我二姑和爷爷。二姑高兴，是因为姑父给她的生活带来了改善；爷爷高兴，完全是因为姑父成了他的一个荣耀，让他在进出村子时，脊背都是挺直的，脸上容光焕发。

由于定做家具的人多，姑父不得不在夜间赶活。木工间的灯光整夜整夜地亮着，四周静悄悄地，只有姑父锯木料和推刨的声响，在暗夜里水波一样扩散开去，像是木料发出的叹息，唤醒沉寂的午夜。院子里的木料堆里，不时传出一阵蛐蛐的叫声，听上去，怪冷清的。但姑父听不见这种冷清，他的心思，全部集中在了对木料的设计上。他在一个又一个安静的夜晚，创造出了一件又一件木器艺术品。

无数次，姑父推刨的声响，将我从睡梦中惊醒。我推开房门，揉揉惺忪的睡眼，站在院坝里撒尿。姑父知道是我，调侃似的说：小子，洪水别把我的木材给冲跑了。我提上裤子，透过栅栏做的墙壁，看到姑父朦胧的身影，在灯光下前移后晃，像演皮影戏似的。他的打趣逗得我睡意全无。我慢慢地走进他的木工间，刨花清香的气息随着夜风扑来，裹满了我的身体，并渗入我体内的每一个细胞，使我的血液流动加速。我一屁股坐在雪白的刨花上，像陷进了柔软的棉花里，让我产生无尽的幻想。姑父停下手里正在干的活，蹲下身来，摸摸我的脑袋，从衣兜里抽出一根烟点燃。蓝色的烟雾，一圈一圈地升上房顶。一些不知名的小飞虫，追着灯光，踩在烟圈上，腾云驾雾。姑父问我：想学木匠吗？我教你。我摇摇头，手里玩弄着他那还带着温度的推刨。他从墙壁上取下棉衣外套，披在我身上，说：今晚你就别进屋睡觉了，陪我做木工吧，我给你讲故事。姑父一边推刨，一边给你讲起故事来。他满肚子里藏的都是故事，怎么讲都讲不完。每个故事都那样精彩，那样吊人胃口，让我百听不厌。姑父讲的故事，极具民间性，充满生活情趣。我现在都还记得他曾经给我讲过的不少故事内容。要是将它们述诸文字，篇篇都是优秀的短篇小说。我每次都是还没等到故事的高潮出现，就躺在刨花堆上睡着了。

姑父终于还是败在了自己精湛的手艺上。

一天午后，他正在木工间替一个待嫁的闺女打嫁妆。突然有人跑来捎话，说是师傅有急事，叫他立马过去一趟。姑父一听师傅有事，扔下手上的工具就跑。对师傅的话，他历来是言听计从，不敢有丝毫怠慢。在姑父的心里，师傅是他这辈子最感激的人，不仅救了他一条命，还教给他求生的本事。他早已将师傅当成了自己的亲生父亲。

当姑父气喘咻咻赶到师傅家时，师傅已坐在堂屋的椅子上，等候他多时了。姑父见师傅的脸色不大对劲，板着面孔，很严肃的样子。他的心也跟着忐忑不安，立即惶恐起来。他俯下身子，凑近师傅的耳边轻声问：师傅，遇到啥事了？师傅微闭着眼，没有看他，也没有说话。而是掏出叶子烟，卷起来插在烟锅上。姑父赶紧上前为他将烟点燃，目不转睛地盯着他。过了半晌，师傅才开口说话。一说话，就两眼掉泪。师傅说：娃啊，我一直把你当亲儿子看待，没起过外心，手艺也毫无保留地教给你了，还为你做主讨了媳妇。你看，你现在都成为有名望的木匠了，生意也搞得红火，我和你师娘，都为你感到高兴啊！十里八村的人都在说你的手艺做得比我好，人又年轻，有力气。看来，我这把老骨头，只有等死了。你要是哪天有空，就亲自给我打副棺材吧，也不枉我俩师徒一场……

当天，姑父从师傅家回来时，已是晚上，我们已经吃过夜饭了。家里人都以为师傅要留他过夜，就没给他留饭，谁知他还饿着肚皮。二姑见状，赶忙跑去灶房弄吃的。饭还没做好，姑父已躺在床上入睡了。那夜，明亮的月光照着姑父的木工间，异常安静，平常亮着的灯光熄灭了，推刨制造出的声响消失了，洁白的刨花也被夜色覆盖。我们都不知道发生了什么事情，谁也没去问姑父。

姑父的反常，让大家的心都揪得很紧。直到后半夜，我到院子里去撒尿，看见姑父坐在院坝里的木料堆上抽烟，猩红的烟蒂，在月色下忽明忽暗。他抽完一支，接着又点燃一支，地上的烟头跟堆放的木料一样多。

第二天天不亮，姑父就蹲在磨刀石前磨他那些工具，他把每一样工具都磨得光光的，然后，将它们整整齐齐地锁进了箱子里。

姑父说：只要师傅活着一天，我绝不会去动它们。

四

姑父的决定，让我二姑和爷爷伤透了心。尤其是我爷爷，再也没有以前风光，平时大都窝在家里，不愿出门。即使出门，也是埋着头，匆匆快走，怕见人似的。他担心村里人会取笑他，曾经那样的盛气凌人，竟落得如今的威风扫地。二姑也天天在家里发牢骚，埋怨姑父没骨气。只有姑父一声不吭，该种地种地，该施肥施肥；该吃饭吃饭，该睡觉睡觉，把日子照样过得亮亮堂堂。不过，自从他放弃做木匠那天起，脸上就没出现过笑容。成天苦着一张脸，上面写满了忧愁。村里人都为姑父放弃做木工感到惋惜，时不时，还有个别人家愿意出高价请他去做家具，他都坚定地拒绝了。

每过一段时间，姑父都要打开箱子，把他那些行头拿出来看一看，抚摸抚摸，摸着摸着，眼眶里便盛满一汪泪水。有那么几次，我看到姑父坐在月夜下，用推刨去割他的胡须。他将推刨平贴在脸上，慢慢地上下移动，像在修整一块木板。割着割着，他就将推刨放在了自己的嘴唇上，好长时间没有拿开。待第二天一看，他的下巴上全是鲜红的划痕，像是墨斗里装了血，弹出的线。

姑父一直有个愿望，他希望我能成为他的徒弟。不止一次，他将这个想法提出来，跟我父母商量。有了他这个曾经风光的木匠作为参照，我父母自然是满口赞成。并且，他们还私自挑选了一个黄道吉日，给我举行拜师仪式。我也的确跟着姑父学过一段时间的木匠，但后来我发现自己根本不是那块料。墨线弹得不直不说，就连拉锯改料的兴趣和力气都没有。唯一吸引我的，是那些洁白的刨花。一走进木工间，我的注意力只停留在刨花上，它们那种卷曲的形态，给了我一种美学上的刺激和思维上的舒展。而对那些冷冰冰的斧子、凿子没有任何热情。姑父到是对我颇有耐心，他不厌其烦地教我如何凿孔，如何打榫，结果总是让他大失所望。后来，姑父大概也确证了我没有做木匠的天赋，气愤地指着我的鼻子骂道："要不是我养的是个闺女，老子这手艺，还传不到你身上来。"

事情终于出现了转机。当姑父自己都快忘记自己是个木匠的时候，他的师傅去世了。姑父带着沉痛的心情，为师傅守了三天三夜的灵。遵照师傅临终前的交代，是姑父为其打制的棺材。那是姑父停做木匠后，第一次拿起斧子和推刨。姑父也不会想到，自己竟然是以这样的方式重做木工，他的心情没有丝毫喜悦，唯有失去亲人的悲痛。安葬师傅那天，姑父在其坟前长跪不起，失声痛哭。

时间转眼到了师傅的周年祭，姑父专门置办了烧酒、供品去为师傅上坟。烧了纸，磕了头，姑父坐在坟前，一言不语。直到那刻，多年来积压在他身上的债务，才算彻底还清了，他感到如释重负。

姑父到底又可以成为一个木匠了。

但重新成为木匠后的姑父，却再也没有从前那样幸运。村人们不再对他感到好奇，也没有人夸赞他的手艺精湛。木匠已经过时了。村里人都嫌木匠做的东西粗糙，不耐看。现在交通便利了，生活水平跟过去相比，也有了较大的改善。若有人家需要添置家具，都习惯去镇上的家具店买，既美观，又便宜。

可姑父不死心，他认为自己的手艺，绝不比那些家具店里销售的东西差。一入夜，他仍在那间破旧的木工房里敲敲打打。他还是喜欢在夜间工作，几十年的习惯，改不了。我因外出求学，不再可能钻进他的木工房，去看那些洁白的刨花，嗅刨花散发出来的淡香，听他讲那些老套的故事了。但姑父依旧对他的木工一往情深，锲而不舍。偶尔，我放假回家，半夜里，躺在床上，听到木工房里传出来的单调的推刨声，以及连续不断的咳嗽声，我的脊背就会冒出阵阵凉意。

真正让姑父对做木工彻底失望的，是他的女儿。

当村人们都不再需要姑父做的家具时，他把希望全部放在了女儿身上。他要替女儿打制一套嫁妆。姑父砍来上好木材，耗费近四个月时间，为女儿制了全套嫁妆。可等到女儿出嫁的时候，女儿女婿都不领情。他们不稀罕那些东西，说放在家里不合适。女儿还狠狠地批评了一顿父亲，责怪父亲失了她的颜面。

嫁走女儿后，姑父再一次将那些工具锁进箱子，藏了起来。

五

明天就是中秋节了，月亮像一个银环，镶嵌在夜幕上。姑父已经完成了他打制的木具，他坐在木具上，左右瞧了瞧，又用手拍了拍，掏出一根烟点燃。他对自己的手艺，表示满意。自从他做木匠那天起，就一直在替别人制家具，从来不曾为自己打制过。如今，别人不需要了，他便有了足够的时间，静下心来替自己也打制一件用具。

不知不觉，姑父想起了从前的事，从前的人。想起了他的叔父叔母，师傅师娘；想起了我爷爷。一张张熟悉的面孔，在他的面前清晰起来，仿佛他们都是赶在中秋节前，来与他团圆的。

姑父替自己打制的用具，是一口厚厚的棺材。

棺材的里面，装着一个小棺材盒子，那是用来放置他那套行头的。

最后一个夜晚

　　午后幽暗的光线，从院子中间那棵核桃树的枝叶间漏下来，在地面上形成一团阴影。空气湿漉漉的，朽旧的雕花木房，裸露出灰色的瓦顶，一派清冷气象。外公躺在院子里的木椅上，眼神呆滞，气若游丝，疾病已将他推向冥界的边沿。早在几天前，他就开始出现幻觉———一直在自己的童年和暮年之间穿梭、徘徊。他的脸，清瘦蜡黄，表皮松弛，毫无生机。深深的皱纹里，除了沧桑，仿佛还暗藏着他一生中所有的秘密。

　　剃头匠戴着老花镜，目光聚焦在外公的头顶，一把锃亮的剃刀，在他手上运转如飞。外公的毛发，像枯萎的茅草，一根根落下。剃头匠不时将剃刀在自己的裤腿上蹭蹭，再用指尖在刀刃上刮刮，看够不够锋利。像木匠改料前的锉锯，他们都是敬畏生命的人。一把剃刀，见证了一个乡村的死亡史。只有经过它"剃度"的人，才能带着灵魂干净地上路。在乡村，剃头匠就是生命谢幕仪式上的司仪，他的职业充满肃穆和神圣。

　　外公剃光毛发的头，像一颗光滑的鹅卵石，形象十分滑稽。我和虫虫都不敢相信，眼前这个模样酷似和尚的老头儿，会是我们血脉的源头。虫虫站在一旁望着外公，嘿嘿地笑。我蹲在地上，不停捡着那洒落一地黑白间杂的毛发，放进我自制的一个小木匣子里，以满足我的收藏兴趣。

　　虫虫是大舅的儿子。那时，我们都还小，不懂得什么是活着，什么是死亡，更不懂得衰老对一个生命所造成的严重伤害。

　　母亲说，任何事情，都有个预兆。在外公病重的那些日子，她经常失眠，夜晚躺在床上，心上像放了块石头，压抑夜色般沉重。挨到后半夜，好不容易入睡，刚闭上眼，梦魇就像蛇一样缠着她。母亲的睡梦中，总是反复出现一个画面：她看见我死去的外婆，穿件蓝花布衣裳，牵着刚刚在地里干完农活儿的外公的手，慢悠悠地走在田坎上。外公的手，好像从来没有洗过，沾满泥巴。天上的太阳，明晃晃的，风吹得路两边的树叶沙沙响。外公走几步，就回头看一看，像是遗忘了什么东西，又像是舍不得离开。外婆总是埋着头，伛偻着身子朝前走。她的手，似一根绳子，拖着外公赶路。母亲说，那条田坎才叫长哟，总也望不到头——连接着冥界。母亲每次跟我复述她的梦，都泪水涟涟。我趴在凳子上写作业，她的眼泪雨滴般滚下来，落在我的本子上，把一个个歪扭的铅笔字，洇湿成斑痕。母亲用她粗糙的手，摸摸我的头，哽咽着说：你外公怕是活不长了。

风不时将核桃树的叶片吹落，在地面打着旋儿。大舅和二舅从楼板上取下干透的柏树，放到院坝中间，这些柏树是外公年轻时栽下的。二舅说，爸平生最疼这几棵树了。他将这些树，栽在院子左侧的荒坝上，就是希望它们离自己近一点。每天早晨，打开房门，看见一排树郁郁葱葱站在那里，山雀把窝筑在树冠，欢快、蹦跳个不停。爸就非常高兴，嘴上叼着旱烟，凝视好长时间。

一棵树从苗秧长成材，其间需要经历多长时间，经受怎样的风雨，外公是清楚的。树的秘密就是他的秘密。前几年，大舅建房子，想将那几棵柏树砍来做梁，遭到外公强烈反对，父子间不惜反目成仇。直到外婆去世，大舅心中的芥蒂才算消除。外婆病故前，是外公亲自将他精心培育起来的那些柏树砍倒，扛回家，去皮，晒干，为外婆打制了一口厚厚的棺材。他把那几棵树身硬挺，材质最好的树，全给了外婆，只将剩下的几棵弯曲且矮小的树，放在楼板上藏起来。那时，左邻右舍都说，戴老头子这人心肠真好！外公猛吸一口烟，回答：我这辈子欠我老婆子的太多了。

世界对我们来说是陌生的。我和虫虫在干透的柏树上踩来踩去，做游戏。两个木匠聚精会神地在改料，钢锯发出叹息般的钝响，锯木面筛糠一样朝下落，宛如时间堆积的尘埃。虫虫抓起地上厚厚的锯木面朝我撒来，我的鼻孔、耳朵、头发上顿时弥散出木头的气息，有一种苦涩的味道。虫虫看到我像一个裹满黄豆面的粽子，张开脱了门牙的嘴，傻傻地笑。他的笑声激发了我的愤怒，我迅速从地上抓起一把锯木面，借助风势将他的嘴塞满。虫虫的笑容瞬间僵硬，像一朵干枯的向日葵，两行清泪顺着他的脸颊滑下来。母亲拍拍我的头，伸手指指木椅上的外公，示意我们别再疯打、喧哗，以免搅扰一个老人的宁静。对一个垂死之人而言，最重要的就是保持安静，以此来平息他内心深处涌动不止的波涛。

外公瘫在木椅上，中风使他的手和腿都失去知觉。凹瘪的嘴歪到眼角下，似一枚变形的月牙。唾液扯成丝线，浸湿他胸前的衣服，黏黏的，很像糖果融化后留下的痕迹。外公的头歪向一侧，眼睛静静地凝视着那两个手忙脚乱的木匠。多年前的某个早晨，他也是这么静静地凝视着那些向上生长的树。外公的眼神已经不聚光了，但凝视的习惯还是没有改。他也许是在观察，看那几棵被木匠锯开的树，哪一棵是他自己。

外公年轻时，也是个木匠，曾替不少的人修过房，造过屋，打制过棺材，把一个个痛苦或忧伤的灵魂请入灵柩，送往极乐世界。那个时候，他的心里一定充满了对生命的敬畏，以及对生命脆弱的伤感。如今，轮到别人替自己打制棺材了，不知外公心里在想些什么？是对过往人生的惋惜？对逝去时光的留恋？抑或在责怪那两个木匠的手艺差，将他的棺材造得丑陋窄小，让他躺在里面，像卧在一个岩洞里？

大舅用毛巾揩去他嘴角的唾液，二舅端着碗用勺子喂他白糖开水。水刚喂进嘴，又被他呕出来。他已经几天不吃不喝。大舅俯下身子，嘴贴着他的耳朵，像哄孩子一样喊了几声：爸，爸，爸……没有反应。他已经不认识任何人了，他的内心是孤独的。从来都没有人真正走进过他的内心，就像从来没有人，真正理解一棵树的生长秘密。树的年轮，只有等到树死后，才能呈现给渴望了解他的人。

现在，这个现实世界对外公来说，也是陌生的，他再也无力改变什么。

母亲从镇上买回香蜡纸烛，这是死亡的必需品。来替外公念改时经的道士先生说，一旦人落气，就得打开路，请各路神灵前来迎接亡魂归位。没有冥钱、贡品，神灵们是不会来的。即使职责所在来了，把亡魂接走，也就扔下地狱，不再过问，更不会向阎王求情，任其过奈何桥、下油锅、爬烧红的铁板……使之备受折磨，痛苦难耐。外公活着时遭够了罪，怎么还能让他死后受苦呢？母亲买回的烛是大红蜡烛，香是长香，纸是长钱。还买回了金山、银山，金童玉女，老衣寿鞋。冥界该有的都准备齐了。剩下的便是等着外公安心上路。大家心里都清楚，外公气数已尽，他的生命即将得到解脱。

虫虫从香烛筐中拿出一张火纸，折纸飞机。他折了很多个，大的，小的，桌上摆一排。虫虫说，等我公死了，我就把这几架飞机烧给他，等他没事的时候，就开飞机耍。我没有理虫虫，趴在桌子上，抓起道士先生的毛笔，专心致志在火纸上画画。画了撕，撕了画。墨汁渗透纸背，像暗黑的血。我不知道自己在纸上画了些什么，也许，只是一个小孩意识里的感觉，或者记忆里的游丝。虫虫捡起我揉皱的纸团，展开，眼睛一亮，惊奇地问：你怎么在画我公？我一看那张纸，纸上的轮廓果然酷似外公的肖像。我双手托起纸，想重新看仔细，但很快，那张纸却被墨汁融化了、破碎了、模糊了、看不真切了……

棺材已经制好，两个木匠在做最后的工序——上漆。黑黑的油漆在棺材上刷了一层又一层。木匠屏气凝神，面对一口棺材，他们的心情也是沉重的。在木匠眼里，棺材也是生命的一部分，尽管，它更是死亡的象征。外公曾说过，制棺材的人，其实是在替阴间的人造房子，造宫殿。那两个木匠大概是理解外公的，他们是同路人。木匠尽量将外公的棺材刷出光洁度来，把木头间的小缝隙用油漆填满，把不平整的地方刮平整。这除了木匠间的相互敬重，更是木匠对自己手艺和理想的捍卫。一口棺材除材质好，漆也要上好。如此，才能使之在漫长的黑暗中经受地气的腐蚀，防止虫蚁的破坏。一口棺材，所装的不止是一个人的肉体，还有除肉体以外的其他东西，阴间的世界也是完整的。

两个木匠上完漆，站在棺材旁抽烟，蓝色的烟圈花朵般飘散，他们对自己的劳动表示满意。大舅拿出钱来塞在木匠手里，木匠点点头，收拾起地上还带着温度的工具要走。木匠转身的那刻，瘫在椅子上的外公突然清醒了。他摇摇头，目光追随着木匠走远的背影，嘴动了动，发出呜呜之声。听不清外公想说什么，像是喘息，又像是表达谢意。木匠走后，外公长久凝视着那口为他准备的黑亮亮的棺材，眼眶盛满泪水。

二舅望着外公脸上的神色说：怕是回光返照。

亲人们都来了，风一样从四面八方奔回，聚集在外公的院子里。死亡的力量是巨大的，唯有它才能将散落各地的人召回出生地。平时，他们都太忙了，要糊口，要养家，如果不是遇到自己生命的源头断流，他们的脚，恐怕是难得再踏上故乡的土地的。

　　这是一场关于死亡的聚会。二姑、四姑、五姑一见外公，就号啕痛哭。二姑一边哭，一边数落：爸，你的命啷个这么苦哟，一辈子没享过啥子清福……五姑流着泪，手上剥着香蕉：爸，这是你最爱吃的香蕉，你想吃的时候，没人给你买，现在我买了，你又不能吃了……哭得最凶的是四姑，她蹲在地上，将脸贴在外公僵硬的腿上，泣不成声，嘴里只知道不停地喊：爸，爸呀……悲伤河水般流淌。母亲立在一旁，看到姐妹们悲痛的模样，忍不住也跟着落泪。我和虫虫被姑姑们的哭声吓着了，躲在棺材背后，像两个木偶。

　　大舅气冲冲地从屋里出来，吼道：人还没死，就哭成这样了，像啥子话！大舅一吼，姑姑们像一群聒噪的麻雀，突然噤声。院子安静下来，天色忽然转阴，风把核桃树的叶子吹得飘零，时空如此虚幻。外公安静地瘫在椅子上，眼睛盯着油漆未干的棺材，脸上露出少有的慈祥和宁静。姑姑们刚才说的话，外公肯定是听到的，只是他不再开口。缄默是具有穿透力的，那是另一种深刻的语言。

　　姑姑们围守在外公身边，像落地的果子重新回到枝头。只可惜，那曾经孕育她们的树干，早已干了水分，正在枯朽。

　　天擦黑时，四姑说：咱去瞧瞧爸自己选的那块地吧。四姑说的那块地，就在后山的松坡嘴上。每年暑假，只要我到外公家，就会和虫虫到松坡嘴来玩。松坡嘴方圆一里地内种植的全是松树，一到夏天，密密的松针形成一排翠绿的伞盖，把强烈的紫外线挡在外面，松林里清凉异常。我和虫虫在里面捉迷藏，捡松子吃。玩累了，就躺在林中睡上一觉。哪怕我们身上经常被蚊子、蚂蚁咬出小红疙瘩，也丝毫不减对松坡嘴的热爱。有时，外公挖土挖累了，也会钻进松林里来，掏出烟袋抽上一锅。外公一边抽烟，一边望着挺拔的松树说：真是块风水宝地，要是人死了，能埋在这里，那才叫"万古长青"呢。虫虫从地上爬起来，撅着小屁股说：公，那你赶快死吧，你死了，我们就把你抬来埋在这里。外公顺手给虫虫屁股上一烟锅，骂道：小东西，狗嘴里吐不出象牙来。虫虫嘿嘿笑着，老鼠一样逃跑了。

早在十天前，大舅和二舅就找人为外公打好了阴井。阴井左边是一块麦田，麦子刚刚发芽，绿油油的。阴井右边是一块草坪，上面耸立着两颗松树。外公是最喜欢树的。大舅说，这块地向山很好，天汽清朗的时候，可以看见对面的茶山，像一把太师椅。好几个阴阳先生都说这地方不错，专发后人。不管是死者的儿子或女儿，都会家业兴旺的。

五姑说：这些松树长得真是茂盛，我们小的时候，经常到松坡嘴来玩。几十年过去，我们都是当妈的人了，它们还是这么青葱，好像是活在时间之外一样。二姑叹叹气：人要是活得过一棵树就好了。大家忽然又想起外公来，姑姑们都沉默着，气氛显得有些伤感。暮霭笼罩着松坡嘴，阴森森的。

舅舅、姑姑们心里都明白，外公将自己最后的归宿选在松坡嘴，除了喜欢那些松树外，还有另一个心思——离外婆近一点。外婆的坟地就在松坡嘴的垭口上，那儿风大，外公将自己的坟地选在垭口上边，是想为外婆挡挡风。他们活着时在一起，死后也应该在一起的。

夜色黑油漆般泼下来，整个村庄都像上了层漆，死气沉沉。一只十五瓦的灯泡挂在屋梁上，它所发散出的微弱光线，使屋里的一切都像处于古老的时光中。外公的椅子靠墙放着，他的脸，一半对着灯光，一半隐在黑暗中。他的精神状态跟下午比起来，更加虚脱，眼睛半闭半睁，脸像一张被岁月抽干水分的叶子——那是一张经过苦难的脸。外公的内心一定是痛苦的，只是他不表露出来，不愿意把心里的隐秘拿给死神窥破。人活到最后，总是该为自己留点什么的，尽管，留下的那点东西需要以生命来做最终的赌注。

姑姑们坐在灯光的阴影里，开始回忆往事。她们谈到外公年轻时候的事。二姑说：爸年轻时，也是个犟脾气。他当生产队队长那会儿，张福广的儿子想去当兵，体检合格了，需要爸在政审书上盖个章。可爸说那孩子有偷盗行为，经常在村子里干偷鸡摸狗的事，愣是不给人家盖。张福广递烟给他，不接，送鸡蛋、腊肉给他，不收。结果半年不到，张福广就当了队长，爸下课了。张福广记了他一辈子仇，后来二哥上学差学费，需要张福广盖章贷款，人家又以其人之道还治其人之身。父亲不但不生气，你猜他怎么说：张福广这人做事要不得，早晚会倒霉的。

五姑笑了笑说：那一年，爸去交公粮，吃了早饭就去，打着光脚板，担挑谷子走十几里路，累得上气不接下气。到了粮站，过称的人一称，谷子还差两斤。爸说，我在家装足分量的，哪个会差？过称的人说，公家称还有假！爸摸摸头，转身走了。他饿着肚皮回到家，二话不说，饭也不吃，拿个麻布口袋，装两升谷子提起就走。当爸再次走到粮站时，收粮的人已经下班。爸硬是跑到过称的那人家里，把人拉出来让其过称，说是要把上午差的两斤谷子补上。过秤的人说，不用称了，把麻袋里的谷子倒出便是。爸说，那不行，我这麻袋里有两升谷子，肯定有多，你得把剩的还我。那人过完称，看着爸一晃一晃走远，朝地上啐口痰，骂一句：死老头。几天后，爸才听人说，他那天上午所交的公粮不是差两斤，而是多两斤。

　　……

　　姑姑们的回忆是一条丝线，串联起外公的一生。不晓得外公听了姑姑们的讲述，能否在心中重新对自己的人生进行打量和确认，是否会勾起他对往昔生活中那些温暖抑或伤感的记忆进行梳理，他对这个生活过的世界是否留恋。

　　也许是寂寞过于漫长，也许是回忆已经失去意义。姑姑们早已从她们的讲述中退出来，围坐在圆桌边，搓起了麻将。她们必须要借助娱乐来冲淡对死亡的恐惧。面对死亡来临，亲情也显得那样脆弱，不堪一击。

　　我和虫虫，两个毛屁孩，连死亡的旁观者都算不上。我们早已在姑姑们的麻将声中，沉沉睡去。

　　大概到了后半夜，我和虫虫被姑姑们慌乱的脚步声吵醒。我听见二姑喘着粗气说：快点，打盆水来净身，换寿衣。身体冷僵了，就穿不上了。四姑和五姑边帮忙，边呜呜地哭。二舅慌里慌张在屋中跑来跑去，六神无主。大舅在纸筐里东翻翻，西找找，颤抖着嗓音说：火炮搁在哪里，拿出去点起。寒气从窗户钻进来，在屋中转几个圈，又从房顶上的瓦缝里钻出去了。

　　虫虫把头缩进被窝，用他那小脚丫子碰碰我的屁股说：哥，肯定是我公死了。听说人死了会变成鬼，你怕不怕鬼。我才不怕呢，老师说，这个世界上是没有鬼的。说完，我的身子像被冷水冰了一下，迅速缩进被窝。虫虫和我像两只兔子，躲在被窝里，紧紧抱成团，把被子捂得严严实实。母亲一把将被子掀开，吓得我和虫虫一阵颤抖。母亲流着泪说：还不快起来，看看你外公最后的样子。我和虫虫穿衣下床，手拉手瑟缩着站在外公面前。

这是我第一次看到外公赤裸的身子，他的肋骨一根根凸起，皮肤又黄又干，周身像是包了一层火纸。由于长期不进食，他的胸腹下凹，像路面上一个被太阳蒸干水汽的土坑。二姑和大舅在为外公擦洗身子，暗黄的灯光照在他身上，像打了层蜡。外公身体的温度逐渐冷却，原本就无法动弹的两条腿，像两截木棒，硬硬地横在那里。大舅费了好大的劲，才将他的双腿分开，用毛巾揩去他下身的污垢。外公的阴茎萎缩，像一条生病的虫子，躲在黢黑的毛丛中，看上去十分丑陋。不知道大舅在看到孕育自己生命的那条来路时，会作何感想。外公的形象带给他的是一种难言的忧郁，还是一种隐痛的悸动。

姑姑们将净身后穿上寿衣的外公，平放在门板上。六件寿衣玉米壳一样层层将他裹住，好似一个扎紧的粽子。外公的儿女太多了，他必须要将儿女们最后的孝心，穿在身上带走才放心，对儿女们也才公平。尽管这份公平里隐藏着太多的沉重。

地灯点起来了，灯心草尖上跳动的火苗一闪一闪，映照着外公安静的睡眠。香也点燃了，青烟在外公脚边袅绕。烛也点亮了，暖红的火光在为外公引路。

舅舅和姑姑们跪在外公脚前，哭着朝地上放着的铁锅里烧纸，一边烧一边说：爸，一路走好，走好，爸……纸钱在铁锅里忽地亮一下，就化成了黑黑的灰烬。我和虫虫跪在姑姑们身后，不停地作揖。我俩没有像姑姑和舅舅们那样，对外公的死感到悲伤。我们把这种祭祀仪式当成了一种游戏。虫虫说：他们烧这么多纸钱，我公领得到吗？我说：即使领到了，外公舍得用吗？

当虫虫和我的膝盖都跪痛的时候，我们听见笼子里的公鸡"喔喔"地打起鸣来。每天黎明，公鸡都会报晓，公鸡一叫，天就要亮了。

外公到底没有挨到天明。

灵堂在早晨才搭起来，整个村庄都被外公的死激活了。吊唁的人来了，帮忙的人来了。小孩子是牵着大人的衣襟来的，老年人是拄着拐杖来的，他们都来参加外公的葬礼。大舅、二舅又是跪迎又是递烟，招呼乡邻入座。他们尽量使外公的丧葬搞得热闹一点，隆重一点。大舅说：咱爸苦了一辈子，拉扯我们几兄妹成人，不容易。现在爸走了，说啥，也得让他走得风光一些。二舅赶出圈里的两头猪，宰了。宴席一定要办得丰盛，不然，人家会笑话我的两个舅舅无甚能力，死人不要脸面，可活着的人还要。坐在院子里的人，有的打牌，有的嗑瓜子，外公的死成了一个乡村的节日。

但这所有的一切，外公都看不到了，也与他无关了。他平静地躺在窄窄的门板上，任时间水一样从他安详的脸上滑过。

锣鼓响起来，道士先生身穿道袍，在为外公做法事超度亡魂。伴随道士先生的诵经声，我似乎看见外公的身影从虚幻中清晰地浮现出来。他叼着个大烟袋，坐在松坡嘴的松林里，给我和虫虫讲他年轻时候的事。我突然感到空虚和哀伤，眼泪像两条虫子，在我脸上爬动。那一刻，我才真正意识到——外公不在了。从今往后，他将归于永久的黑暗，而只能活在我的记忆中了。

那天，我一个人悄悄跑到松坡嘴的松林中躲起来，任泪水哗哗往下流。

远远地，听着道士先生吹出的浑厚、低沉的海螺声，我看见外公的灵魂，变成一朵云，飘散了，从一个世界融入另一个世界。

对一个女人的记忆和想象

一

最先被记忆激活的，是一所老房子。

老房子的椽梁、墙壁上，挂满蜘蛛网。一道经岁月淘洗过的门槛，像垂暮者嘴里的牙床，只剩下牙齿脱落后坚硬的牙印子。阳光从瓦缝间漏下来，照在屋内飞舞的灰尘上，像照着一段发霉的往事。小时候，我常趴在那道门槛上，眼睛眯成一条细线，从门板上的一个破洞里往里瞅。衣袖在上面蹭来蹭去，像两块抹布。时间在我每天的磨蹭间溜掉了，我看见很多被时间遮蔽或埋葬的事物。

我每次趴在门槛上，内心都充满恐惧。这种恐惧，来源于我的一次次偷窥和观察，来源于我探测到的一个女人的忧伤和绝望。

那个女人，与我的血脉息息相关——我喊她小姑。

小姑每天都被关在屋子里，像一只被监禁的羔羊。她的房门上上了锁，锁是我爷爷上的。那把锁除了爷爷，没人能打开，它只有一把钥匙，一直挂在爷爷的腰间。爷爷对我说：你好好守住门口，别让你小姑逃出来。不然，我打断她的腿。

屋子里光线幽暗，一张木床依墙而放，床上乱糟糟的，没有一点活气。偶尔，会有几只老鼠，在床上跑来跑去，疯打，嬉戏。床的正面，搁着一张桌子，岁月的磨砺，使它色泽陈旧，其中一条桌腿，已经朽断，只能斜撑于地面。桌上放着的两个碗，装着剩饭。苍蝇在碗边飞来飞去，嗡嗡乱叫。

饭，是小姑剩下的。

每天早上，爷爷都会盛一碗饭，一碗菜，放在小姑房间的桌子上。小姑饿了，就用手抓。每次吃饭，都颇费周折。她的两只手，抽筋得厉害，饭被她的手抓起，又滑落。好不容易送到嘴边，却糊得满鼻孔、满脸都是饭粒。白生生一碗饭，真正被小姑吃下肚的，只是少量，更多的饭粒，被她撒落在桌子或地上。没有人过问小姑吃没吃饱，她自己也对饥饿缺乏敏感。端饭给她，就吃。不端给她，肚子饿了，也不吼叫。只静静地坐在床沿，怀里抱个枕头，轻轻地拍打，亲吻。

小姑只要发现我在偷窥她，就会抬起头，露出被长发遮住的脸，目光直愣愣地刺向我，盯得我脊背发麻。她的脸，如一张被太阳晒焉的菜叶子，神情僵硬而凝重，仿佛对任何人都充满敌意。

我不敢与小姑的目光对视，每次都是在我们的目光触碰的刹那，我便迅速缩回头，偎在墙角，躲起来。我担心惹怒小姑，会招来她的打骂。爷爷就是怕小姑乱打人，才将她锁起来的。

母亲是不允许我靠近小姑的房间的。她说："别听你爷爷的话，离那疯女人远点，打人不说，晦气。"

我没有听从母亲的嘱咐。

我对小姑充满好奇，就像我对她住的那间屋子充满好奇一样。我总觉得，这个与我的血脉有着关联的女人，是我们家族史上的一个秘密。我幻想通过自己的成长经验来接近它，认识它，解读它。否则，这个秘密，将会成为一种伤，一种痛，永远刻在我们的族谱上，刻在后辈人的心上。

二

时间退回到那年夏天。

明亮的阳光，照着大地。蝉蛰伏在树枝上，高一声浅一声地聒噪。金黄的向日葵，在田里闪烁着光芒。十七岁的小姑，穿件青花布衬衫，手持竹耙，在晒坝上晒麦子。汗珠在她额头上滚动，像她徘徊的心，充满焦躁。

小姑沉默得太久了，隐忍得太久了。沉重的生活，使她年轻的生命变得暗淡。

天气好的时候，她会一个人，偷偷地爬上后山，仰望天空。看漂移的云朵，做飘逸的梦。日落黄昏，她喜欢站在后山的垭口上，眺望从村子通向远方的那条山路。那条路，小姑也不知道通向哪里。长这么大，她从来没有出过山。山脚下的村子，是她成长的唯一"摇篮"。小姑站在垭口上，山风穿过她的黑发，也穿过她脸上的忧伤。幻想，似一个逐渐胀大的彩球，充塞了她的大脑。夕辉下，小姑正跋涉在那条通往外界的山路上，一次次逃离，一次次返回。一次次返回，一次次离开。仿佛那条路是她走出来的，整条路上都刻满她的脚印。直至夜幕笼罩后山，小姑才从垭口上转身，摸黑下坡。

晚上，小姑躺在床上，却仍在梦里，继续逃离——朝着山外的世界。

看得出来，小姑那天是在等人。

晒麦子时，她老是心不在焉，神色慌张。歇气的时候，她坐在黄桷树下，东瞅西望，左顾右盼。黄桷树的背面，藏着一个大布包。包里藏着小姑穿的衣裤，和一枚漂亮的发卡。那枚发卡，是村子里一个小伙子送给她的。小姑非常珍视那枚发卡，它让她获得了苦难中令人眩晕的幸福感。那枚发卡，见证了她的一段青春往事，一次浪漫爱情的体验。

太阳在云层里，时隐时现。寂静中，能听见小姑心跳的声音。她等待这一天，已经太久了。那是一场漫长的预谋的煎熬。她必须要从自己苦闷的青春时光中逃出去，才能获得自由生存的权利。

小姑那天等的人，即是那个送她发卡的小伙子。

太阳逐渐偏西。时间早已过了他们约定的时间。小姑却迟迟不见小伙子到来，这使她忐忑不安。小姑怕人发现她的秘密，故意在树底下坐一会儿，又起身翻晒一会儿麦粒。那时，我的爷爷奶奶，正在田里收割麦子。他们想，等这些麦子晒干入仓，就挑一半去卖，将卖麦子得来的钱，为小姑置办几套像样的嫁妆。

天忽然阴了，像要下雨。小姑抬头望天，天空中的云朵，瓦蓝瓦蓝的，像一团团散不开的愁绪。她失望地从树下站起身，挎上那个大布包，匆匆朝山路走去。刚走几步，她又踅转身，将布包里那枚发卡取出来，放在黄桷树下，含泪而别。

当爷爷奶奶赶到晒坝时，看到的，只有一晒坝被雨水泡胀的麦粒。一颗颗受孕似的，腹大如豆。爷爷立在晒坝上，仰天狂喊，老泪纵横。奶奶当即倒在雨水里，晕了过去。

三

小姑的失踪，引起村里人一片哗然。各种猜忌声，指责声，恶骂声，雨点般砸向我们家，砸向被悲伤笼罩的爷爷，让我们全家人都抬不起头。以至于，我每天上学放学，都不敢昂首挺胸走路，怕被人指桑骂槐，甚至怕被人拖到某片玉米林或青杠林里，暴打一顿。

小姑的出逃，成了我们共同的羞辱。

爷爷每天都承受着精神上的重压和折磨，整天沉默寡语，蹲在院墙下晒太阳，或者坐在屋檐下抽旱烟。伤痛宛如一座冰山，耸起在爷爷的心田。时光漫漶，给寂静的乡村生活笼罩上一层惆怅的色调。爷爷在这种色调的包裹中，一天天走向衰老。有一次，我放学回家，看到爷爷蹲在院坝里，愁眉苦脸，内心的孤独和长期的沉默，使他看上去就像一架老旧的水车。风已不能再使他转动，他的生命只剩下被岁月消耗过后的伤孔。爷爷看见我，突然立起身，将我拉到一边，悄悄地问："你说你小姑，她会回来吗？"爷爷的问话，使我感到突兀。我摇摇头，转身进了屋。

小姑是爷爷后半生的一个精神支撑。

命运最终给了爷爷补偿遗憾的机会——我的小姑，在失踪三年之后回村了。小姑回村时，也是在夏天。山坡上的野草，已长得十分茂盛了。小姑是被一个孩子发现的，当时，那个孩子正在离一个坟堆不远的地方割草，突然听见坟堆后面有人在呜呜哭泣。哭声喑哑，阴惨惨的。孩子扔下背篓，撒腿欲跑。这时，他看见坟堆上的巴茅草，剧烈地晃了晃，探出一个女人的头颅，夕阳下，泛着灰色的光影。孩子双眼一黑，吓晕过去。

当那个孩子醒来后，天早就黑了。孩子的父母，正趁着月色，在野地里，东一声西一声地替他喊魂。而那个女人，则被我的爷爷和父亲抬回了家。被一同抬回家的，还有女人肚子里即将临盆的小生命。

　　小姑的回家，成了村里的一个事件，就像她当初的失踪一样。倒是爷爷显得十分平静，每天亲自到灶房烧水，替小姑洗脸、洗手。还吩咐母亲，天天煮一个鸡蛋，为小姑补身子。阳光好的时候，爷爷就搬两张凳子，和小姑坐在院坝里晒太阳。小姑总是低着头，一会儿拈自己的裤子，一会儿解自己的纽扣。爷爷嘴上叼着旱烟，目光直愣愣盯着小姑看，看着看着，两条莹亮的虫子，便从他深陷的眼眶中爬了出来。蓝色的烟雾，似一团哀愁，在空气中漂浮。

　　小姑扰乱了我们原本正常的生活秩序。她常在夜半放声大哭，哭声能掀下房顶上的瓦。我经常被小姑的哭声惊醒，躲在被窝里，用被子死死裹紧自己，全身冷汗直冒。母亲受不了小姑的惊扰，在隔壁大声骂：哭死啊，还要不要人睡。父亲则轻声劝慰母亲：睡吧，克服一下，别跟一个病人较真儿。这时，爷爷准会披衣而起，来到小姑身旁，一边抚摸她的头，一边絮叨：闺女，这是命啊，是命！爷爷一坐，就是一个晚上。等到天亮时，才发现他和小姑头枕着头，靠在床架上睡着了。

　　爷爷几乎将全部的精力和心思，用在了小姑身上。小姑时常将屎尿拉在裤子里，由于父母都要上坡干活，爷爷就承担了清洗小姑脏裤子的任务。村前的池塘边，总能看家爷爷伛偻着背，提着桶盆搓洗衣裤的身影。若此刻恰巧有人从池塘边经过，准会望着爷爷的背影，轻蔑地说：大爷，不在家享清福，来受这罪呀？爷爷对嘲讽他的人，只是笑笑，不作答。泼辣一些的妇道人家，故意提高嗓门说：一个疯婆子，还稀罕个啥，肯定是在外面不学好，男人睡多了，把脑子操坏了……说完，嘻嘻哈哈地转身走掉。

　　爷爷曾想方设法治好小姑的病。凡逢场赶集，他都要去镇上四处打听偏方。只要听说有什么药，对小姑的病有帮助，他都愿意找来试。那段时间，我们家里堆满了各种各样的草药。远远地，就能嗅到从我们家飘散出的水药味道。

　　尽管如此，爷爷丝毫没能让小姑的病情有所减轻，反而让死神乘虚而入，与小姑擦肩而过。

　　谁也没有料到，小姑会难产。早在这之前，母亲就提出带小姑去医院做流产手术。母亲说，要是把孩子生下来，连父亲都不知道是谁。况且，小姑又是个疯子，岂不是作孽。可爷爷思考再三后，坚持要让小姑把孩子生下来。父亲也同意爷爷的想法。爷爷说，只要他活着一天，就不会让这孩子受一天罪。如果哪天他不在人世了，孩子就转交给我大姑领养。他已经和大姑商量过，大姑也同意领养这个孩子。

可当医生最后征求爷爷意见，保大人还是孩子时，爷爷毫不犹豫地说：保大人。那个夜晚，在镇医院冷清的走廊里，爷爷，父亲，母亲和我，静静地从窗外望着躺在产床上的小姑，像守候着一个刚从冰雪中走回家的人。灯光煞白，整个世界都在疼痛。

四

白花花的阳光，照在爬满院墙的丝瓜藤蔓上，鹅黄的花朵柔软地开放着，几只蜜蜂，绕着花蕊，飞舞或滑翔。庭院如此寂静，时间宛如乡村午后的炊烟，在屋舍瓦楞的上空流动。自从医院回来以后，小姑就成天坐在屋子里，表情木讷，不愿见人，食欲下降。爷爷怕小姑精神过度抑郁，性命不保，每天都扶她到院子里散心。可只要爷爷将她牵出门槛，她又转身回屋去了。有时，爷爷将她惹恼怒了，她就又吼又跳，露出一副狰狞的面容，令人汗毛倒竖，胆战心惊。

小姑的反常，使我们全家人束手无策。她的脾气，越来越暴躁。有一次，父亲去给她喂饭，她顺手将碗砸在地上，摔成碎片。瓷片还划破了父亲的额头。小姑对爷爷，也不再像以前那样愿意亲近，而处处表现出抵抗情绪。爷爷给她梳头，她就用脚踢，给她洗脸，她就用手抓。爷爷的手背上，爬满了鲜红的血印子。渐渐的，我们也不再那样关心小姑，任其在屋子里呆着，像一只孤独的虫子，蜷缩在冰冷的洞里。

冬天，寒风刺骨。母亲担心冻着小姑，就给她睡的床，铺上厚厚的稻草，垫上厚厚的棉被。甚至，用两个装过白酒的高温瓶子倒上开水，放进小姑的被窝里，为她驱寒。谁知第二天早晨起来，却发现小姑将棉被铺在墙角，坐在上面，双腿抱膝，周身冻得乌紫。她还时常在深夜跑出去，害得我们冒着严寒，打着火把，满村子找寻。任凭我们喊破了嗓子，她也不吱声。直到天亮后，才在自家的牛圈或猪圈里找到她。记得有一天晚上，她掉进了村前的池塘里，幸亏池塘里水不深，且发现及时，她才躲过一劫。

小姑也有开心的时候。

一次，几个胆大的伙伴来我家玩。我们在院子里玩老鹰捉小鸡的游戏。那天下午，我们家充满了欢乐的笑声。自从小姑回来后，我们家一直被阴云笼罩。村子里的人家，都不与我们家来往，说我们家阴气重，谁沾上，谁倒霉。各家的大人们，对自己的孩子，都是千叮咛万嘱咐，不准在我们家留下一个脚印。那天来我家玩耍的几个孩子，都是趁大人去村头为一户娶亲的人家帮忙去了，才偷着来找我玩的。他们是我平时在学校耍得最好的伙伴。其实，在我们家，不止是小姑，每一个人都是孤独的。爷爷是孤独的，父亲是孤独的，母亲是孤独的，我也是孤独的。

我们太渴望有一道强光，来驱散堆积在心中的阴霾了。

我和几个伙伴，手拉手，围成一个圈。钻进钻出，你追我赶。时间在我们的笑声中流逝，我们彼此都陶醉在游戏所营造出的氛围中，而忘记了身边的一切。当然，也忽略了我的小姑，正站在屋里的窗子旁，望着我们欢快的身影，傻傻地笑。当我们最终看到小姑的笑容时，我们的身体突然僵硬了，惊恐水一样将我们覆盖。那几个孩子，迅速从我家消失，仿佛一股旋风，瞬间无痕。

我一个人站在院子中间，望着小姑，像望着一个陌生人。我从来没看见小姑笑过，小姑笑的时候，比不笑时，更让人惧怕。

事情发生在那天早晨。

一个上学的孩子，从我家门前路过时，被小姑扑倒在地，孩子因受惊吓，奋力挣扎时，折了腿。此事在村里掀起一场轩然大波。我们家因此遭受了一场大的灾难，也彻底被村庄孤立了。小姑也自此失去了自由，她再一次成为这个村子的敌人，成为自己的敌人。

五

我们家老屋侧面，有一片青杠林，大雨过后，地面长满野菌子。那些菌子，有的暗红，有的淡黄，更多的是白色的牛肝菌。放学后，我常去那片林子割草。青杠树浓密的叶子，形成一道天然的屏障。我把那道屏障当做躲藏自己的迷宫。我只要一走进那片林子，就不想出来。我怕过早回到家里，听到父母激烈的争吵，见到小姑失态的举动，望着爷爷沮丧的表情。家在我们心里，已不再具有归宿感，它变成了一个人人厌弃的场所。

我躲在树林里的时候，总会想到小姑。觉得她像极了那些野菌子，独自生长，独自寂灭。我曾在一本书上看到，有些菌类，是带毒的。我想，小姑就是一朵带毒的菌子，没有人碰她，理睬她。她身上所散发出来的气体，使整个村庄都中了毒。

爷爷曾对小姑变疯的原因，做过各种各样的猜测。他说，小姑一定是在外面求生时，被人骗了，受不了刺激，才疯掉的。外面的世界多大，多复杂，人心隔肚皮，谁能一眼将人看穿。城市里的人，不比咱们乡下人，坏透了，满肚皮花花肠子。他们看到一个淳朴的乡下妹子，能不起打猫儿心肠？爷爷只要谈起小姑，泪水便在眼眶中打转。后来，他将所有的怨恨，都转移到那个送小姑发卡的小伙子身上。爷爷说，要不是那个家伙背信弃义，不守承诺，或者劝说小姑留在村里，结婚生子，过平静的生活，她也不至于落到如此下场。我就是到了阴曹地府，也不会放过那个挨千刀的。

人呵，真是不堪折磨。自从小姑被爷爷锁进屋子后，精神状态一天不如一天，头上的白发多了，脸上的皱纹深了。她心中囤积的阴郁，沉重得足以将其压垮。爷爷也在操心小姑的过程中，步入残烛之年。就是在院子里散步，他也要拄根拐杖。一种深深的痛苦，在吞噬小姑灵魂的同时，也在吞噬爷爷的灵魂。爷爷和小姑，一对命运多舛的父女，在受难中共同承担死亡。

那是一个黄昏，小姑突然从家里失踪了。

当父母从镇上为爷爷置办完香蜡纸烛，老衣寿鞋回来后，发现关小姑的门是开着的。门上的锁，锁得结结实实。门是被砸开的，门板上还留有血迹。

父母慌了神，转身朝村中跑去。那些天，爷爷正躺在医院里，由大姑守着输液。他已经生命垂危，医生早已下了病危通知书。

　　暮色聚拢，晚风摇曳。父母焦急地在山冈上一边找，一边喊小姑的名字。直到天快黑尽时，才在晒谷场旁边找到小姑。她躲在那棵黄桷树背后，哭得很伤心。仿佛她这一生所遭受的委屈，全化着泪水，在那一刻，奔涌而出。

　　那天过后，小姑再一次被锁进了屋子。小姑是个疯女人，只有将其锁起来才安全。对村子才安全，对她自己才安全。

　　小姑到底是怎么疯的，没有人知道，这永远是个秘密。但爷爷临终前说，幸亏小姑疯了，要不然，她根本活不到现在。

　　爷爷的话是一句谶语，藏着更大的秘密。

父亲的疼痛与乡愁

一天下午，母亲突然出现在我教书的学校。

天空飘着丝雨。母亲没打伞，细雨濡湿了她的外套和白发，她的脸色苍白，神色慌张。自从我来到这所学校，母亲还从未来过。因此，她的出现使我紧张，手足无措，而且，我从她的表情里隐约觉察出一种不祥的预感。我颤抖着嗓音说："妈，你来了。"母亲沉默着，我用干毛巾替她擦着头发和外套上的雨水。母亲刚想说话，低头一阵呕吐，晕车还在折磨着她的肠胃。平常，母亲是不外出的，怕坐车。用她的话说：晕车比生病更恼人。每逢家里割肉打酒，买肥卖羊，都是父亲操办。母亲这一生最熟悉的便是乡下那几块菜园子，她把自己的人生光景全留在了田间地头。

我将母亲扶坐床上，让她躺一躺。母亲摇摇头，掏出手绢擦嘴唇和泪痕。她突然立起身，拉着我的手说："快跟我回去，你爸腿摔断了。"急切之下，未及多问，我便请了假，陪同母亲匆忙返家。我和母亲离开学校那刻，雨越下越大，天色暗下来，附近砖厂里的制砖机断断续续轰鸣着，像一个被寒冬冻伤的人在咳嗽。

为防止母亲晕车，我让她将头靠在我肩上睡一觉。母亲听话地将头靠在我肩上，但没有睡。一路上，她都在给我讲父亲的事。连日绵雨，我家房屋年久失修，雨水从瓦缝间漏下，屋内棉被、衣柜等物什全被淋湿，墙壁霉斑漫漶，地上被雨水发酵成了泥饼。父亲着急，冒雨搭梯上房检瓦。刚一上房，生虫腐朽的橡木瞬间坍塌，父亲当即从房顶坠落在地，不省人事。好半天才苏醒过来，满脸血迹，苏醒过来的父亲没能从地上站起来，他的左腿严重受伤。锐痛使他再一次晕厥过去。母亲说着说着，眼泪流了出来。我的手冰凉，心里估摸着父亲的伤势，我仿佛听见父亲疼痛的呻吟在撕扯着我的皮肉。想着想着，眼泪豆粒般从我脸上滚落下来，我与母亲紧紧相拥，雨水密实地朝车窗玻璃上砸。

我和母亲回到家，天已黑尽。这次，母亲没有晕车。

父亲躺在床上，头歪向一侧，不说话也不动弹，焦皱的眉头无法掩盖他对疼痛的抵抗，汗珠大颗大颗往下滴。我喊了声：爸。他转过头看见我，眼圈红了，眼眶盛满浑浊的液体，而我，早已泪如雨下。我撩开棉被，看见他左腿踝关节肿得像馒头，青紫的皮下组织积满淤血。我想立刻送父亲去医院，可天黑，雨大，山路陡险，况且已无车辆。我只好烧了点热水，替父亲做热敷，以缓解他的疼痛。我的热毛巾刚一搭上他的脚踝，父亲就痛得哎哟哎哟地叫，尽管我下手是那样轻。父亲的腿在颤抖，我的手也在颤抖。那刻，我感到父亲的心和我的心是一对同病相怜的兄弟，在疼痛中彼此取暖，获得力量和慰藉。父亲越来越瘦了，虚弱得像是一根快燃尽的蜡烛。猛然间，我想起父亲以前的样子，大冬天还只穿一条单裤，脚上趿双草鞋，挑粪翻土，砍柴挖渠，不喊冷不喊饿。刚立春，大地还未解冻，他就高绾裤管，下水耕田。累了，坐在田埂上，抽根烟。渴了，捧着田里冷水就喝。偶尔伤风感冒，不吃药，不打针，熬碗辣子汤或姜烫，咕咚灌下肚，躲进被窝，睡一觉，虚汗一出，也就无事。可哪晓得，正是父亲这种硬汉性格，招来了多种疾病对他的报复，先是风湿病蛇一样钻进他的膝关节，继而胆结石搞地下革命一样潜伏进他的身体，然后哮喘病锯齿一样开始切割他的呼吸道。招致病痛四面埋伏夹攻的父亲一天比一天羸弱，腿现浮肿，背驼如弓，切除胆结石后的伤口时常发炎。母亲为父亲哭瞎了眼睛，白内障使她的视线模糊几年了。母亲稍有闲暇，就上坡割金银花藤、挖麦门冬为父亲熬水喝，清热消炎。我曾暗自发誓，等我参加工作，有了钱，就带父亲去大医院治病，把母亲的白内障也割了。如今，我工作已快两年，别说兑现我孝道的诺言，就连回去看他们一眼的时间都挤不出来。现在，母亲老了，父亲终于被命运击倒。而我却只有

飘逝的歌谣

两手空空地坐在他们身边，看病痛怎样一点一点吞噬他们的生命，我是多么的渺小和无力。

父亲揭下我热敷在他脚踝上的毛巾，怨愤地说："都怪你妈，叫她别去叫你，偏不听，不就是崴了脚吗，死不了人的，害得你工作不安心。"我没有作声。母亲没有听到父亲说的话，她在厨房忙着替父亲熬粥。

乡村的夜静得死沉。风从土墙的窗户上钻进来，屋子里弥漫透骨的凉。我蜷缩在被窝里，把身子裹紧，雨珠从屋檐上滴下，声音脆响。院坝栅栏边睡觉的狗冷得呜呜叫，整个村庄像是一个瘫痪的病人。父亲睡在我的隔壁，咳嗽和疼痛困扰着他的睡眠。父亲怕我听见他那撕心裂肺的干咳，把头藏在被窝里，尽量压低声响，但我仍然感觉得到他的嗓子在咳嗽中逐渐变得沙哑，像一个破损的旧喇叭。我不知道自己是怎么睡着的，父亲的呻吟潮水般将我淹没。

当我再次被父亲的咳嗽惊醒，已是夜半。我听见母亲摸索着起床在给父亲倒开水，一边倒一边说："忍忍吧，咬咬牙，等天明娃就带你去治病。"父亲喘息着说："治啥病，叫你别叫娃回家，你偏不听，我脚没事儿，死不了人。""没事儿，看看你的身子骨，只剩一张皮了。你就是心痛那几个钱，甘愿活受罪。"母亲说。父亲没有吱声，咳嗽越咳越猛。母亲还在继续唠叨："喝点水，早点休息吧。看来，我们都快走到头了。我不止一次看见牛头马面，手拿铁链，立在家门口，凶神恶煞地来催我上路……"

我平躺在床上，静静地听母亲在隔壁絮叨。母亲越说越来劲，说着说着竟哭了起来。父亲见母亲哭了，气咻咻地说："够了，睡吧，别让隔壁的娃听见！"。当母亲的抽泣声渐渐弱下去时，屋外的风更大了，房顶上不断有残瓦砸地。一只夜鸟，蹲在院门前的枯树枝上，叫个不停。

母亲天没亮就起床。给牛将草料拌上，把圈里的羊放到草坪去，背着背篓去田野割回猪草，切碎，煮熟。我起床时，母亲已煮好早饭，我匆匆吃完饭，就跑去左邻右舍找人帮忙抬父亲去医院。我在村里转了一圈，垂头丧气地回来了。全村十来户人家，青壮劳力都外出打工了，剩下的不是小孩，就是如我父母一样的老头老太。王叔和麻子爷主动提出帮我，被我婉言谢绝了，他俩都是六十岁以上的人的，雨天路滑，山道崎岖，要是他们有个闪失，我不知该怎么办。

我背起父亲准备走的时候，母亲去春婶家借了双雨靴给我送来，她说："穿上这个，防滑。"我穿上雨靴，母亲脚上也换成了胶鞋，她要和我一起去。我说："妈，你别去，我一个人能行，这路不好走，况且，你晕车。"母亲说："带上我这个老婆子，也有个帮手。"母亲最终还是被我劝住了，我背着父亲走的时候，母亲跟出来很长一段路，一边走一边抬头望天，天空还飘着雨丝，母亲的神情充满焦虑和等待，最后她说："快去快回，我在家等你们。"父亲伏在我背上，一动不动。

连日的雨水使村道一片泥泞，一脚踩下去，泥水溅得老高。我埋着头，脚趾死死抓住地面，两只手反扣着牢牢箍住父亲。有好几次，脚下打滑，我和父亲险些跌倒，吓得我直冒汗，父亲屏住气，双手抓紧我的两肩，由于他的脚使不上力，他尽量将身子朝上靠，把腹部卡在我的腰上，不让身体下坠。不一会，我反扣着的双手就酸了，我一直咬紧牙，强忍着，"放下歇一歇吧。"父亲说。我装着没听见，继续走路。后来，我的双手麻木了，变成一根僵死的绳子，将父亲捆绑在我的背上。

父亲想缓解我身上的压力和疲劳，睡在我背上讲我小时候的事。他说：那时，我也是这么背着你去上学，你将书包挂在我脖子上，一晃一晃的，一双嫩嘟嘟的小手扯得我胡子生疼。有时出地劳动，背上背着东西，我只好将你放在地上，让你自己走。你不依，又哭又闹，非要我背。我就逗你，我在前面走，让你在后面看我的脚印，倒也奇怪，你一跟着我的脚印走，竟不哭了。后来，你长大了，可以独自走着去闯世界了，我也背不动你了。现在，该轮到你背我了，你说，生命怎么是在循环着长呵！

听父亲一说，我的眼泪又来了，好在我低着头，脸上滚着雨珠，父亲看不见。父亲说："养儿防老，我今生怕是有福了。"说完，他双手用力紧抓一下我的肩，继而是长久的沉默，几颗水珠落进我的后脖颈，冰凉中有些温热，我不知道是雨水，还是父亲的泪滴。

医院里，穿着白衣的护士来回走动，走廊上弥散出浓浓的来苏水味。医生拿着 X 光片，对着灯光，仔细察看。我坐在病床边，紧抓着父亲的手，手心沁汗。疼痛使父亲的脸部肌肉发生间歇性抽搐，尽管医生已给他使用镇痛药。我默默地注视着医生的表情，像在等待一个漫长的判决。终于，医生抓起桌上的圆珠笔，在诊断书上快速写下几个潦草的字迹：粉碎性骨折。

按照医生要求，父亲需入院治疗一周，叫我先交押金 3000 元。我正准备去银行取钱，父亲却挣扎着从病床上坐起来要走，他说："3000 元，买我命啊！"无论我怎样劝说，父亲愣是不住院，并催促我立即送他回家，他说："就算我死，也要死在家里！"我看见父亲生气了，只好让医生给父亲骨折的腿上好夹板，开了几天的镇痛、消炎药后，立刻将父亲送回了家。

母亲看见我们回来了，激动得双手直捶自己的胸口，嘴里不停在说："回来就好，回来就好……"

我不能在家待得太久，学生还等着我回去给他们上课。我让母亲好好照顾父亲（尽管母亲也需要人照料，他们一生都在相依为命），过两天我再回来看他们。我返回县城时，母亲跟来送我。我知道她身体不好，叫她回去，母亲不听，坚持要送。我拗不过她，只顾沉默着低头走路，我不敢正视她的眼睛。在山路的一个拐弯处，她停住不走了，脸上挂着尴尬的笑："我不送了，回去安心工作，别牵挂家里。"说完，转身朝回走。那刻，我的心被母亲温和的话语击碎，泪流不止。

姐姐的地平线

　　姐姐不是我的亲姐姐，她是我母亲在一次赶集时，从一个厕所边捡回来的。

　　夏日的骄阳炙烤着大地，路两边的树叶被晒焉了，青烟直冒的石板上，随处可见被太阳蒸死的蚂蚱的尸体。赶集的人群已逐渐散去，母亲的左肩上挎着个塑料水瓶，右肩上挎着刚卖完鸡蛋的空竹篮朝家走，汗水泡白了她的皮肤。母亲撩起衣襟擦去额头上的汗珠，取下左肩上的塑料水瓶，拧开瓶帽，喝完了瓶中最后一口水，加快步子朝家的方向走去。

　　日头已经偏西，母亲的肚子饿得发慌。她没有吃午饭，为了省钱，她在早上去赶集时，就给自己装了满满一大瓶子水带上。她想，水既解渴，又充饥。这年头，能省就省吧。那天，母亲的肠胃里除了水，什么也没有。也许是水喝得太多的缘故，当她的肚子越饿越瘪时，她的小腹却越胀越疼。走着走着，母亲内急，突然想上厕所。

　　母亲一路小跑来到街道拐角处的一个简易公厕，焦心的尿急使她没来得及注意坐在厕所门口收费的那个老头，便一头扎了进去。这时，那个老头用手指敲着桌子高声吼道："嘿，嘿，这位妇女同志，你连男女厕所都分不清吗？"母亲听到老头的吼声，知道闯错了门，便立刻止住了脚步，羞红着脸转身向另一个门跨去。母亲刚跨进去一只脚，那个老头又用手指使劲敲着桌子吼道："嘿，嘿，哪个不懂规矩哟，先交费！"已被尿憋得脸发青的母亲咬着牙问："多少钱？""一毛。"老头说。母亲愣了一下，捧着小腹绕到厕所后面去了。母亲舍不得那一毛钱，她蹲在厕所背面一边扒下裤子小解，一边嘀咕："上茅厕也要钱，真是想钱想疯了！"

　　母亲从厕所背面出来时，听见那个婴儿的哭声的。哭声是从厕所的另一面传出来的。母亲问守厕所门的那个老头："你难道没有听见一个婴孩的哭声吗？"

　　老头瞥了母亲一眼，母亲刚才的举动还在激怒着他的愤怒。

　　"一个弃婴，有啥子稀罕的！"老头凶巴巴地说。

　　"你咋不去看看，大热天的。"

　　"天天都有人丢孩子，这厕所快成他妈的埋尸坑了，你说我能管得过来吗？"老头一边清点着手中的钱，一边回答。

　　母亲顺着哭声走过去，发现一个婴儿躺在厕所墙角。婴儿是个女婴，身体下面垫着一张破篾席。太阳将她的小脸蛋晒得像个熟透的番茄，嘴唇早已干起了泡。流出的尿液和汗水打湿了篾席下的地皮。那个女婴像是得了病，两只手瘦得跟鸡爪似的。头上生满了癞头疮，疮上已经流脓。苍蝇铁钉一样钉在疮疤上，几根白蛆拖着长尾巴，在疮疤周围蠕动。

　　母亲从衣兜里掏出手帕，颤抖着手为女婴揩去疮上的浓粪，跑去街对面的茶摊花一毛钱买了一碗凉白糖水，喂了那个哭叫着的女婴。

　　母亲已经忘记了饥饿，太阳的热量正在渐渐消退。母亲起身离开时，她仔细看了一眼那个被弃的孩子，红红的眼圈流出了泪来。母亲一走，那个女婴又"哇哇"大哭起来，哭声越来越弱，母亲已经走出很远了，可她仍听见那个婴孩的哭声，清晰地在耳朵边回响。每一声哭泣，都似一柄利箭，刺穿她的心。

　　当母亲再一次返回，来到那个女婴面前时，女婴的嗓门早已嘶哑得哭不出声了。母亲双手将女婴从墙角抱起，贴在自己的怀里。那个女婴突然睁大了眼睛，静静地盯着母亲，目光清澈，充满渴望，完全是女儿欣赏母亲的那种眼神。也就是从那一刻起，母亲作出了一个大胆的决定：把孩子抱回家，给自己当女儿。

　　那天，母亲汗流浃背地将那个弃婴用装过鸡蛋的竹篮子提回家时，天已黑尽。

　　我是在母亲捡回姐姐的第二年春天出世的。我的出生对于我们这个贫穷的家来说，是个灾难。母亲是这个灾难最直接的承担者。照常理，女人分娩后，要卧床静养四十天，才能下地参加劳动，俗称"坐月子"。可我母亲在生下我四天后，就开始下床劳动了，洗衣，做饭，喂猪，放羊……那时，父亲白天下地劳动，晚上就去给别人画像（父亲曾是个乡村画像师），挣些散碎小钱，帮补家用。

　　母亲每天既要照看我，又要照顾姐姐，劳累再加上营养不良，人老得很快，白发一根一根从她的头上长出来，一张脸苍白，毫无血色。母亲患有贫血病，有一次她上山砍柴，早上出去，直到傍晚才扛着柴回家。她习惯了不吃中午饭，早上吃的两碗清汤寡水的红苕稀饭，是支撑她一天体力的唯一能量。山道窄而陡，母亲忍着饥饿，肩上扛着刚从树上砍下的生柴，背弯得像把镰刀，汗水大滴大滴从她额头滚落。天色逐渐暗下来，走着走着，母亲感觉脚下有些飘，仿佛踩在棉花上，失去重心。她正想停下来歇一歇，忽然，两眼一黑，头一晕，连人带柴栽倒在路边的水田里，人事不省。幸亏那刻父亲给别人画完像回家，路过田边，发现母亲仰陷在田里，立刻扔掉肩上的画夹，慌忙将母亲拖上田坎，才使母亲幸免于难。母亲被父亲拖上田坎时，嘴、鼻孔、耳朵全部灌满了泥水，身体僵硬，像是一具刚从水里打捞上岸的尸体。好在父亲曾跟一个草药郎中学过几天医术，懂得点急救知识，他双手捧着田里的水将母亲脸上的淤泥洗净，再脱下自己身上的外套将母亲脸上残留的泥水抹干，然后，嘴对嘴开始对母亲做人工呼吸。父亲做这一切的时候，显得笨拙而又熟悉。他边做人工呼吸，边用手掐母亲的人中。父亲费了九牛二虎之力，才使母亲在他的施救中苏醒过来。苏醒过来的母亲看到父亲满脸是泥，感觉栽倒田里的不是自己，而是父亲。于是，她望着父亲嘿嘿地笑，那笑容有些僵硬，像是村头土地庙里的土地菩萨脸上的表情。父亲一直板着脸，他看见母亲已醒，从田坎上站起来，捡起刚才扔掉的画夹，头也不回地走了。母亲一个人挣扎着从田里拖起那捆沾满泥巴的生柴，重新扛回家时，父亲已躺在床上睡着了。

我一到夜间就哭，我一哭，母亲就知道是我饿了，要吃奶。母亲的奶水不足，根本不够我吃，我贪婪的小嘴含住母亲的奶头刚吮吸几口，奶水就断了流。母亲见我越哭越凶，声音都沙哑了，她急得在屋里团团转。一边拼命挤自己的乳头，妄想能挤出奶水来，一边催促父亲磨燕麦粉。被母亲捡回来的姐姐就是吃的燕麦粉，母亲将燕麦粉放了白糖，冲上温开水，灌进她用一个药瓶自制的奶瓶中，奶瓶嘴是用一根橡胶管做的。姐姐嘴含橡胶管，吮吸得津津有味。我与姐姐的爱好背道而驰，姐姐喜欢吃燕麦粉，我则只喜欢吃奶。尝到母亲奶水甘甜滋味的我，拒绝吃其他任何东西。我一天比一天瘦，出生时3公斤，一个月过去，体重只有2.3公斤。母亲急得焦头烂额，每天四处打听偏方，想办法发奶。只要听说什么东西对发奶有用，都找来吃。有一次，村里来了个阴阳先生，围绕我家房屋徘徊了几天后，问我母亲："你家婴儿是不是常闹夜，你是不是断奶?"阴阳先生问母亲话的时候，微闭双眼，神情肃穆，伸出右手不停掐算指节，显得料事入神。"你怎么知道?"母亲问。阴阳先生缄口不答，一边走，一边念："不妙啊，煞……煞……"母亲慌了，赶紧迎上去，拦住阴阳先生，又是作揖，又是鞠躬，"请高人搭救，请高人搭救!"阴阳先生手一指："你家屋基向山，冲撞了青龙、白虎，招徕阴气，六畜受阻，人丁受抑。只要做堂法事，便可逢凶化吉，小孩不闹，奶水充足啊!"。

　　阴阳先生到我家跳了三天大神，那三天，父亲拿出画像得来的钱去镇上割回肉，打回酒招待阴阳先生，阴阳先生喝了酒，满脸通红，不像是阴阳，倒像关公。喝完酒，阴阳先生开始做法事。师刀、令牌在桌上拍得啪啪响，嘴里叽叽咕咕，语无伦次，胡言乱语。有时，他嘴里念着念着，竟然趴在桌上睡着了。甚至，法事做着做着，双腿一软，瘫倒在地，睡上一下午，鼾声打得跟猪一样响。当他醉酒醒来，就该吃夜饭了。他坐在桌上一边继续喝酒，一边说："下午阴魂附体，那厮太厉害了，我用了十层功力才将它赶走。"他的话吓得父母毛骨悚然，虚汗直冒。以致在他下次喝酒后做法事摔倒睡着时，更没人敢去惊动他。阴阳先生离开我家时，母亲嘴里感谢的话说个不停，还把自己"坐月子"时都舍不得吃的一只大红公鸡送给了阴阳先生。

第三辑　乡愁

阴阳先生走的第二天，我开始越哭越凶。我的哭声惊吓了姐姐，她也跟着哭。一到夜间，我们家里就成了两个婴孩的哭声竞赛场。母亲一会儿拍拍摇篮中的姐姐，一会儿抱起我在院坝中来回走动。父亲一个人闷坐在椅子上抽叶子烟，抽着抽着，他突然雷霆大发："臭阴阳，骗人钱财，下次让我碰见，看我不挖他祖坟。"父亲骂着骂着，脾气就像点燃引线的炸药，越爆越有力。他开始砸家里的碗，摔家里的罐。母亲见势不好，赶紧过来跪在父亲面前："他爸，别发火，是我的错，我求求你了，咱家就剩下那几个破碗烂罐了。"母亲边哭边劝说。"你明儿赶紧去把那个捡来的孩子扔掉，不然，这日子没法过了。"父亲怒吼着。母亲哭得更伤心了，哭着哭着，她的贫血病又犯了，倒在地上像一摊泥。当母亲清醒过来，父亲的火气也消了。这时，屋外围了一大圈看热闹的乡邻。他们在院坝里疯言疯语，指桑骂槐。天一亮，母亲出地干活时，都要埋着头绕道走，怕看见乡邻的目光。母亲走过的地方，都传播着别人的流言飞语。父亲出门去画像时，腰杆挺得再也没有以前那么直，他的身后，总有人在指指点点。从那以后，父母学会了夹着尾巴过日子。

最终，还是父亲想了个招，止住了我的饥饿和哭声。一次，他从山坡上挖回两棵黄连树根根，熬了水，将水汁涂抹到母亲的乳头上，让我吮吸。起初，母亲不让父亲这样做，她不忍心我这么小就隔奶。"就算不隔奶，你那两坨东西就能自动流出奶水来吗？"父亲的这句话使母亲深受打击。当我的小嘴碰着母亲涂了黄连汁的乳头时，本能地反弹了一下。苦涩的黄连汁液改变了我最初对母亲奶水甘甜醇香的印象。自此以后，我没有再靠近过母亲的乳头，而是像我捡来的姐姐一样，爱上了吃燕麦粉。母亲的奶水从我的生命中断流了。

天还没亮，父亲和母亲就早早爬起床。母亲从箱子里翻出一套她自己缝制的新衣裳，给姐姐穿上，还给姐姐头上戴了个棉帽子。然后，又替她洗脸，擦手。母亲把姐姐搂在怀里端详半天，用自己的脸贴着姐姐的脸，还用嘴亲她的额头。姐姐睁着圆溜溜的眼睛，一双小手不停在母亲脖子上挠痒，挠着挠着，母亲的泪珠落了下来，滴在姐姐嫩嘟嘟的脸蛋上，姐姐本能地缩了一下脖子。父亲用一张围裙将我绑在他的背上，手里提着一袋燕麦粉。他看着母亲有些伤感，就催促："行了，走吧，不然，天就亮了。"父亲背着我走前面，母亲抱着姐姐走后面。山道空寂，两旁的树木黑森森的，黎明的寒气随着冷风飘荡。父亲手里的火把发出淡黄色的光，使我们的行走笼罩着诡秘的色彩。父母必须赶在天亮前到达镇上，将姐姐丢掉。

集镇上很安静，赶早集的人还没有到来。一只猫在街巷里跑来跑去，一忽蹿上房顶，一忽蹲在街沿，喵喵地叫。父亲四处观察了一下，对母亲说："我看就放这个路口吧，来赶集的人都要从这里路过。"母亲没说话，还在反复端详怀中的姐姐。父亲看母亲愣着没动，冲过去一下将她怀中的姐姐抢过来，放在路口一堵墙壁下。由于他用力过猛，脚没站稳，一滑，险些跌了一跤，我在他背上吓得哇哇哭。父亲听见我哭，一手捂着我的嘴，另一只手拉着母亲就走。母亲一边走，一边回头看，眼泪簌簌往下流，哭得比受到惊吓的我还凶。

回去的路上，父亲一直沉默着，母亲的眼泪从未干过。快要到家了，母亲忽然像受了刺激，转身拼命朝集镇方向跑去，父亲看着母亲奔跑的背影，眼眶泛潮。当母亲重新捡起墙壁下的姐姐时，姐姐还在熟睡中，很安详，很平静，好似什么事都不曾发生。这个与我没有血缘关系却比血缘关系更亲的姐姐，永远不会知道自己幼小的生命刚刚经历了怎样的挫折和变数。

母亲抱着姐姐回家时，天早就亮了，路上来来往往全是赶集的人。

姐姐体弱多病，经常感冒。一感冒就咳嗽、发高烧、厌食、呕吐。家里没钱给姐姐看病，父亲给别人画像得来的钱，只够家里称盐打油。倘遇到人来客往，要送礼，要打发，母亲就只好用竹篮子提鸡蛋去卖。姐姐躺在母亲怀里，一张小脸烧得通红，眼屎覆盖了她的眼角。咳嗽就像夏日夜间稻田里的蛙声，破响破响的。整个人一动不动，像一只冬眠的虫子。

为给姐姐治病，母亲煞费苦心。用棉团沾了白酒擦她的手心，用生姜片敷她的肚脐眼儿，漫山遍野找艾草叶、石菖蒲、麦门冬、灯心草、竹叶青……来熬水给她喝。母亲也不知道这些草草药是否就能治好姐姐的病，她只晓得这些药理常识是老祖宗传下来的。"反正，死马当活马医吧。"母亲叹着气说。

姐姐在喝下母亲熬的药水后，烧竟然退了，也不再咳嗽。人就像早晨枝头的鸟儿，来了精神，活蹦乱跳。看到姐姐的身体逐渐恢复正常，母亲悬着的心终于落下了。

　　父亲不在家，母亲要上坡干活，把我和姐姐放家里，又不放心。于是，每次上坡，她只好一只手提锄头，一只手扶住肩上的扁担。扁担两端各挂一只箩筐，一头装姐姐，一头装我。到了坡地，母亲在地上放一张旧毯子，像倒小猪一样把我和姐姐从箩筐里赶出来，让我们自己在毯子上爬。而她，早已提着锄头翻地去了。傍晚，母亲收工回家，又将我和姐姐分别装进扁担两端挂着的箩筐，提着锄头，颤悠悠地朝家走。还没走到家，我和姐姐早在"摇篮"里睡熟了。母亲侧头看看姐姐，又侧头看看我，我和姐姐的脸上都糊满了泥巴，像两只小花猫，又像一对小泥人。母亲忍不住嘿嘿地笑了，星星在天空探出了头。

　　姐姐的病反复发作，尤其是冬天，咳得痰里都带着血丝，一受凉，就拉肚子。母亲像往常一样，找来草药熬水给姐姐喝，又是擦酒，又是刮痧，但姐姐的病就是不见好。冬天经常下雨，一下雨，我们的屋就漏水。雨常常在夜间下，哗哗啦啦从房顶破瓦的缝隙泻下，把我们屋里的柜子、床、地面打得精湿。父亲动用了家里所有桶、盆、罐、瓢来接漏，仍是接不住，接住这边，湿了那边。父亲冒火，干脆不接了，任雨水顺流而下。端坐在屋中的椅子上，抽他的叶子烟。母亲把床上稍微干燥的那块地方让给我睡，自己搂着姐姐，斜靠在床架上。姐姐的咳嗽声、雨水声伴着父亲呛人的叶子烟味、墙角散发出的霉味，一起在屋子里弥漫、飘散。

　　听见姐姐越咳越凶，母亲倒了点白开水来喂她。母亲说：既然捡了回来，就不能作孽，万一她都存活不了，这也是命啊！

　　没想到，姐姐却奇迹般活了下来。

172

飘逝的歌谣

祖脉上的兄弟

一

元庆是叔父唯一的儿子，长我两岁。

小时候，我俩整天混在一起，算是穿开裆裤长大的。在学堂上课，我俩坐一桌。中午，在食堂吃饭，他常常把自己瓷盅里的咸菜，分给我吃，而他只吃白饭。看着他被干饭噎得青筋暴突的脖颈，我万分难过。我在学堂受人欺辱，从来都是元庆出来替我说话、撑腰。我被老师罚扫地，也是元庆偷偷帮我打扫。他说：谁让我们是兄弟呢。

我和元庆，都曾有过十分远大的理想。

每天放学后，我们背着背篼，去坡上割草。一到坡上，我们就把割草刀，扔得远远的，把背篼挂上树枝。然后，四仰八叉躺在草地上，开始描绘各自的人生梦想。

"你长大后最想干什么？"元庆问。

"当老师。"我毫不犹豫地回答。那时，我正暗地喜欢学堂里的一位年轻女教师。

"当老师有啥子好，臭老九，迂夫子。我长大后，就去当兵，打仗。顺便去北京看看毛主席，看看天安门。"元庆说的这些词汇，都是从书上得来的。

初中毕业时，我以绝对优势考上了当地师专。而元庆，以两分之差与他填报的志愿失之交臂。中考落榜后，元庆情绪低落，再也不提"理想"之事。

那段时间，我曾以各种方式对他进行过安慰和鼓励。可元庆却故意躲避我，不与我见面。面对我，他总觉得抬不起头。若无意中与我相遇，他也只是笑笑，然后，迅速走开，像猫见了老鼠。

我去中师报道那天，全家人都跟来送我。母亲为我缝制了新衣裳、新鞋。父亲走在我左边，叔父走在我右边。那一刻，我在村里出尽了风头，我是我们家族史上的骄傲。村子里的人，都赶来看热闹，七嘴八舌议论着，羡慕中暗藏嫉妒。父亲逢人就说："娃考上中师了，送去报名，报名。"一边说，一边递烟。脸上的表情，浓缩了他一辈子的兴奋。叔父也在一边既拱手，又搭腔："感谢乡邻，感谢乡邻。"我走在他们中间，却一点也高兴不起来。我用目光四处寻找，我希望那天，元庆也来为我送行。我的喜悦，是应该由他来分享的。就像曾经，他分担我的忧愁那样。

但那天，元庆始终没有出现在送行的人群中，他一直躲在村头的山坳上，看着我的身影渐行渐远，直到泪水模糊视线。

二

我读中师后，回家的时间少了。与元庆的关系，也从原来的亲密变得疏远。入学后，我跟元庆写过几封信，他一封也没回。那些信件，我相信他是收到的。但我从来不期望他的回复，从小到大，很多事，我们都是心照不宣的。我也相信，他一定是理解我给他写信的用意的。

元庆并未实现去北京当兵的梦想。

放寒假，我回村看到他时，他正抢着锄头，在田里挖土。那模样看上去，很有一个农民的本色和味道了。

"回来了。"元庆看见我，主动打招呼。看得出，他心里堆积的阴霾，已经消散。自卑的心理，也得到了矫正。

我放下书包，和元庆并排坐在田坎上。我们兄弟俩，终于又重新坐在了一起。那天下午，我和元庆谈了很多关于人生，关于生活的话题。我们谈童年往事，村庄的变化，内心的苦闷和彷徨。这些既是我们的心灵秘语，也是一个乡村的心灵秘语。

元庆已然不是过去的元庆了，生活的磨炼和锻打，使他从最初的一块毛铁变成了如今一块纯度较高的钢铁。我也少了以往的浪漫和理想色彩。我们好似两条鱼，同时学会了在生活的深水区或浅水区里游刃有余，知难而进。

元庆说："当个农民，也很好。自己种粮自己吃，不必操心别的事，人活着，求的就是心安。"我理解元庆这话的意思。生活开始对他起作用了，那是另一种活着的尊严。

我转身，盯着元庆翻挖的那块地，陷入沉思。

元庆，我祖脉上的弟兄。在那块田地里，种高粱、种麦子，也种红苕和马铃薯。每种一季，他都会得到丰厚的回报。很难衡量，我在课堂上的收获，和元庆在田地上的收获，孰优孰劣？

元庆说："只要家里的粮仓不空，未来就有希望，日子就有奔头。"

三

我中师毕业后，被安排在县城一所小学教书。元庆继续留在乡下当农民。原本想，我们各自的人生轨迹，会一直这样延伸下去，直到承载人生重量的这列火车，抵达终点站。

后来，因为种种原因，我还是未能甘于寂寞，乐守清贫。教师的职业，并不像人们所说的那样神圣和光辉，给我带来物质或精神上的满足。我开始为调动找关系，跑单位。最终，我从一名小学教师，变成了一名县报记者。而元庆，却一直扎根在农村。他把自己全部的人生赌注，都交给了生养他的那块土地。

我做记者后，曾替元庆在城里找了一份活儿，希望改变一下他的生活境遇。但元庆拒绝了我的好意，他还在坚守他的理想——只要粮仓不空，日子就有奔头。其实，在元庆的骨子里，一直存在一种对抗。他不相信自己的生活，一定会比我差。从我读中师那天起，这种对抗就在元庆的心中滋生了。这么多年过去，对抗不仅没有减弱，反而越来越强烈。他想以他的理想，来打败我的理想。为了这个理想的实现，他不惜牺牲自己的一切。

四

元庆来城里找我那天，我刚从一个乡镇采访归来。那是他第一次来城里找我，我感到很惊讶。妻子在城里最好的一家餐馆，特意为元庆订了一桌餐。她对我的这个兄弟，向来很尊重。妻子说："我很欣赏元庆身上透出的那股自信和坚韧。"

吃饭的时候，元庆很少说话。他变得越来越沉默了，丝毫没有过去开朗、旷达。人也消瘦了很多，三十岁不到，却显出老气横秋。

元庆那天喝了很多酒。尽管我一直在劝他少喝。妻子看他如此豪爽，腆着个大肚子，破例敬了他一杯酒。没想到，元庆喝下妻子敬的酒后，哭了起来，眼泪雨滴般滚落。他边哭边说："看你当弟弟的，都快抱儿子了，我当哥哥的，对象却八字还没一撇。看来，我今后只有等我那乖顺的侄儿，来替我养老送终了。"元庆的话使这顿饭陷入尴尬，妻子在一旁偷偷掉泪。我一口气，喝干了酒瓶中剩余的白酒。

那天中午，我和元庆都喝醉了。

晚上，元庆对我说："我娘病了，很严重，要住院，要钱。"他这次来，是专门来向我借钱的。

元庆继续说："等治好我娘的病，我也不想在村里待了，再这样待下去，只有等死。老弟，你不知道啊，我在村子里，越来越孤立。整个村子，没有几个人在劳动了。大量田土，都已荒废。身强力壮的年轻人，都朝城里跑。留下些体弱多病的老年人，独守村庄和艰难的岁月。离开村子的人，他们宁可去吃城市人的剩饭，也不愿在贫瘠的土地上自给自食。穷啊，人人都穷怕了。"

元庆曾也想跟着村子里那些外出的人，南下广东，他不想再把自己的人生耗在贫苦中。可很多次，他都没有勇气使自己的想法变成现实。他是个孝子。他舍不得撇下自己的爹娘，舍不得遗弃自家的土地。他说：再贫瘠的土地，也种庄稼。再苦的水，也养人。

元庆到现在，仍在坚持他的理想。不过，在他的理想里，早已没有了对

飘逝的歌谣

抗的成分，只剩下对土地本身的热爱和忠诚。

妻子说，他是要做一个乡村最后的守望者。

五

元庆从我这里拿去的钱，还没来得及用到他娘的身上去，我的叔娘，就躺在自家的木床上，走了。

叔娘得的是胃癌。晚期。

我回乡奔丧那天，心上像压了块大石头，整个人无精打采。我深知，我们家族这棵树上的又一片叶子，凋零了。村庄，并没有因为一个人的死亡，变得幽暗或者明亮，也没有像我猜想中的那样，充满悲伤或者沉痛。除了死者的家属，不会再有其他的人，为逝者哀悼。活在村庄里的人，个个离死神近在咫尺，指不定哪天，自己就成了"棺山坡"的新鬼。因此，我叔娘的死，在一个乡村，显得十分冷清和孤寂。

风穿过旷野，穿过老家的屋檐，在堂屋里打着旋儿。元庆跪在叔娘的遗体前，泣不成声。只顾埋着头，不停朝铁盆里烧纸，淡黄色的火光映红他的脸，他的脸枯瘦、蜡黄。从此，维系他生命的一束根须，被切断了。

元庆说："如果我有钱，或生活在城市里，娘，绝不会走得那么快的。"

为给叔娘治病，他尽力了。家里的猪卖了、牛买了、羊卖了，粮仓里储存的粮食，也被掏空。为减少医疗费用，最初，元庆只能带着叔娘，到就近的镇卫生所就诊。由于镇卫生所医疗条件简陋，加上医生的马虎，将叔娘的病，误诊为胆结石。当我的叔娘躺在镇卫生所破旧的病床上，被医生冰冷的手术刀剖开肚腹后，却又被告之并未发现结石。惊慌中，医生草草地为叔娘缝合了伤口，像掩盖一个不堪示人的秘密。

从死亡线上逃脱的叔娘，回到家后，病情逐渐恶化，伤口感染流脓。元庆挖空心思，四处筹钱，设法把叔娘带去城里的医院，再作检查。可叔娘死活不去，她说："就是把房子卖了，恐怕也治不好我的病。"

苦于钱的压力，元庆只好听从叔父的意见，采取土办法，每天上坡割老虎刺、挑夏枯草、挖麦门冬等草药，熬水给叔娘喝，试图让生命出现奇迹。哪晓得，叔娘喝下草药水后，周身出现浮肿，肚皮胀得亮堂堂的，像快吐丝的蚕子。越到后来，叔娘连水也喝不下了，说话都吃力。元庆这才硬着头皮，东借西凑，揣着钱，带叔娘到县医院查病。检查结果，宣判了叔娘死刑。

安葬叔娘那天，元庆在叔娘的坟前，坐了整整一个下午。

傍晚回到家，夜饭也没吃，就躺在床上睡了。睡到半夜，我听到他的哭声，断断续续，如夜风低泣。

叔父两眼闪着泪花，拍着我的肩说："劝劝他吧，可怜的孩子。"我不知道怎样劝说元庆，他是一个不需要别人来拯救的人。在元庆心里，他的悲痛，不仅在于母亲的死亡，还在于比死亡更可怕的一种东西。那种东西，一直潜伏在乡村内部。或许，也可以称作"癌"。

谈及以后的生活，元庆说，他唯一的愿望，是想办法把给叔娘治病欠下的债，尽快还清。然后，有时间，就多陪陪我的叔父。"只有这样，我才能让娘的在天之灵，获得安慰。"他说。

年近三十的元庆，一直过着单亲生活。

六

二〇〇七年春节过后，在叔父的苦心劝说下，元庆终于离开了村庄，去一个偏僻小镇，替人守煤矿。

可谁也没想到，元庆这一去，竟然结束了他下半生的生活。叔父大概也没想到，自己的一片好心，换来的却是永久的悔恨。我更是没想到，我的堂兄元庆，一个憨厚、诚实的农村青年，一夜之间，变成了一个强奸犯。

事情发生在元庆到小镇半年后的一天下午。

元庆像往常一样，为来拉煤的车装完货，就朝煤厂背面的池塘走，煤灰糊满了他的身体和脸。他想去池塘里洗个澡，消散暑热。每次装完货，他都要去池塘，洗洗身子。久而久之，这成了他的一个习惯。有时，他心情不好，或是想家了，他也会去那个池塘，赤身裸体泡在池水里，所有的烦恼和孤寂，统统被清水过滤了。那个池塘，成了元庆一个人的天然沐浴场。

那天下午，当元庆光着上身，来到池塘时，他发现池塘里，有一个人，正在游泳。待他仔细一看，是个姑娘。姑娘是煤厂老板的女儿，在县城读初中。放暑假才回家几天，就背着父母，偷偷地跑去池塘洗澡。

元庆看清池塘里游泳的是个姑娘时，他显得有些紧张，周身血脉贲张，身体像着了火，憋得难受。那刻，他没有返身回去，而是躲在池塘边的树林里，一步一步向池塘靠近。直至将那个小姑娘，像拖一条鱼一样拖上了岸……

以上细节是我在派出所的审问笔录上看到的。我是第一个知道元庆被捕的人。当警察要求通知元庆家人的时候，元庆把我的手机号码，提供给了警方。这个跟我从小长大的兄弟，在人生的关键时刻，想到了我。

不知道，他是真把我，看作最值得信赖的兄弟，还是，不希望他被捕的消息，过早地被我叔父知道。

七

元庆被捕后，我多次去监狱看过他。

那段时间，我将自己的全部精力，投入到为元庆上诉的事情中去。我去他守煤的小镇收集证明材料，找最好的律师代理案子，调动我可能调动的一切人际关系，希望帮元庆减少刑期。可元庆却并不配合我所作的努力。代理律师几次去狱中，希望他重新提供有价值的口供，可他总是缄口不语。我也曾多次到监狱，劝他重录口供，他也不予理睬。

最终，法院以强奸幼女罪，判处元庆有期徒刑七年。

元庆入狱不满一年，我的叔父也去世了。元庆得知叔父死讯，万分悲痛。理智崩溃的他，试图越狱，见叔父最后一面。结果被狱警当场抓回，加刑一年。

我再次去探监时，元庆已瘦得不成样子了，神志恍恍惚惚，跟一个傻子没有区别。我没话找话地跟他攀谈，想缓解他的悲痛，也缓解我的悲痛。可元庆对我说的任何一句话，均无反应。他只呆呆地坐着，低着头，搓他的两根手指。每次都是我的话刚说到一半，他就起身回狱室去了。

越到后来，元庆根本就不愿见我了。仿佛一开始，他就生活在一个被囚禁的世界里。

鬼魅飘荡的村庄

　　夕阳照着沙砾路，池塘里水草飘摇，几尾鱼在水草间钻来窜去，像几个捉迷藏的孩子。我从地上捡起石块，朝水中投去。受惊吓的鱼儿瞬间潜入水底，藏匿起身子，水面上荡漾开一圈圈涟漪。我肩上斜挎着帆布书包，书包里装着课本、作业本、铅笔、弹弓、一把小刀、一根橡皮绳……这是我一个人的小秘密。我不喜欢把秘密装在心里，那样太沉重。我漫无目的地走着，放学后的其他孩子都回家了。他们从不在路上逗留——一群胆小鬼，他们总害怕在路上遇见吊死鬼，把自己的耳朵或鼻子咬掉，甚至，把自己的小鸡鸡割去喂狗。我的同桌张光发就曾在放学路上因逗留时间过长，而被鬼魂附体，掉进池塘里，差点淹死。害得他母亲和奶奶绕着村庄，喊了三天三夜的魂，嗓子都喊哑了。

　　我不惧怕鬼。我早在书包里准备好了捉鬼用的刀子、绳子。为了提高捉鬼的保险系数，我还跑去村南面的土地庙，偷得一块开过光能辟邪的桃木和一张镇妖佛。如果我能捉住鬼，我就可以重塑在同伴心目中的地位和形象，让平时习惯欺负我的二毛、大赖、牦牛对我刮目相看而心生敬畏。

　　黄昏的光线逐渐暗淡。我在村头村尾转了几圈，脑子转得晕晕乎乎，却仍不见有野鬼现身。我像往常一样，躲在张聋子房前的草堆里，打个盹，伸个懒腰。然后，跑到张聋子家的茅房里拉摊屎，或者，对着他家的墙壁撒泡尿。做完这一切，我看见各家各户的烟筒里升起袅袅炊烟，薄雾一般，弥散着柴草的木香。我开始拖着沉甸甸的腿朝家走。

放学后的时光就这样被我打发掉了。

我第一次遭遇恐惧。

黄昏的气息过于浓烈，几只大红公鸡摇着尾巴，在竹林里走来走去，像些闲着无事的人。蜘蛛网挂在草堆上，网丝上残留着昆虫的翅膀。风是静止的，村庄也是静止的。我从草堆里爬起来，边伸懒腰边向张聋子家的茅房走去。他家的茅房挨着猪圈，高粱秆做的墙壁四面透风，一张破塑料纸做的门帘，像是被子弹射烂的战旗，不遮羞，也不避寒。我每次脱下裤子，蹲在里面拉屎时，都要下意识地扭转头，朝后看看。我担心一向嫉恨我的二毛或者牦牛会突然站在我身后，手握弹弓，瞄准我白亮亮的屁股，来上一子弹，将我射到茅坑里去，弄个狗吃屎。我一边拉屎，一边想着捉鬼的事。我猜想鬼长得该是什么样子，青面獠牙，凹眼凸腮，抑或儒雅敦厚，貌若天仙。想象力的匮乏严重影响了我的排泄功能，也许是我占用茅坑的时间过长，栅栏那边的猪时不时地爬在栏杆上，探出头，冲着我"吭吭"地怒吼，恨不得在我屁股上咬两口。张聋子太赖了，他经常把圈里的猪饿得精叫。我立起身，一手提裤子，另一只手朝猪的脑袋上打去，嘴里骂道：张聋子，滚一边去。猪好像听懂了我的语言，我叫它张聋子，感觉受了侮辱，它抬起长嘴一顶，将我顶在茅房的栅栏上，屁股被一截木锥擦破了皮，血珠水一样流出来。我准备再次扑过去打那畜生，这时，我听见身后有人发出"嗤嗤"的笑声，声音有些阴冷。我的头像被泼了盆冷水，周身毛骨悚然。

我回转头，眼前的情景差点把我吓晕过去。

——一个矮女人，肥嘟嘟的，立在我身后。头发乱蓬蓬的，茅草一样，垂至两肩。一张脸，颧骨突兀，鼻梁高挺。张大的嘴里露出的两排牙齿，参差不齐，苞谷粑一样黄。臃肿的躯干上套着一件宽大的灰底蓝碎花衬衫，两腿奇短，身材比例严重失调。她手里拿着一把杈头扫把，表情因憨笑而显得夸张，甚至僵硬。仿佛一个插在地上的稻草人或者木偶。

我从来没在村子里见到过这个女人，不知道她是从那里冒出来的，又怎么会在张聋子家里出现。张聋子由于耳聋，打了大半辈子光棍，他的家里是不可能出现女人的。我越想越害怕，两腿哆嗦着，裤子提上去，又掉下来。

那个女人大概发现了我的慌张，她转过身去，笑得更加放肆。她的背影更吓人，像黑夜里挂在墙上的蓑衣，一晃一晃的。不断有冷风从竹林中刮过来。

我突然尖叫一声：鬼。提起裤子撒腿就跑，那个女人的影子蛇一样在我脑中盘旋，我感觉她一直在后面追我，我跑得越快，她追得越急。天色逐渐暗下来，汗珠豆粒般从我额头滚落。跑着跑着，我的腿似灌了铅，麻木了，像两根木桩，失去知觉。我的身体好像被那个女人用力推了一下，两眼一花，栽倒在地，天完全黑了。

三天过后，当我睁开眼，从床上坐起。阴阳先生左手正拿着我捉鬼用的小刀，右手拿着绳子，替我驱邪送鬼。母亲坐在院坝里，朝着田野为我喊魂：孩儿，回来哟，回家哟。我感到身体虚弱，嘴巴疼得难受，用手一摸，一颗门牙没了。我怀疑，肯定是那个鬼女人把我的门牙拔了去。

夕阳的余晖静静地映照着路两边的油菜花。晚风徐徐，将菜花浓郁的香气送入我们的鼻息，野性而醇厚。一条窄窄的田坎，弯得像蠕动时的蚯蚓。放学了，大赖、二毛走前面，我走中间，牦牛走最后。我一个人不敢再在村头村尾浪荡，也不敢再提捉鬼的事。虽然，我的书包里仍旧装着小刀、绳子。自从遇见那个矮女人，我变成了一个地道的胆小鬼，一个经常被同伴拿来开涮并作为笑柄的胆小鬼。我再一次在同伴面前失去了尊严。但无论我的同伴们怎样对我加以讥笑和鄙夷，我都视而不见，不做任何回击。因为，我在心里一直相信这个世界上是有鬼存在的，而且，她就藏在我们村子里，躲在张聋子家的猪圈或茅房下。尽管，后来的事实证明我那天遇见的矮女人并不是什么鬼，而的的确确是张聋子花钱刚从一个偏僻村落买回来的老婆。

我们走到张聋子屋前时，看见那只大红公鸡像平常一样，摇着尾巴，在竹林里悠闲地啄食。圈里那几头周身糊满猪屎的猪，照样饿得精叫。娶了老婆的张聋子，似乎仍然没能改变懒惰的习惯。"你跑去蹲在茅坑上，拉摊屎，把鬼引出来，我们帮你捉。"大赖戏谑着说。我低着头，不出声。牦牛从后面推我一把，我一个趔趄，扑倒在地。这时，二毛故意高吼一声：快跑，鬼来了。那三个龟孙子便风一样从我跟前飞逝而去。当我慢慢地从地上爬起来，掸掉身上的尘土，我看见张聋子的老婆左手拿把割草刀，背上背一筐猪草站在院坝边，嘿嘿地朝我笑。那筐猪草的阴影淹没了她的整个身躯。我周身激灵一下，头皮有些发麻，但我没有像上次那样撒腿跑开，而是磨磨蹭蹭地转到茅房的墙根下，撒了泡尿。圈里的猪看见我，爬在栅栏上，"吭吭"地冲我打了个招呼。我没有理它们，转身走了。它们失望地气得在圈里乱蹦。也许它们没有看到我白亮亮的屁股，会很寂寞。

二毛、大赖、牦牛这几个龟孙子，没把我整惨，他们是不会善罢甘休的。一天下午，二毛、大赖都没到学校上课。他们宁愿牺牲自己的学习，来完成专为我设下的阴谋。他们用了整整一个下午的时间，在张聋子家门前的土路上，用铁铲挖了个深坑，坑里灌了粪水，在坑口盖上茅草，他们预料我会从那深坑上踩过。一切准备就绪后，二毛、大赖分别从张聋子家偷来一张蓑衣和一个烂草帽，装扮在自己身上。他们的脸都用灰碳抹黑，像两个从矿井下钻出来的矿工，躲藏在深坑旁繁茂的蒲草丛中，等着我放学从这里经过。那天，一直嫉恨我的牦牛态度对我出奇的好，他把衣袋里自己都舍不得吃的糖果抓出来给我吃，且言辞凿凿地给我讲，他早就不想跟二毛、大赖在一起混了，只要我吃了他的糖，我们就是兄弟了。他一边给我糖果，一边伸出小拇指让我拉钩。然后，他拍着我肩膀，径直朝那个早已等待我的深坑方向急走。就在我的脚快要靠近那个深坑时，我忽然听见身后一阵草动声，没等我回头，二毛和大赖迅速从蒲草丛里窜出，向我扑来，嘴里阴阳怪气乱吼。我被吓得两腿哆嗦。这时，牦牛惊叫一声：有鬼，快跑。我刚跨出前脚，一下掉进了又深又臭的粪坑里。

我哭着在坑里挣扎了许久，也没爬上来。我的头上，脸上溅满了粪水，裤子也划破了。正在我绝望的时候，幸亏张聋子的老婆割猪草回来，听见我的哭声，才慌忙从屋里拿来根抬石头用的绳子，把我从粪坑里拉上来。她人矮，在拉我的时候，用力过猛，差一点把她扯到粪坑里去。矮女人见我一身粪水，她将我牵到田边，把我衣服脱下，用水洗净，跑回屋，拿出一件张聋子的衣服替我穿上，才送我回家。张聋子人长得高大，我穿上他的衣服，像一个穿着长衫的小老头。我和矮女人一前一后，走在田坎上，晚风吹拂，傍晚的光线像肮脏的茶色玻璃，浓度越来越厚，笼罩着两个晃荡的魅影，向着

飘逝的歌谣

黑暗深处走去。

我重新成了一个孤独的人。

这次恶作剧使我对二毛他们心存警惕，并与他们保持着距离。我不再像以前那样单纯，大赖、牦牛他们让我明白，人的心里都隐藏着险恶，而鬼，也有善良和可爱的。

池塘里的鱼儿仍在水草下窜跃，我在村头村尾转悠时，经常看见它们。有时，我会在土坎上坐上好一会，看它们在水中嬉戏，活泼，自由自在。我不会再捡起地上的石子，朝水面上打水漂。我怕惊动那些玩得正欢的鱼儿，以免对它们造成伤害。我每次坐在土坎上看鱼儿的时候，都能看见张聋子的老婆，在池塘边洗衣服、淘菜、洗萝卜……她只要见到我，都要朝我笑一笑。她的笑永远那么夸张、别扭，但我已不再感到害怕，反而多了一种温暖。矮女人每次在池塘边洗东西，不是提着一个大大的脚盆，就是背着一个大大的箩筐。这种在常人眼里本属平常的农用工具，却对她矮小的身材造成压力。好几次，我都看见她背着装满萝卜或衣服的箩筐而立不起身来，险些掉进池塘里。我很想跑去帮她一把，但到底还是没有过去。

我不需要试图捉住鬼来改变在二毛他们心里的地位了，我根本不属于跟他们在一起。我书包里装着的小刀、绳子早已被我扔进了茅坑里。我不惧怕鬼，鬼跟人没有什么区别。放了学，我又开始像过去那样，习惯性地在村子里逗留，无所事事地慢走。困了，照样躺在张聋子屋前的草堆里睡上一觉。醒来，照样去他家的墙角撒尿，或者蹲在茅坑上拉屎。我不再怕矮女人笑话我，我知道她的笑没有恶意。我也不再担心张聋子圈里的猪，会饿得爬上栅栏探头咬我的屁股，它们睡在圈里，很安静，肚皮胀得鼓鼓的，膘肥体壮，矮女人顿顿都将它们喂得很饱。

油菜花火焰一样燃烧，天边的云朵灌了铅。我躺在张聋子屋前的草堆里，像一只慵懒的猫。我在沉睡，村庄也在沉睡。大赖的惊咋像一只苍蝇，钻进我的耳朵，吓得我老鼠般从草堆上滚了下来。他一脸神秘，瞅瞅四周无人，将嘴贴在我耳根说：我看见张聋子和他婆娘在油菜地里干那事儿。大赖的描述非常仔细。他接着说：张聋子像只癞蛤蟆爬在矮女人身上，扑哧扑哧喘粗

第三辑 乡愁

气。矮女人的衣服被张聋子剥得精光，两个大奶子像李大爷的烟袋一样下垂着，油菜花瓣纷纷往下落……大赖越说越来劲，我对他说的话将信将疑。他对我的伤害还没能使我恢复到接受他的友好。那个下午，我的心像时光一样悬浮。大赖走后，我静静地躺在草堆上，我在等张聋子和他老婆回家。我等了很久，直到天黑尽，才看见张聋子扛着锄头和矮女人慢悠悠回来，张聋子表情显得有些兴奋，嘴里还吹着口哨，他自己越听不见，吹得越起劲。我下意识打量了一下矮女人，她显得很疲惫，衣服、裤子上都粘满泥巴，头发乱得像鸡窝，上面落满金色的油菜花瓣。

我感到很难过，忧伤像一场风暴，鼓满我的身体。

乡村的季节似一堆干茅草，缺少明亮，时间是灰色的，生活也是灰色的。自从我划燃手中的火柴，点燃张聋子屋前我曾躺在上面消磨过无数时光的那堆稻草后，我的记忆就像那堆灰烬，退场了。即使偶尔闪现一点火星，也是记忆遗失在路边的一朵野花而已。

我又跟牦牛、大赖、二毛他们混在了一起。一个人若是孤独到极点，仇人也可能是你的朋友。我放火烧张聋子家草堆的那个下午，我没有到学校去上课，那是我第一次逃学。我认为，烧张聋子家的草堆比到学堂上课更重要。教我们的老师是个戴眼镜的老头，病恹恹的，打不起精神，讲课缺乏激情。每天只晓得坐在讲台上训人，骂我们是乡下狗儿，井底之蛙（他这样骂我们时，总是忘了自己也是乡下狗）。他只教我们加减乘除，而不教我们什么是爱，什么是恨，什么是感恩，什么是尊严。那天下午，我心中涌动的愤懑烈火般强烈。我恨张聋子，我恨不得把他的房子也烧掉。这种恨来自于他的老婆，来自于他老婆乱糟糟的头发上散落的油菜花瓣。当那堆稻草哔哔剥剥燃起来时，我看到冲天的火光晚霞一样灿烂。

张聋子气咻咻地站在燃尽的灰堆旁，两手叉腰，破口大骂：是哪个狗杂种烧了我的稻草……凶悍的样子像一头发情的公狗。村子里的人都拥来看闹热，七嘴八舌议论着。二毛、大赖他们恰好放学从这里经过，我听见牦牛在说：肯定是鬼火，昨夜还有人看见鬼火呢。只有矮女人蹲在地上，默默地看着我。她是亲眼看见我将那堆稻草点燃的。

阳光暖暖地照着路边的泡桐树，菜畦边的篱笆上，爬满藤蔓，花朵开败了，几根小丝瓜，挂在叶丛中，打秋千，模样瘦得可怜。矮女人坐在院坝边的条石上，织毛衣，缝小衣裳。她的肚子凸起来，像个西瓜。矮女人怀孕了。

大赖每次见到矮女人，都要评头论足一番，内容无非是重新描述一次他在油菜地里见到的情形。他说：这女人矮得像根筷子，而张聋子高得像根旗杆，你们说他俩在干那事时，会不会弄错部位，而将那东西插进肚脐眼儿里去？大赖的话逗得二毛、牦牛哈哈大笑。我阴沉着脸，感觉大赖的话非常羞耻。大赖见我板着脸，伸手掐我一下：装啥子假正经，那矮子又不是你婆娘。我挥拳向大赖砸去，拳头砸在他的鼻梁上，鼻血像红油漆，涂满他的脸。牦牛、二毛见我学会了反抗，扶着大赖灰溜溜地走了，一边走，一边说：那矮子怀的肯定是个怪胎。

矮女人见了我，仍会朝我笑一笑。只是怀孕后动作呆笨的她，笑起来更滑稽，像后山岩洞里溜出来晒太阳的野山猪。

那天的氛围出奇的清冷，空气凝固了，整个村庄安静下来。上坡干活的人都扔了锄头放了筐，二毛、大赖他们把书包挂在颈子上，集体逃学。他们都聚集在张聋子家的院坝里，屏气凝神，像在等待一场好戏开演。张聋子忙里忙外，又是烧水，又是搂柴，汗珠雨滴般从他额头滚下。接生婆在屋里一声接一声地喊：使点力，使点力。矮女人妈一声娘一声的吼叫，像一根绷紧的绳子，将所有人的心都吊在半空。大赖耐不住寂寞，站在一张木凳上，踮起脚尖朝窗户里瞅，那一瞅，吓得他从木凳上摔了下来。没等大赖从地上爬起来，紧闭的门吱呀一声，开了。接生婆双手托着一个血淋淋的婴儿，立在门口，呆若木鸡。围观的人全都傻愣着，眼睛放射出绿光。良久，大家才摇摇头，失望地散去。大赖和牦牛走过来，故意在我面前做个鬼脸，掸掸屁股，走了，眼里流露出轻蔑。

张聋子蹲在墙角，沮丧着脸，抽闷烟。远远看去，像是一尊被雨水浸泡后的菩萨。我站在他家的院坝中，感觉从未有过的冰凉。时间井水一样平静。风裹挟着泥土潮湿的气息，从田野深处漫过来，盖住了整个村庄。

傍晚，暮霭深浓。夜色还未降临，星星早已探出头，在苍穹上眨着眼。

张聋子一个人歪歪扭扭地走在田坎上，肩上扛把锄头，手里提个箩筐，箩筐里装着他死去的婴孩。他悄悄地将这个夭折的孩子埋在了大路边的一棵黄桷树下。

从此，那棵黄桷树下的土堆前，冥纸翻飞，青烟袅绕，村庄重又变得鬼魅飘荡。

轻柔的风吹皱池面的水，池中游动的鱼儿，疲倦了，躲在水草底下，睡觉。天幕低垂，浓云像被风撕烂的灰色棉布，变换着形状在天空中移动。河湾里一群鸭子，摇曳着身子朝村旁的草棚子赶，雨点豌豆般从空中砸下来，沙土路上出现一个个滚圆的小洞，像"地牯牛"的窝。二毛、大赖、牦牛手牵手，低头赶路，神色恐慌。我背着书包，紧跟他们身后，像一个因饥饿而掉队的士兵。我们都不敢再从那棵黄桷树旁经过，我们改了道，顺着河湾从后山绕道回家。牦牛说：我妈昨天下午牵牛到河边喂水，听见那黄桷树下有人在哭，阴森森的，她扭头去看，并不见人，吓得她转身就跑，牛都弄丢了。牦牛的话让我们惴惴不安，雨珠滚进我们的脖颈里，透凉得瘆人。黑云暗下来，天空像一口锅，倒扣在村庄上。我们试图加快脚步，早些回家。自从张聋子把他的婴孩埋在路边的黄桷树下，我们上学、放学的路开始变得无比漫长。

风吹动着树木。我背着背篼去河湾割草，这是母亲交给我的任务。我不敢一个人去，我心里很清楚——村庄"不干净"。割草时，我总要叫上二毛、大赖或者牦牛，他们也得出去割草，这是农村孩子生活中的功课。恐惧使我们变得团结。我们手里挥舞着弯刀，边走边唱歌，以此来克服内心的战栗。二毛刚唱了句"小船儿荡起双桨……"就听见一阵尖利的哭声从河湾飘过来，吞噬了二毛的歌唱。二毛像一只受惊吓的蝉，瞬间噤声。大赖吓得将手上的弯刀落下来，砸了脚背，痛得面部表情痉挛，却不敢出声。我们三人紧握弯刀，并肩一排，蹑手蹑脚朝哭声方向移动——一个女人坐在沙地上，披头散发。夕阳从她身旁那棵苦楝树的枝丫间漏下，投在她身上，半明半暗。让人分辨不清她到底是坐在树的阴影里，还是坐在自己的阴影中。我一眼就认出，那是矮女人。二毛和大赖放下手里高举的弯刀，长长地舒了口气。矮女人侧头看下我们，又回头继续悲泣。她的哭使其形貌更加丑陋，脸上布满细密的血痕。那天下午，我们都忘了割草，蹲在地上，远远地看着矮女人，直到夕阳在她的哭声中收了尾巴。

矮女人抹着眼泪回去后，我们才从地上站起来，正要回家，却发现每个人的背篼都是空的。那棵苦楝树的枝杈上，挂着一根长长的布绳子，随风晃来荡去。

我们重又回到了原来走惯的路上。没有人再怕那棵黄桷树，怕黄桷树下的坟堆。当一种恐惧最终没有对人造成伤害，它的威慑力也就自动失效了。牯牛、大赖、二毛又开始疏远我，我们彼此是对方的一道屏障，这道屏障就是人心的距离。他们三个人是一个世界，我一个人是一个世界。人都是在圈子里活着，只有在圈子里，人才能找到自己活着的尊严和意义。离开了圈子，谁都是谁的"王"，谁也瞧不起谁。放学后，二毛他们三个，照旧在路上挖深坑，坑里灌入粪水，等着我往里面跳。可我偏不上当，我早已看穿了他们的丑恶伎俩。当一个人做某一件事情的次数多了，最后难免变成习惯，甚至转化成本性保留下来。比如张聋子，经常把他老婆打得喊爹叫娘。开始他只是偶尔打打，次数多了，就变成天天打。一天不打矮女人，他就吃不下饭，睡不着觉。

每天我从他家屋前路过，都看见矮女人坐在院坝边，神情呆滞，脸上伤痕累累。她看见我，也不再笑了，眼神里充满屈辱和仇恨。

大赖他们也有理我的时候。那天，我在河湾割草，他们像三个小土匪一般从后山坳钻出来，吊儿郎当给我说：张聋子又逼着矮子在竹林里干那事，先矮子不从，张聋子就打，把矮子打得像个落地的冬瓜。等矮子筋疲力尽，张聋子一爪将矮子裤子脱去，像提一只狗一样把矮子提起，挂在胸前，他那东西吹火筒一样粗……说完，哈哈大笑。二毛说，他有一次在井边也亲眼看见张聋子逼迫矮子干那事。张聋子比他圈里的猪还厉害。大赖说。

弯刀割破了我的手指，血流出来，暗红暗红的。我的血水染红了草地，染红了天空，染红了村庄，染红了记忆。寂静无边无际，空虚无边无际。

村庄再次沸腾了，田间地头都在传播矮女人怀孕的事。张聋子的口哨声像一群苍蝇，在村庄乱窜。就在大家擦亮眼睛，期待一场好戏重新开演时，矮女人却像一阵风，从村庄上空悄悄地溜走了，留给村庄的只有叹息和隐秘。没人知道矮女人去了哪里。张聋子重新成了一个孤单的人。比张聋子更孤单的，是他圈里的几头猪。

大赖说：那几头猪肯定晓得矮子去了哪里，只是它不说。整天在圈里精叫，鬼哭狼嚎。

时间是一片背阴的洼地，过往的人与事，生活和记忆都被它埋葬了，唯一剩下的只有时间本身。我终于在与二毛他们的对抗中熬到初中毕业，离开学校那天，我们几个人跑到操场后面的山坡上看夕阳，草木浓重的气息包裹着我们，野花烂漫，蜜蜂群舞，蝴蝶蹁跹。牦牛从衣袋里掏出糖果，分给每一个人。大家都沉默着，舍不得吃。我们以前所有的恩怨、仇恨都被晚霞融化了，伤感晚风一样撩拨着我们。大赖说，咱们唱支歌吧。我们齐唱"小船儿荡起双桨……"歌声很响亮，飘得很远，仿佛满世界都是我们的歌声。唱着唱着，我们突然紧紧抱在一起，热泪滂沱。

那天之后，我们蒲公英般被风吹向了四面八方。我留在本县读中师，牦牛去了另一个县城读书，二毛跟他叔叔去了贵阳学泥水匠，大赖跟他父亲去云南捣鼓烟生意，结果在一次爬火车时，报销了。只运回来一具残尸，埋在河湾那棵黄桷树下，与张聋子夭折的婴孩坟堆比邻。

我和牦牛、二毛再次相聚时，已是几年后的一个秋天。村庄终于迎来了它的节日，张聋子是这个节日的兴奋点，他新建的预制板平房是这个节日的象征。这是村庄里矗立起的第一座平房，男女老少都跑来吃张聋子的上梁酒。全村人的眼睛都绿了，阳光照着张聋子的平房，金碧辉煌。噼噼啪啪的鞭炮炸翻了天，炸得每个人心里五味翻滚，嫉妒火焰般喷发。张聋子失踪的老婆也回来了，这平房就是她拿钱修建的。矮女人比以前更瘦更矮了，一双手粗得变了形。她似乎还认得我，朝我笑了笑，笑容里多了一缕沧桑。这么些年，不知道她到底去了哪里。二毛说，她曾看见矮女人在贵阳的火车站乞讨，脖子上挂个布口袋，穿件破衣裳，在垃圾堆里捡烂苹果吃。好几次他都想跑去打声招呼，可当他跑到时，矮女人却不见了。不晓得二毛说的是不是真的，反正，那天矮女人穿得很漂亮，头发梳得溜光，辫子上还扎了条红头绳，一件淡黄色衬衫，比油菜花还要金黄。"矮子真是能干，有钱了。"村人们说。张聋子立在一旁，嘿嘿地笑。

牦牛、二毛成熟了许多。傍晚，他们提议去看看大赖。我们拿着香蜡纸烛去黄桷树下为大赖上香，恰巧矮女人也在替她夭折的孩子上坟。我们彼此都没有说话，青烟盘绕出一圈圈纤细的阴影，雾气越来越重。幽蓝的火光穿过了村庄，穿过了土壤中的亡魂。

从疼痛中走出来，阳光依然明亮，稻田里、河湾里、山坡上，到处都是万物生长的姿态。我和牦牛又去了不同的地方上学，二毛坐着火车去了贵阳，他必须要在流徙和动荡中才能成就其生活的深度。矮女人呢？早在那个傍晚，就化着一缕烟，飘散了，像一颗划过村庄上空的流星，消失了，永远没再回来。

张聋子一个人守着空空的房子，像守着一个空空的村庄。

日子平静了许多，空虚了许多。